时间边境

[马来西亚] 贺淑芳 著

上海文艺出版社

推荐序：迷宫与烟霾

黄锦树（台湾暨南大学中文系教授）

生于一九七〇年的贺淑芳比黎紫书还大上一岁，要不是她二〇〇二年突然以《别再提起》获第二十五届时报文学奖，台湾文坛还不知道这个名字。这篇已是马华短篇经典表现出的老练成熟[1]，怎么看都不像出自新人之手，这多少也可看出马华文坛的潜在实力。彼时的贺淑芳已经三十二岁，出这第一本书时更已年逾不惑；相较于黎紫书二十啷当岁就旋风似的华丽登场，横扫各大文学奖，贺淑芳自然显得大器晚成。然而就这本小说的素质来说，比诸小她一岁并已出了四本小说的"前辈"黎紫书，其实并不见得逊色，只能说各有所长。

这集子里大部分作品都是佳作，作品具画面感，而且心理描绘笔致细腻，其实并不易读。

---

[1] 我曾在论文里较仔细地分析过（《东南亚华人少数民族的华文文学——政治的马来西亚个案：论大马华人本地意识的限度》，刊于《香港文学》221期，2003年5月），也曾把它收进与友人合编的各种选集，详附于该篇小说后的书目。

贺淑芳的文字恬淡简约，不如黎之华丽浓艳；从这批作品来看，语言也未见风格化。是一种可以随题材伸缩延展的平静的叙事语言，而不是老派马华现实主义常见的那种近似退化、辞与意有着难以填补的缝隙的**华文**[1]——在一个访谈中，她自陈这方面深受香港作家西西的影响[2]——从这批作品来看，西西的影响所及应不只是语言，而涉及方方面面。尤其是那种耽溺于幻想的倾向，以及明显的世界主义。两者是紧密关联的，后者更意味着是与世界文学近乎亲密的对话，从西西多变的小说写作到诸如《像我这样的一个读者》都可是见证。当然，这里的世界文学主要指的是现代主义之后，尤其是拉丁美洲文学以博尔赫斯为首、集大成于马尔克斯，有时以**魔幻写实**这一修辞含混地归属的大批带着强烈幻想色彩的作品；二战后意大利卡尔维诺、布扎蒂、艾柯等的文学实验；二战后东欧的文学实验（从布鲁诺·舒尔茨到米兰·昆德拉）；一九六〇年代以来美国的后现代主义文学；一九八〇年代后中文小说界的相应变革等[3]，这也意味着马华文学新一代阅读水准品位的提升。

---

[1] 贺淑芳，许维贤：《从然然到贺淑芳：讲文艺很戆居》，《蕉风》第491期，2004，页18—23。见本书附录二。
[2] 那与刻意求破的破中文不是一回事。我过去在讨论雨川时曾约略涉及，另文详谈。
[3] 见贺对我的提问的答复，本书附录一。

在诸多文坛先贤中，尤其是那也许影响西西最深的卡尔维诺，包括卡尔维诺对"轻"的主张、对叙事可能性的探索、对天真而残酷的童话的回归、避免让文学陷入现实的泥沼等，都让贺远离了马华文学自身的左翼文学传统，而展现出面向世界文学的意志。如《时间边境》《迷宫毯子》这样的标题是博尔赫斯式的，虽然，内容是另一回事；然而，《时间边境》明显地是对阿根廷作家胡里奥·科塔萨尔《被占领的房子》的改写，或者说肌理更丰富的（博尔赫斯式的）重写。

从下引句子可以清楚看出这一点。譬如小说的主人公说：

> 你在梦中离开那栋房子，来到了月台，并在梦中随手找到一张邮局包裹的包装纸写下这封信给我。

> 你却在梦中跨越时代，错误地送到我这里来。

> 我与你这封信所要致予的对象也是全然叠合的同一人。显然，在现实中各种过去与未来的时间并存。

> 多重时间，歧路花园，梦，镜子，甚至平行宇宙。

那是奇幻文类相当普遍的时间感——时空体。

作者显然深深着迷于时间流逝过程中必然形成的间隙。相较于《时间边境》里仿佛存活于平行宇宙的另一个"我"神秘的试探,《迷宫毯子》则苦涩得多。叙事者是幽暗记忆愁苦的守护人,作为"活在父亲和母亲遗留的时间里"而负载着太多秘密的年轻女人,她迷失在自身存在的时间迷宫里。那以不是那么可靠的记忆形式显现的爱、伤害与期待、梦与幻想,被具象化地喻为一种永远织不完的毯子。犹如在捉迷藏游戏中被遗弃的躲藏者,孤独地在密室里咀嚼她的寂寞。无边无际的空洞时间,像一个填补不了的破洞。也犹如那些被剪下的碎布,"它们都是剩余的,无人需要,早已被剪除,割下,不再期待联系"。从这里可以看出,贺的小说对外国文学的借鉴,是为了处理自己独特的存在感受,在表现上也比她的先驱们更为忧郁也更为悲伤。《迷宫毯子》中的毯子与柜子、《时间边境》中的房子,空间的破洞对应时间的裂隙,犹如《日夜骚扰》那因父亲卷款而逃留下的被毁掉的家,主人公最终和她恐惧的对象同化了,而呈现出一种东欧式的阴惨色调。

近乎怪诞的幻想,骨子里或许是对存在本身(**存在与时间!**)的迷惑。开篇的《死人沼国》即涉及死生难明的界限。那在梦中不断被杀死,然而对加害者而言却是杀不死而不断复返以被再杀死的女人;自身的存在对自己和他人都是难以理解的混乱,没有基准点。《月台与列车》被放大的月台与火车的间隙,"每一条隙缝都像嘴巴,会活动——会膨胀,也会缩小!当你害怕时,它就会张开巨口,吞没掉一切、一切。"虽然以旅程喻人生是老掉牙的隐喻,然而作者却把它发展成恐怖的寓言,以一个不小心"被夹掉了身体"的头,来具象化那种荒诞感,有股芥川龙之介般的鬼气。

而集子大概有半数的篇章,都可以说是《月台与列车》这段博尔赫斯式的文字隐含的存在感的具体化:

> 在隙缝里有另一列相似的车厢与月台,在那座月台与那趟列车之间也有相似的隙缝,于是我将在无数次跌落到隙缝里,也将无数次回到相似的火车上。或许那些在月台上的人也和我做同样的梦,一再重复掉入同样的隙缝中,并一再回返到相似的月台上。在那里徘徊来去,无休止地、重复又重复地跌落,直到我们互相成为彼此的镜子。

像精神官能症那样被生命中的微小的事物(一般人会略过它)吸引,甚至因而着魔,创造出幽幻的客体。

从马华文学的本土立场出发,一定会质疑贺的现实感,虽然就小说而言那并不见得那么重要。然而在贺的小说中,观察一下这问题其实是蛮有趣的。在前述访谈中,她对小说的"社会意识"颇不以为然,似乎属意的是较为"纯粹"的叙事。因此我们或许可以看看现实怎么被处理。像《时间边境》《迷宫毯子》《月台与列车》《死人沼国》《梦游者》都看不出什么特定的时空背景(换言之,找不到大马本土论者要的大马或大马性),而是在一个抽象(到处都有月台与列车、毯子、房子、梦)然而具体(由逼真的细节构成)的寓言空间。也就是说,较不重视社会—历史的向度,更别说是政治。纵使如此,《月台与列车》里也出现了**烟霾**——"别无选择,你必须习惯抬头看见这片低压压的密不透气的白色天空。每当远方另一座狭长岛屿的森林燃烧时,它就来了。"这是有具体现实参照的。近二十多年来,因印尼拼命砍伐原始森林并大量焚烧余木,而对马来半岛的日常生活造成严重的霾害,改变了半岛的天空。

这烟霾,从《月台与列车》飘到《消失的陆线》《重写笔记》。而《消失的陆线》那因铜铁价格暴涨以致电线、水沟盖、铁门等屡屡被窃,而官员警察视而不见,是非常明显的"此时此地"的现实(犹如《像男孩一样黑》中被强暴的少女的悲惨处境)。就《消失的陆线》而言,从因电话线被窃以致远程沟通出现障碍这样的处境出发,小说的匠心在于透过这样的情境去演绎忧伤的成长心情,主人公因成长而和原生家庭之间产生疏离与眷恋的永恒拉锯，而把"消失"的问题深化、展开，进而探讨每个个体生命成长、因时间流逝而必然面对的诸多"消失"的悲剧——消失的一代人、景观、房子："一旦没有人住在里面，屋子就会更快败落。注视着它，里头还藏着什么东西。空荡荡的屋子里所装载的比从前更多：消失、遗弃，已经过去的过去。""到处都是窟窿。空空的，那种把光吸掉的裂缝。"这都是具体而普遍的存在情境与感受，"消失的陆线"的偶然性被消融入普遍的存在背景里。这在贺的写作里，常被前景化为"**裂缝**"，一如在《月台与列车》中被抽象放大处理的"隙缝"。

类似的情况，如《重写笔记》的主人公被抢劫受伤，多少反映了大马近年（或许因为外劳管理失当、贫富不均、警察颟顸等而造成的）治安败坏，但小说的核心却放在写作——电脑被抢走以致被迫必须重写遗失的作品，"我好像不是在重写旧稿，而是在写一件重复发生的事。"因重写而重复发生、重复经验伤害，小说甚至因而枝蔓开来，走入时间裂缝造成的歧路岔道，转喻式地转移阵地，那陷入时间终结状态的病床上濒危、即将被国家医疗体系抛弃的母亲。

集子中篇幅最长的《黑豹》，写的晚近被马共自身神圣化，而建国以来即被官方污名化，被华人民间视为禁忌的"马共题材"。那被黑豹附身的主人公，或那附身于主人公的黑豹，经由女主人公爱欲的招募，而重新获得自我意识。被唤醒的不是转生的马共，而是象征不死的原始驱力的黑豹。现实政治与历史里的崇高或卑琐，均被转化成歌德式的恐怖与荒诞。在现有的马共题材小说里，这篇可能是离"马共视域"最遥远的。作者显然刻意与特定的**现实**保持距离。

大概是记者的经历给予作者若干的社会题材，譬如《像男孩一样黑》《创世纪》，而后者尤其见野心，是这本小说集的精品之一。作品揣摩的是疯女的感知世界，那绝对陌生化、近乎沟通弃绝的世界，然而在处理上也是企图把它普遍化、寓言化——看不到什么"大马"特性（反讽地说）——主人公寄生于现代都市的底层，勉强求生存，被驱赶、被唾骂、被痛殴、被关押、被强暴。那样的存在，作者赋予它哲学的意味，一个"剩下"的世界——剩余的存在："只有那些扔掉的东西吸引你，那种蜕变的事物，你可以看得出这些东西总是'剩下'的，剩下的盖子、鞋带、纽扣、纸、一小段铁丝或塑胶。"如同《迷宫毯子》里被母亲裁下的那些剩布，没有总体可以让它们回归，没有居所。她被抛于可触的与不可触的、错乱的感官世界，栖身于破洞的房子，拥有的是废弃的簿子，表现自我的方式是自己也看不懂的涂鸦，前于理性世界语言的语言、不可解的天语／疯言。因被强暴而怀孕，女人天生的创造力、幻觉似的感知世界，把这一切衰败痛苦转化为、升华为创世（写作）的寓言：

> 你的话跑进你的肚子里。每一天你把簿子绑在肚子上。用一些绳子，用一些长长的布条，把簿子捆在裤头上。你的话就从肚脐眼里跑进去。在你的肚子里生长。必然是这样，肚子，它渐渐大起来了，渐渐地鼓起来。像一只小羊藏在肚子里。它会在里头跳动。它有角，会从里面踹你。你不是不高兴的。那些线，那些点，在你的肚子里。变成一头羊。
>
> 她的脸正在生长。首先只是长出一些细小的裂缝。裂缝慢慢扩大。
> 那些裂缝像眼睛。像嘴。像鼻子的洞口。它们也像别的东西。你所熟悉的，你的文字。
> 裂缝增加，横七竖八的裂缝。那些星状的条纹，那些分开的，或是衔接的、不规则的曲折线条，那些乱麻一样的伤痕，你的密语飞到她脸上去了。

不可理解的存在。这样的创造看来不是简单地达成救赎，而毋宁是一张迷宫毯子。太多裂缝以致很难说是个整体,生命自身在缝隙间捂着嘴哀号。

  我不知道往后的贺淑芳会走向哪里。唯一的小叮咛是,"此时此地的现实"是个重要的选项,不必清除得太干净。**烟霾**并不妨碍**迷宫**。

目 录

推荐序：迷宫与烟霾（黄锦树）   i

死人沼国   1
梦游者   7
日夜骚扰   11
月台与列车   25
时间边境   37
消失的陆线   58
重写笔记   81
创世纪   110
像男孩一样黑   139
黑豹   152
迷宫毯子   217

重读，后序   259

附录
 黄锦树的提问与作者的回应　　　271
 对渴望想做的事情我总有借口拖延它　　　280
 创作年表　　　289

死人沼国

门被打开，她的脸顿时刷白。

她见过他们许多次，在梦中。这事发生得很快。起先是一张脸，随后是同样的棍棒。他们贴在车窗上凝视她。在仪表板上，一枚提醒司机缚上安全带的警讯灯还在明灭闪烁。一双手强悍地把她从车厢里拉出来。过去她都知道这是梦，这次却不，一切相当实在。她的喉咙干涩，发不出一滴声音。他们终于来了。声音困在体内，意识犹如一堵墙壁，把清醒和梦境隔开，永远也弄不清楚，到底是什么轻微隐藏的通道，让她在梦与醒之间来回往返。梦中的时间难以分辨，总是有一道梯级，不知导向何处，是地面上抑或地底下，是上升抑或下降，宛如身在逻辑错置的空间。到底有几张脸孔？不晓得，不记得。

梦很快就被遗忘，醒后只记得局部细节，零星片段无法连贯，断裂，如破碎的音节。

现在这一切都很真实，水泥钢骨无法切除在头顶上穿梭而过的车流声，如被过滤的雷鸣。有一道沉重巨大的铁闸门，不知在何处吵喧地打开又关上。通风口、空调器，其他楼层的车子转弯时刹车器发出尖厉的吱叫。从楼梯那里隐约传来一串模糊的说话声，宛如井底回音。所有遥远的噪音，在一秒钟里和那一记猛然挥向她的棍棒同时涌来。

在快昏迷之前，她还听见有一阵规律、平板的脚步声，在梯阶上响起，由高而低，由远至近，咯哒咯哒地来到停车场的入口，戛然而止。心脏激烈跳动，她奋力抬起头来，想捉住这个千载难逢的机会，视网膜上晃动最后一丝光影，是男人，或者女人，无法确定，对方看见她，惊慌尖叫，仓皇逃跑。

于是一切都不再重要了。

那些夜晚她常常无法入睡。以为清醒时，却原来是在梦中。她将会永远记住那串脚步声，假如，她真的醒来，这将会是个清晰的细节。先是一串平稳、然后是落荒而逃的音节。皮鞋敲击在水泥梯阶上。楼梯藏在门后。

再也弄不清楚阶梯到底导向何处。

一根麻绳绕过手指、臂膀和脚踝，摩擦伤口，也许扭断了一根或数根指头，她在痛楚中醒来。嘴里塞着某个硬物，她吃惊地发现牙床上只剩下几颗稀疏的牙齿。双手反绑在后。她看见自己身上的衣服沾满大片鲜血。她闭上眼睛。睁开,又闭上。

光线黯淡。车厢在震动摇晃。车窗上有一枝枝铁条,像防范犯人一样制止她跳车逃走。头颅必然已经破了一个洞。她可以感觉到头盖骨上的血液急速窜动。眼前没有别人,她完全是孤独的。但她不想逃跑。车子似乎爬上崎岖的斜坡,终于停下来时,门打开,他们把她拖出车厢,拖在坚硬粗粝的沙地上。

沙砾划破了她的丝袜、衣服和皮肤,各种细小的尖角刺入表皮拉出长长的血丝一路经过脚踝、腿和脖子直至没入头发里。身体颤抖,皮屑剥落。痛到极处爆裂开来时,痛的感觉刹那消失。她的鞋子掉落在一块大石头后面。眼前跳动的斑驳光影,偶尔可见滴水的青草和不知名的野花。

湖水,蛙鸣。看得见树梢上的天空。阳光如金币自枝丫间筛落。这是橡胶林吗?还是锡矿湖?对方俯身向她,她忽然呛咳,吐出一口浓稠之物,溅了对方一身。深蓝色的制服,丝织的徽章,臂膀上如鱼尾般的两道白线。他怒骂,屎。

婊子。

另一人挥棍击打她的腹部,大腿和鼻子。她曾在夜里聆听自己的身体,听着体内的肠胃和肺叶起伏颤动,随着建筑物内的各种声响汇聚成失眠的曲调。如今自她的体内深处传来了陌生而痛楚的声音,但升到咽喉就变哑了，从那里开始又像毛发一样扩散生长，蔓延，渗透。她睁眼只见一抹锈红，可听见飞鸟自高空传来的清脆啁啾，这或许是晴朗的一天。有一种平静在逐渐升起，她要死了。时间已经不再重要，她必须挥别尘世。她温驯地接受每一记棍棒、烟蒂和各种尖锐物。

她死了。

其中一个男人说。

另一人踢她的腰。她的身体一动也不动。确实是死了。他们把塑胶套从她脸上取下来。五官已经糊成一片。他伸手探一探她的鼻息。

还没。

妈的。还呼吸吗？

掰开她的嘴，牙齿已经掉光，但舌头还在颤抖着，非常轻微，确实还活着。

有一枝尖尖的物体从那里刺进去，她激烈地颤动，如乌鸦般在林里哑叫。他们把她的身体翻过来，露出两轮尖削的胛骨，那里还有一片干净的、完好的皮肤。烧烫。刀尖刺入。搅动，削割。抬起镶上钉子的鞋底，猛踢头骨盖，直到半边头颅破了。把她摊在地上。如许多年前的雨季一样，开车碾过，再倒退回来。她的脖子喀啦一声碎了。车后轮压在她的头颅上，停住不动。

年纪较老的那个男人说，这样就可以了。

他们打开车后厢把钓鱼竿提出来。空气里弥漫木头的湿气和血腥咸味。别理它，老男人说，反正还要花一点工夫。老男人白发蓬乱，衣服被汗水湿透。车厢内壁与破垫子都布满了斑斑血迹。

……有完没完呢。

他喃喃地说。

妈的，还得花我的力气。年轻的男人悻悻然咒骂。这婊子千万别再回来了。否则就……

脑中一片空白，他想不出还有什么方法没试过的。在此之前，他们已经杀了她很多次。

他找出一块布来擦拭脸上的血。别理它。老男人又说。他走开前，看见轮子下沾满泥泞与血污的黑发，如海藻般展开。苍蝇在四周飞舞。他感到一阵厌恶，吐了口水，低声咒骂，打不死的怪物。

他们钓鱼回来时，她还没断气，车轮移开，只见她的脸庞已然坍塌，可是还活着。一团弯弯曲曲的肠子拖在腹部下面，可是这样一堆黏液状物体依然隐约在呼吸起伏，她的手指抓住了车前杆，缓慢地把自己撑起来，朝向池塘移动。一种棕色的液体沾在车牌上。血淋淋的躯体沾满草屑、泥巴与青苔。青筋在皮肤剥落的鲜红肌肉上跳跃。他们紧绷的神经如琴弦奏出高亢的单音。这把声音自往昔的梦中钻出来，未来也将继续在他们梦魇里骚动，震栗，使他们睡不安枕，焦躁难安。

车后厢有个硬纸箱，上头的标签还没撕下来。他们逮住她，把她装进里头。可以丢进水里去吗？明天才来打捞这把烂骨头。年轻的男人问道。

或许根本不需要打捞。老男人说。

她温驯地耽在纸皮箱里，像只被剥皮的兔子。他们在里头加上石块。他们在岸上注视着她像铁锚般沉没。

这一次，她会死吗？

他情愿相信这是梦。有时人会重温旧梦，一个在前一个梦中已经死掉的人，下一个梦里又活生生地重返屋内。这是可能的。老男人奇怪时间都到哪里去了，假如时间不是幻觉，从很多很多年前开始，记不起究竟是哪年哪月，这个女人总是一再出现在车子里。那时他还很年轻，当时也有个年老的同行带着他，带着警棍、手铐、车子，如祈祷般的口吐脏话，盲目地、狂乱地、如遭电压般紧张地进行这一切。他们必须破口大骂、用力殴打以便纾解这份要命的痛苦。历史一再循环重复，先是女人，然后是必须一再动用的棍棒、手枪、尖刀。女人，穿着白底蓝点质感良好的衣服，在毫无预警的情形下出现，温驯地被虐待、殴打、拖拉、戳刺。每次杀人比简单的巡逻、站岗要辛苦百倍。折磨别人掏空了他们的一生，直至死亡来临。不明白她为何总是打不死，她的身体搞得他们筋疲力尽，弄了一整天，只想匍匐到另一个混沌、荒芜的，没有被虐者和受害人的梦境。

梦游者

一切眼见皆是幻影,你要当心。

道士已经远去了,声音却在门后停步,锁在室内,围绕着炽热的鼎炉徘徊不去。

一切大事就靠你了,侠士。

他闭目敛神,一柄长剑斜挂腰后。

眼前炉火中,仙丹烧得正旺。致命的气味在屋内袅袅上升,白雾弥漫室内。门是掩蔽的,一如他的眼睑始终是紧闭的。回想刚才,妖怪魍魉多如梦魇,倏然扑来,赫然消失,似乎已被凛然剑气击退千里之外。气息渐缓,须臾归复宁静。冥想中,他的眼睛似已穿透那扇薄薄木门,看见门外满山的巨石嵯峨,只闻狼嗥声振林木。宇宙纯净苍穹,点点星辰如睛点漆,包围鼎炉、山林、小屋和人。

传来一阵敲门声。

有人正在敲门。

持剑,闭目,调息,不理。

敲门声渐渐急促,低低哀唤:"开门呐,开门呐。"

寒夜凄凄,谁人到此?一手落在剑柄上,蓄劲待发。门外的人兀自哀泣,似已肝肠寸断。抢劫啦,杀人啦。救命啊。

门外那具绝望的身体与血迹泼洒来路,霎时间宛如清晰可见。一个女人顽强地执着自身行囊不放手,一柄雪白刀刃毫不迟疑地把手砍下,沉重的敲门声不是从手与门之间发出,而是来自头颅、肩膀或膝盖的撞击,起初奋力如擂鼓,渐渐微弱如落叶拂落门外。但闻脚步杂沓声,逃走的,是匪徒?还是卫士?

不,一切皆是妖怪制造的幻影,意图动摇护丹者的心志,使他开门,使他心神涣散,使他开口怒骂,哪怕只吐露一个字,守护仙丹的任务就将作废。

侠士心想,事件必然陆续又来。弱者,那些手无缚鸡之力的书生,乞丐,老人或女人。他们将对他哭诉,独自一人带着行李连夜赶路,赴京的盘缠被抢了,衣服被剥光,浑身颤抖等在门外。一个女人被山贼强暴了,巡逻的兵士又把她按捺在门上猛烈攻占。两扇木门摇晃噼啪作响,如弦响弓颤,滚过漫长的夜晚,使夜色震颤脆裂如玻璃,不复完整,不堪回想。

谎言。不要相信他们的话。受虐者都擅长编造故事,一切皆是谎言。为什么一个孕妇要独自上山来呢?既有盘缠,书生何不在妓女怀中过夜?一个乞丐总该在豪门外徘徊，弃婴不外被扔在茅厕里。卫士顶多逛进市场里向摊贩们敲诈，罪案的滋生处，是城里而非深山中。事物应该在混乱的闹市中腐烂，而不在人迹稀少的百丈悬岩边缘处喧嚷鼓噪。

难道你不相信有个女人从家里逃走了？她可能约了情人私奔，却被抛弃在路上。或许有个母亲出来寻找她走失的孩子，却遇上了匪徒把她挟持到荒野里狎弄，她慌不择路逃跑时难道不会被射出微光的小屋吸引？事情总有例外，故事偶然会脱离熟悉的秩序，走进旁支。

陌生人哭诉的哀音在门外徘徊。侠士从没见过他们。他想象着被那扇门遮蔽的众多形象，这群天明后就会被遗忘的人，对他们的记忆终将逐渐扁平、淡化为木门上的纹路与残迹。一方面他又忍不住这样想，模仿得真像啊，妖精们，只为要引他开门，看看这些被世道折磨的可怜人。

侠士想：不，这一切，发生在我看不见的门外，假如我去开门，我可能看见那些支离破碎得让人难受的身体，也可能只会在黑漆漆空无一物的夜色中发现自己上了妖精的当。可是假如我不去开门，那么我将继续被迫去回忆那些曾经在城里见过的穷人，如何被我听过的一些残酷法子折磨。他们经常抱怨生活与命运：总有人被强盗摔在地上打滚倒地不起，黄花闺女被强暴。两个穷人结伴而行，一个人饿得把另一个人吃了。

然而，我若因一时愤恨而离开仙丹炉，拔剑开门，这种正义其实也是模糊而难以辨认的。唯一真实的，只有我正在闭着眼睛——什么都看不见，以及我正在进行思索的这件事情本身——什么都想不透。问题在于，我怎么知道自己还没提剑开门冲出去杀人过？我怎么知道炉里的仙丹还没失败？毕竟我也曾在其他地方、其他时刻，冲动地仗义救人、杀死个把人。然而往事回想起来，就像梦，分不清事发的先后。一个梦紧接着另一个梦，谁知究竟是梦中之梦，还是在梦中追忆昔日的旧梦？我或许已经出去过了，所以我的手才抓着剑柄，而剑尖上正滴着血。又或许目前发生在木门之外的，那些虐待与罪案，只是妖精的戏弄：正如发生在城里的，那些人们流传的听了让人痛不欲生的事情，不过是动摇人心的，如浮絮般的断片，或记忆的骗术罢了。

如此，坚守着不打开的木门，门内门外将继续维持夜晚的宁静与和谐，和发生在这扇门外的冲突，在无法确定的时间中相互交织，如玻璃碎片般的哀泣声，穿过丛林与掩上的门窗，穿过从水银、朱砂和一些不知名之物散发的冉冉白雾，降落在纹丝不动的侠士身上。

日夜骚扰

总而言之,那是只不受欢迎的东西。谁也不确定它是什么。这问题说大不大,说小不小。每天晚上,它鲁莽地横越屋顶,在那里放肆地左奔右窜,如一场疾舞垂顾每间屋子,使得每一家的屋顶如琴键般轮流翻腾起伏。这段暮色的旋律来去悠忽如风,像梦一样短暂,须臾戛然静止,到半夜却又猛然袭来,使得此地寥寥可数的居民,梦中不时被这莫名的声音侵扰。

"可能是野猫。"

"我看这不是猫。猫动作很轻的,这么野的不是猫。"

"是蝙蝠。"

"不是蝙蝠,是老鼠。"

这股嚣音也如它来时一般迅疾地隐没,人们可以很快适应它就如适应回教堂播送的祈祷声。但它留下的各种迹象才烦人:一股酸得刺鼻的味道弥漫屋里;在天花板或水泥墙上,有几处颜色变黑了,像不明液体渗透的痕迹。那上头也出现裂缝,很难确定这表明了什么,也许纯粹是水泥或外层油漆干剥的自然现象。镇上的屋子已经很旧,在那些百年老房子里,你必须放轻脚步,一旦走得太快就会感到楼板仿佛在起伏晃动,虽然不是很激烈,而是极微、极轻微的,但已足以勾起紧张的情绪,仿佛一个不小心就会踩出窟窿来。

"有机会就走吧,这里也没什么好留恋的。"

"那你为什么还回来?"

"我来看爸爸。"

"打算待到什么时候?"

"迟早要走。"伯父反问姑妈,"那你呢?不想走吗?还图什么?"

姑妈说,什么也不图,我能到哪里去呢?在这里住了大半辈子,哪儿都去不了。

在这屋子里头,说要走的人很多,然而,这些人却又并非能说走就走。不管喜不喜欢,大家都得无奈地留下,耐心地,等上一段时间,等,等到我父亲出现。到时候一切就清清楚楚,一切就明明白白了。不久以前,我也和他们一样坐在那里,陪祖父说话。医生说,我们应该常给祖父说说话。故此,围绕那张床,大家就随便谈一谈。话题像一滴水,落下来,四散流溢。大家谈了各种应对的方法,也仅限于纯粹地谈着。

"知道怎么杀野狗吗?把狗赶到死角去,没有地方逃了,就开枪,砰!"

"那上面有几只东西你知道吗?"

"不知道。"

"如果可以用猎枪,早就动手了。"

"不能用枪。"

"死了人谁要负责?你知道吗?"

"我不知道。"

这太窝囊了。最简单的陷阱,莫过于找个笼子装上狼牙铁齿,用一块肉引诱那个东西。有个亲戚这么说。有人点点头,嗯,大概是可以的,行,这很容易,不过论成效恐怕是白费心机的,这些年头连打地洞的老鼠都变得聪明了——带着一点点轻蔑的语气,这么回答。谁也不确定屋顶上嚣吵的那个野东西到底是什么、长什么样子、体型多大、数量有多少、爱吃什么——。有人说它比猫小,有人说它比狗大。

"你看过它吗?"

"没看过。"

这么回答的时候,我忽然对身边的人和那些话,没来由地厌烦起来。

"不如你爬上去看?"

"看什么?"

"就爬上去看那上面有什么东西?"

"为什么?"

我不耐烦地反问对方。开个玩笑有什么关系,何况别人又没真的说什么——但我还是光火起来。真是蠢透了。别傻了，前几天才有几个年轻人爬上屋顶找猫，结果被警察当成贼抓下来。他们不是找猫，找猫是借口，我看他们真的是贼。那么我不上去，免得给人当成贼。我们哪真的要你上去？哪会舍得呢？——这倒是真的，因为我就是那个诱饵。他们一直盯牢我的动静——只不过是说说而已。话可以这样乱说吗？怎么啦你？嘴巴闲着说说不行吗？否则日说夜说，哪来那么多话说呢？

老祖父的照片是颇为威武慑人的。如今他的身体皱得就像花生壳。他已经不再阻止亲戚们吵架了。从前这种事是不会发生的。那时候大家在他面前都得战战兢兢，敛神屏息。现在大家却各怀鬼胎，说起话来吞吞吐吐，一有机会就出言相讥，毫不退让。

祖父经常呆怔怔地抬头往上望。有时候，他会呼唤他的儿子、我的父亲。

"阿复。"

祖父的眼睛到底望见了什么呢？横梁上蛛丝结缕，只有一扇天窗，那是唯一光线的来源，从那里投下的光线照亮屋里惨淡的情形。这是一栋被遗弃的房子，被遗弃的事实从那腐朽的楼板和白蚁蛀朽的柱子上瞪视着你。从前二楼铺着光溜滑亮的柚木地板，现在已布满一大堆小坑洞，每踩一步，木屑就像粉末一样洒落下来。从天花板垂下的电线宛若丛林垂蔓与根须，老旧的墙壁触手黏腻，屋子一年到头脏得不得了。这是因为姑妈已经老得无力洗擦了。这工作目前是我做的。我经常用一块抹布，沾了水开始擦洗。一个人在底楼擦着那样粗粝且积满沙砾的地板时，我经常害怕整栋房子会忽然垮下来把我压扁了。有时候我会幻想有个可怕的、毛骨悚然的东西栖息在屋顶上观察着我们。在这栋房子里，似乎有一双你看不见的眼睛躲在暗处。我经常觉得那双眼睛才是这栋房子真正的主人。那双眼睛在黑暗中凝视，窥伺，从背后看透你整个人的全部。

祖父终于变痴呆了，倒是挺好的，否则大伙还得拼命演戏来隐瞒真相。真相是我父亲卷款逃走了，因此你可以想象在这个家里我的处境有多尴尬。虽然没人明讲，但现在所有的问题都要算到我父亲头上去。他使整个家族蒙羞，使我们负债，也使我们被外人鄙视。

这些年来，我父亲到底跑去哪里了呢？有时我会幻想我父亲并没走远，他或许就躲在屋顶上。警察没敢上去，倒是消防队的人上去看过了。他们毛手毛脚地爬上去又爬下来，说什么也没找到。

以后我该怎么办呢？轮到我陪伴祖父的时候，我就问他这个问题。有时候，为了解答这个问题，我就对着祖父给自己讲一个故事。然而，难道我的祖父需要我讲故事给他听吗？在半夜里，如果你也醒着，你可以听见他在自己的房间里一劲儿唠唠叨叨，活像给什么人说话。隔着薄薄的墙板，他说话的声音模模糊糊地在屋里回响，有时欢快有时振奋，有时愤怒有时平静，听起来就像独自一人的宴会。即便你躲在被单底下，在黑暗中掩耳朵，你依然听见那声音在屋子里嗡嗡作响。于是我就会幻想，是我父亲回来了，是他站在祖父前面听他训话。但我从来不敢起身去我祖父的房间，我害怕看见父亲长着卑鄙的小偷模样。在街灯照耀下，铁窗花的阴影被拉长了，斜斜地垂落在沾满灰尘的橱柜与橱柜之间，整座老房子就像一个巨大的铁丝笼子，四处都是隐而深黑的洞穴。每当有车子经过，随着车灯移动，影子就忽长忽短地逃向墙角。他们说得对，这里绝对可以藏匿一个罪犯。只是关押久了，他势必要染上属于这栋房子的颜色，灰色的，褪色的，斑驳的。

无论是脸，还是身体。

姑妈的脸孔是非常苍白的。她常常嘀嘀咕咕地找东西，不是找眼镜，就是找剪刀或缝衣针线之类的物件。她越来越善忘了，出门之前，经常在屋里磨磨蹭蹭老半天，结果忘了原本出门的目的。我看她迟早会变得像我祖父一样。那时候我就会更加辛苦了。轮到她陪祖父的时候，她就不停在抱怨，抱怨都是因为他的缘故，她才结不成婚，到现在还是个老处女。她也诅咒他快点死掉，她越说越大声，还以为没人听到。关在屋里越久，她脸色越灰暗，仿佛和这栋房子的水泥合为一体。

她的腿上浮着红蓝色蛛巢状的血管，仿佛蜘蛛结网结到她身上去了。她就像一片乌云停滞在客厅里，她把暮色带了进来，暮色从她的皱纹里渗透出来，如果她不说话，谁也分不出她跟祖父，哪个比较像死人。

如果我的父亲也躲在屋子里，他也会变成这模样吗？有人说，你只要看着叔叔就会看见父亲，因为他们长得很相似。我曾经这么幻想过，我叔叔就是我父亲，尽管如此，他却很讨厌我。他经常撑着一根拐杖在屋子里晃来晃去，一边诅咒所有看不顺眼的事物。你不要以为他有多可怜，实际上他两条腿看上去好好的，又粗又壮。他撑着拐杖的臂膀很有力，肌肉滑滑亮亮，身体也结实得很。那是因为他终日吃喝睡觉，什么都不干。谁也搞不清楚他为何忽然就不能走路了。这是心理病，我姑妈这么告诉我：一个人起初可能只是扮演，但假装久了就会变成真的。如今他非得持着拐杖才肯走路。如果没有拐杖他就一步也不肯动。

笃笃笃，你听见他的拐杖声出现在厨房，就知道他开始在找吃的了。笃笃笃，你听见他的声音出现在楼梯上，你忍不住会提心吊胆，担心他摔倒了，一骨碌滚到地上，也会担心他的拐杖会把楼梯戳穿一个大洞。当他发脾气时，你会听见他用那根拐杖猛烈地敲打墙壁和楼板，你会惊讶他竟然那么有力。有时这种事情发生在三更半夜，因为他受不了祖父喃喃自语的声音，便愤怒地撑着拐杖在屋内走来走去。因此祖父回荡在屋里的话语,也经常夹杂着叔父的拐杖声了。这种教人抓狂的感觉就像养只发神经的跛脚牛在家里一样——保不定什么时候,整个家都会因为他那支拐杖而垮了。

所以,您可以体谅我,作为被指责是盗贼的孩子,待在这房子里,这是多么难受呀。当二姑妈、大伯等一大伙亲戚过来时,我感到他们都是来监视我的。当邮差出现在门前或当电话铃响时,他们就紧张起来。或者,当我去陪祖父时,他们忽然像蟑螂那样四处流窜,东刮西搜,从客厅一直找到我房间,同时顺手牵羊。当我期期艾艾地问他们,那些蓝瓷花瓶、那些镶在墙上的照片和抽屉里的账簿都放哪儿去的时候,他们就哄堂大笑了。他们在笑什么呢?是我的样子来得可笑呢,还是我的问题好笑呢?

这些晚上、这些白天、这些年,他们经常令我不知所措。我搞不懂这伙亲戚。无论出现什么情况,他们都会哇哈哈、哇哈哈地笑。或许他们之所以大笑,只不过是因为他们很想尽情开怀大笑而已。当他们要你怜悯他们的时候,那些脸孔也总是笑得欢悦无比,就像他们都中了彩券的头奖。我大伯会一边对你说我完了,一边又笑得上气不接下气。告诉你,我失业了,他会这么说,因为笑得太厉害所以咳嗽起来,因为笑得全身发抖，抖得连杯中的酒也溢了一些出来。我完了，他说，一边把嘴角笑得弯弯的，一边替自己和身边的人倾满酒，而其他的人也高高兴兴地和他干杯。

我再也不能工作了。他说。

如果你说"哪有这种事，您还不老"，他就会给你看他的腿，并说，我还不老，可是，你看我的膝盖上，长了这个，就再也不能上班工作了。

在他的膝盖上凸起一块像鹅蛋般大、红肿得发亮的肉瘤，仿佛一碰就会裂开似的、恶心地浮起一座紫红色的小山丘。喝完这杯，我明天就要进医院检查了（不过，到明天你会看见他仍然坐在屋子里喝得酩酊大醉的）。

你没事的，只是被什么野东西咬了。

不是被咬，他说，微笑着说，用力按下去也不会痛，你试试看。

大伯疲弱地微笑，他今晚实在笑太多了。他红着眼睛，弯曲着那只畸形得可怕的膝盖，我看他的手抖得抓不住酒瓶，不知为什么，我的手也是。事情已经很明显了，大伯说，这个启示已经很明白了，你得同情我。他恬不知耻地说。他的脸孔和脖子都红红的，但没醉，他只不过两杯下肚之后，变得比较放松而已。据说喝了酒的人会更愿意对别人说出真心话。他眯起眼睛，脸上浮着朦胧的笑容望着我，我本来应该拍拍他的肩膀，鼓励他，安慰他。但我却害怕起来，就像只要再坐久一点，他那只肿瘤就会传染给我似的。

我再也不能工作了。我大伯又说。将来我就会像你叔叔，每天坐在家里，不，或者，像你爸爸一样，偷一大笔钱溜出去快活快活……一听他提起我爸，我就立刻感到羞愧难当。大伯父又狡猾地问我：

"你阿爸好吗？他没再来找你吗？"

我深深地、深深地对这一切感到嫌恶。幸好此时屋顶激腾起来，像有一场竞赛在那上头进行，那只东西在屋顶上喧嚣着滚过去了，从屋檐边缘冲上屋脊高处，直至巅峰就欢快呼啸滚落，旋即咚砰咚砰地翻滚到另一端。屋顶上突如其来的嚣声淹没了大伯父的声音。我趁机摆脱他溜走。我经常想象在屋顶上滚动的是一堆断肢残臂黏合起来的肉球。因为每次它响起来时，屋里便再度飘着一股臭臭的、酸酸的腥味。

这就是我告诉祖父的故事，我所面临的遭遇和亲戚们的丑陋行径。我告诉他，亲戚们老是在偷东西。他们把所有值钱的东西都偷去卖钱。我说，请您快点清醒过来吧，他们快把家里掏空了。我抓着他的手臂哀伤地哭了，泪水鼻涕弄脏了他的被子。

我的祖父有把我的话听进去吗？他的痴呆症已经如此严重了……我几乎不敢相信我的耳朵。我家里没有贼，他说。我们家里没人当小偷……然而，这也许仅是我的幻想，因为语言从他嘴里吐出来过于含糊不清，也许是我把那些脱落的音节穿凿附会出这样的意思来。不管怎样，旁人听我告状却是一清二楚，我不知道叔叔躲在一旁听我抽抽搭搭地诉苦有多久了。他一拳捶在我头上，一边挥动那支拐杖恐吓我，一边破口大骂："你这个小坏蛋，你这个下流种，你这个小杂种，你引诱祖父，你害我们全家丢光脸……"

我很惊慌。我推开他就往外冲。他挣扎着爬起来，我飞奔下楼。

"拦住他！"他高声大嚷，"拦住这个大骗子，这个妄想鬼，这个幻想的白痴，这小鬼头在祖父面前胡说八道……"

你如果看到这一幕一定会不敢相信，一个撑拐杖的人竟然可以跑得那么快。他说要把我关在房子里，饿上我一天一夜。或者，他也可以把我剥光了，绑在街灯柱子上，让陌生人来强奸我。他说我非得供出父亲的钱藏在哪儿不可。我将永远不会忘记这拐杖的声音，我在凌乱的家具之间乱跑，就像野狗一样快被追赶到死角，我明知前面是死路一条，但事实是我再也无路可逃。我可以听见他的拐杖在地板上敲动，就像要戳穿我的心肺似的。那声音结实得很，离我越来越近，越来越近。我的心脏都快从口里跳出来了。

他挥起其中一支拐杖，要敲我的头，却打烂了窗，窗框与墙壁哗啦一声裂开来,裂缝又深又长没入地里。趁他摔倒时,我从那扇窗口爬出去,沿着水管爬上了屋顶。我虽然很想逃得远远的,却无法想象自己如何在远方生存。我终于认识我自己了,一个懦弱畏缩的胆小鬼。就好像我叔叔阿乐一样,他那条腿不听他的话,我的身体也不听我的,它只敢待在熟悉的地方。我拼命往屋顶上爬。

我叔父在地上对我叫骂。他像个疯狗那样连珠炮发似的骂我是个没良心的野种,既不尊敬长辈又没有道德。但我怎么也不肯下来了。我知道他不会扔掉自己的拐杖,至少有段时间他爬不上来。

波浪状的锌板在眼前乏味地东一块、西一块,乱七八糟地搭成丑陋的、破破烂烂的地图。我到底还希望什么?有什么可以希望呢?不,我不知道这个地方还有什么。我可以听见风吹过树林,那些树叶和枝干被推挤成一团,哗沙沙地作响。起初我像四肢动物那样狼狈爬行。必须闭紧嘴巴,免得让泥沙、鸟粪或树枝掉进嘴里。到处都是铁片、石头等碎屑,偶尔被手压着了或被风刮动时便响起轻微的噼啪声。触目所见是一块块锌板,一道道雨沟在眼前有规律地起伏,布满灰锈斑点,像一片肮脏晦暗的波浪。没一会儿十根手指头都成了墨汁般的黑色。

屋顶并非是齐整一致地倾斜,这和我原来想象的不一样。东补西贴，像块皱巴巴的铁皮胡乱盖住井口似的。在某些地方，它几乎是平坦的，在另一些地方，又忽然陡起来。我必须征服这片领地。我滚过这整片锈海，差点摔落，但幸好来得及抓着一块突起的屋椽，上头有泥土滋养一丛野草。站起来，踉跄地走路，翻身，小心攀爬。黄昏的天空泛青色，斜阳的波光如倾注满天的醇酒，帮我庆祝一次小小的成功的历险。

在两片倾斜的屋檐交接处，形成了一个黑色的洞穴。我就躲在这个窟窿里睡觉，它又黑又凉，就像动物的巢穴一样。我忍不住幻想我的父亲也曾窝在里头，或许他也曾留下好几捆钞票给我。只是这个洞里现在空空的，什么也没有。但谁知道呢？很久以前消防员们曾经爬上去过。也许那次他们就已抢了他的钱并杀死了他。

我的行动越来越灵活，现在我已经可以在屋顶上行走如飞了。在这屋顶上的确什么都没有，除了破烂的锌板、灰尘、鸟粪之外，就什么也找不到了。有时候他们也会给我说故事，就说之前的一切都是误会。所有的虐待啦、监视啦，全都是我的幻想。他们说我是个可怜的孩子，因为父亲失踪了，母亲死掉了，所以才会终日沉溺在妄想中，并把这些妄想当成是真的。这些都是鬼话，我不相信他们。他们每天努力说服我，他们告诉我说，我生病了，我病得必须要靠着这些幻想才能活着，正常的人是不会把幻想当真的。

他们有时也骗我说，我父亲回来了，叫我下来。那个叔叔穿上我父亲的旧衣，假扮成我父亲的样子，站在地上向我招手，不过他持着的拐杖露了馅。我是不会上当的。他们一遍又一遍地说这些话，想骗我下来。但是我只要伏在屋顶上倾听，就能听出真相。

最近，他们也很提防我了。白天里祖父的房间静悄悄的，再也听不到他们围绕在祖父床边嚼舌根的那些话了。现在从屋子里所能听到的，只剩两把声音。一是我祖父半夜里响起的自言自语，咕咕哝哝，絮絮叨叨，听也听不清楚，这把声音带着它往昔的威严在底下这栋房子里萦绕回响，昂扬顿挫，从外头听来，你不会以为这是一个痴呆的老头。另一把声音是我叔叔的拐杖声，我可以听见他撑着拐杖在屋子里满怀怨气地徘徊来去，笃笃笃、笃笃笃地敲着地面。这两把声音交织成夜半二重奏。有时那声音传到屋顶上来，使我分不出他们是在屋檐底下呢，还是在我身边。

偶然在睡梦迷糊间，我梦见叔叔已经爬上了屋顶，准备把我抓下去。我吓得醒过来，睁开眼，除了迷迷蒙蒙的一片黑雾，就什么也没有。可一闭上眼睛，那拐杖的声音又来了，笃笃、笃笃，就觉得他也在这房子的屋顶上，阴沉沉、颤巍巍地朝我爬过来。

月台与列车

火车到站了。

那位穿着白色制服的年轻服务员正从车厢内扬声叫喊：不要抢！请大家排队！排队！请守秩序！

然而无人理他。如果你自高处俯瞰，你会看见人群涌到车厢口，就停在那里，仿佛有一支隐形横杠把他们拦住。无人成功下车，乘客们停滞在走道上，胳膊与胳膊相撞，肩膀与肩膀挤压。一些人挤过去之后，却踌躇在出口处，另一些人则悄悄地，宛如漩涡内的细小潜流，穿过厚厚的人墙，再度回到车厢深处。

仿佛烟霾飘了进来，熏染他们的肤色使他们变成一群灰扑扑的族类。尘埃模糊了他们的轮廓。他们在灰蒙蒙的光里连成一片灰云。在出口与月台的交界点之间，这团灰云继续囤积，蹙成一堆，层层叠叠，最外那层，那些刚从漫长旅途中苏醒过来的身体，僵硬紧绷，你不知道是什么东西在撑着他们。间中响起低而沉闷的咳嗽声，微弱的光线把他们的影子投落在车壁上。

你闭上眼睛一会儿，再睁开眼：车厢还是那个车厢，雾还是那场雾。他们的影子在车厢里轻微地起伏颤动。或许，是壁上的影子使他们惊慌失措。那些高高低低的、晃动中的淡灰色的影子，被拉得长长的，沉到隙缝中去了——

你总该留意看看。留意你的脚步，留意。你可能不觉得这有多么重要。但如果你想下车，你就得听好。

那张有疤痕的脸说。

这张脸出现在我的胳膊上方。它扒开拉链，从行李探出头来。在那张脸上，隐约可见两道疤痕划过双眼。由于那双疤痕如此均衡，我几乎以为那是特意切割的效果。当它微笑时，两眼眯起来，变成两道小小的创口，而划过那两道创口的疤痕就如一双括弧般往外弯曲。

嘿！你！

它喑哑的声音从我胳肢窝底下传来，就如帽子里的鸽子那样，露脸之后咕噜咕噜、咕噜咕噜地响。

那张脸睁大了眼睛紧盯着我。两道浓黑的目光仿佛是自那两道疤痕而非自眼里射出来。疤痕似乎不仅蔓延上身，也如根茎钻入体内。我的头、我的肩膀、我的腰、我的胸腔，抵着别人的肩膀、别人的背、别人的胳膊。原本柔软的躯体此刻仿佛随着时间推移成了化石，再也不会生长或衰老。

它说，请给我一口水。

我旋开瓶盖，将瓶口塞进它嘴里。它的眼睛满足地眯起来。水流进它的嘴里，却又从脸颊上的裂口汩汩流出，从那里倾泻哗啦哗啦的瀑布，脸上的污垢顺水流下，溅湿行李、裤脚和鞋子。浊水蜿蜒流过杂沓的脚步之间。

如果你要下车，你总该知道这件事。它说。

我为何要下车……？

你当然会想下车，因为没人会永远留在火车上。

它薄薄的嘴唇弯弯地往上翘，从那里伸出黑黑的舌尖，舔着唇上残余的水珠。整瓶水倾泻而光。它的眼神又恢复了悲哀的干枯之色。

现在你要听好，如果你想下车——注意隙缝，到处都是隙缝。它说。

在月台与列车之间，那道隙缝，说窄不窄，说宽也不宽。它又这么说。

我点头，尽管我不想点头，我也不想听。然而，不知何故，这些话却偏偏强烈地吸引了我，如漩涡盘踞心头。

那隙缝，如果，不小心陷入里头，火车一开，一条腿就废了。切勿、切勿跌进去。

那不可能，我说，那空间太小了！

就是会！每一条隙缝都像嘴巴，会活动——会膨胀，也会缩小！当你害怕时，它就会张开巨口，吞没掉一切、一切。

我不相信它，然而，却又忍不住幻想那情景。

吞掉什么？

全部。黑暗会从脚下逮住你！这张脸上透着一丝嘲讽：看我，看我现在这副模样。试试看吧，去做任何事情，漠视它，填补它，傻瓜。

它眯起眼睛。那双划过眼眶的疤痕里蓄积了黑色的污垢，随着水流而渗入眼窝周围的皱纹里，如一团黑丝结成的网。那双眼珠子在这张网中滚动，窥伺我的反应。我胸口一阵窒郁。

考验的时刻来了。办法显而易见，却很少人能办到。

为什么？

这是个秘密。

为什么告诉我这个？

因为考验的时刻来了。你必须知道这个，秘密，就是迟早要被说出来的东西。从秘密诞生之始，它就一直、一直在等候未来脱口而出、获得释放的刹那。

我想转移视线，我想扭头看别的地方，我想环顾四周，我想知道别人是否偷听我们讲话。因为别人都可以听到我们的对话所以没有可能成为秘密。别人的身体都夹着我们，或者，我们和别人一起共同把别人的身体牢牢夹住。举目所见都是我们共同的躯体，汗水淋漓、过度亲密、贴得太紧的四肢、颈项与手臂。皱巴巴的衣服包着躯体，布料之外是深浅各异的肤色与细小毛孔。那张像破损的木偶般的脸，紧紧地吸引着我，使我再也无能望向别处。

除非你把它说出去，否则收藏一个秘密会使你永远和别人分开。那张脸说。不管是整个火车上的人、你、我，或是外边的那些人，每个人都为秘密所苦。

它那薄薄的嘴唇因干枯而龟裂，变得更皱了。这张嘴巴像个窟窿，吞噬阴影的缺口，黑色变形的花朵，那些话语，仿佛滋长自一片无底的、黑色区域。那些黑色的牙齿，看起来就像血液浸过的碎玻璃，它们割过声音，使声音变得嘶哑。

秘密迫使一个人和别人分开，它说，不是融合，就是分裂，分裂了，再分裂。这个世界若不是因为分裂而产生秘密，就是因为秘密而继续分裂。

当它诉说这分裂的痛苦时，那声音带着破碎的遗痕。那张脸如石头被蔓藤分开，蔓藤枯萎后裂痕还在。水把污垢洗脱之后，脸孔内部的血筋隐约可见。因表情扭动而扩大的伤疤散发出细微的、如叶脉般蔓延、看不见的愤慨，随着语调起伏在周遭波动。

我不知道这是为什么，它那张破裂的脸，对我投射出莫名的魔力，笼罩着我，使我入迷，同时又使我恐惧。如果我不努力抵御它，就会迷失、窒息在那张由伤疤织成的网里。

我想丢开这行李，然而躯体与躯体之间的隙缝是如此狭小，我连伸直手臂也不能够。那个行李依然悬挂在我的胳膊上，它其实并不重，因其重量被身边其他人互相挤压的胸膛、手臂给分担了。我的身体像是别人的，像是属于这群黏挤在一块的肉体集合起来的一部分。这具身体现在甚至不能说是步行，只是随波逐流。

　　别丢开我，那张疤痕脸像看穿了我的心意，说。

　　车厢里的乘客在轻微且缓慢地寸寸移动。一旦有人退却，就有另一些人上前填补让出来的空位。这是一片迟缓、笨拙如大象般的集体人群，人们的头颅聚合成一片起伏波动的黑浪。

　　隔着拥挤的长长人龙，我忽然看见我的上司车掌。

　　那个穿深蓝制服的背影，那个伛偻衰老的背影踌躇站立在出口前方。在那烫得笔挺的衣领上垂下一颗苍苍皓首。它以一种凭吊死者的姿态悬挂在制服的蓝色衣领上。他为何站在那里？他要走了吗？我感到惶恐。

　　像往常一样，我们之间被烦琐复杂的人与事隔离开来。我无法挤近他身边去问：我捡到了一个古怪的行李！里头有张丑怪的脸！一切都失控了！到处都是乱糟糟的！我该怎么收拾这场混乱？

　　我看见车掌枯枝般的手指颤巍巍地举起，那双手停在空中须臾，轻轻一挥，仿佛在向他自己道别。一会儿，挪动的人群遮掩了他的身影，我连他也看不见了。

我终于看不见他了。

我白色的制服与帽子变皱了，染上了一点点、一行行、一片片灰色的污迹。如果车掌离开了，那么我留在这辆火车上又有何意义呢？如果连车掌都舍弃它了，那么留在这辆车上又能到哪里去呢？

是的，我就是这辆火车里的服务员。但成为服务员并非是我本来的目的。等到我醒悟这一切时，我已经站在出口前方了。垂眼看着月台与列车之间的那道隙缝，我感到恐惧。

久久地站在那里，仿佛那里只有一片死灰飘零、玄秘空无的漆黑深渊；仿佛那里立着一张牌，写着禁止逾越。

只要你走错一步，你就会被吞没。从行李探出来的脸对我说。它的声音从我后面絮絮叨叨地传来。

闭嘴。我说。

那张疤痕脸又说：你看，这隙缝，它是活的，它又变宽了，它就像一张活的嘴巴，你往前踏出一步它就会变得更宽……

闭嘴。我说。我咬咬牙，恶意地予它一击。你这个失败者，闭嘴。

我本来应该看到月台。但此刻什么也没看见。仿佛我现在根本不是在睁眼看着。此刻放眼仅见一片迷雾。茫茫的烟雾吞蚀了月台上本该展现的尘嚣景象，仿佛云从天空降落覆罩一切。

那里本该有计数不清的脸孔与行李。那里也应该像这里一样，伫立着一群疲乏的、仿佛刚自梦中苏醒的身体，那些僵硬的躯体，在刺鼻混浊的烟霾中，披着皱褶的衣服、挂着歪掉的领带、提着沾尘的皮箱、垂着紊乱的头发。他们共同有一张寻思前程的脸，一张寻觅某物的脸，一张迟疑不决的脸，一张被岁月弄皱的脸，一张准备抛弃过去的脸。不管那些过去经历了数日、数月还是数年。我本该看见月台演出这番景象。雾笼罩太久了，使人忘记那些本该记得的。他们也会伸手想抚平衣上的皱褶，他们也会挤进整装待发却瘫痪不前的人潮中。在月台的那一边，他们脸上掠过的阴影和我们的类似。

我什么都没看见。

在这里我甚至没有感觉到雨，没有潮湿，没有。

我竭力想看穿雾罩背后的情景，却茫无所见。我只见到一片迷蒙的灰色、淡灰色、更淡的灰色。柔软的、混沌不清的，像被风撕破的灰云，在月台上浮动。

我仿佛没有看着任何事情。我甚至不是在看。随风流散的浓浊烟尘蒙蔽了我的目光。

我伫立在此究竟为何？等待流雾散尽吗？等待月台站牌显露它的名字吗？等待那团灰云涌进车厢吗？等待背后的那群躯体把我推出去吗？垂下头，我只看见月台与列车之间的隙缝。更近一点，我看见制服上的纽扣，别在襟前的胸章。我一直以为自己属于那徽章。如果，我抛弃它，或者，那徽章的拥有者革除了我，那么我将悬挂在虚无中。我伸出颤抖的手寻找头顶上的帽子。这顶帽子好像变轻了，随时会掉下来。这帽子并非是属于我之物。但我仍须碰触这顶帽子才能使自己挺直站立。

我为何会在火车上服务呢？难道呼叫乘客遵守秩序有重大的意义吗？我的旅程原本并不是这样的。每当我碰到人的问题时，我就告诉自己，离开这里，到另一个地方去……

"你想到哪里去？"

"呃，哪儿都好吧。"

"那你快点跳上月台去！"

"出去，快出去！"有人在身后催促。

我不知道那是谁，回头只见到一张张焦虑、彷徨、茫然的脸孔。那些活像监狱的墙壁一样长了霉菌的脸。于是我就想：的确，离开列车，这就是我的目的。这不是别人的要求，但的的确确是我的目的。

我伸手取下头上戴着的服务员帽子，没人再对我说话。那张疤痕脸霎时不见了。仿佛它已从行李消失了。不再给我意见。

当我这样凝视着脚下的黑暗时，月台刹那间变得遥远。

遥远的彼岸，超出一步可越过的距离。如果，我那迟疑的左脚，或，右脚，踩空，没能踩着任何实地，那么，我将会跌入这片黑色的深渊里。在那样持续不断下跌的过程中，时间只是错觉。在火车上你的躯体尾随其他躯体往前蠕动，在那样缓慢得几乎停滞不动的队伍中，旅程和时间在此僵固。堆叠，如石头，不再往前。

我极目遥望，想看穿这片雾后的月台上到底有些什么。但这场雾灰溜溜的，东一片、西一片，像支离破碎的某物，又像一座灰色的城堡阻碍我的目光。也许对面的月台是座璀璨的舞台，但更大的可能是那里什么都没有。也许那里也有迷茫的旅客等着进来，并且在进入火车之前像我们一样害怕。也许，在火车的这一边，和月台的那一边，两边的人都把跨出去视为一场赌博。

或许我会回来。我会重复经历这一切。在隙缝里有另一列相似的车厢与月台，在那座月台与那趟列车之间也有相似的隙缝，于是我将无数次跌落到隙缝里，也将无数次回到相似的火车上。或许那些在月台上的人也和我做同样的梦，一再重复掉入同样的隙缝中，并一再回返到相似的月台上。在那里徘徊来去，无休止地、重复地跌落，直到我们互相成为彼此的镜子。

我蓦然间明白了过去一直假装不明白的事。这是一场等待已久的混乱。这就是火车乘客共同的命运，没有人能离开这趟列车。没有。没有人能离开这条捉摸不定的隙缝。没有人能知道自己是否错过了站，也没有人知道正确的离开时刻何时到来，因为那是无人知晓的未来。

我们只是互相凝视但看不见彼此。

我触摸自己的脸，那一连串凹凸不平的痂疤。我闭上眼睛，再睁开。

那张疤痕脸又从行李探出头来。它伤痕斑斑的脸靠着我的右臂。像一只猫摩挲我汗水黏腻的手臂。在它颊上，有一块皮肤如潮湿的碎纸，仿佛随时剥落。

它会扩展。这张脸说，到那时候，这条小小的隙缝，就不再是隙缝。

不要说话。我说。

如果你失败你会回来。你会回来这里。随便藏在什么地方，这是很方便的，既然没有肚子，没有屁股。那就不需要吃东西，也不需要排泄。除了偶尔错觉饥饿空腹之外，实际上你不会饿。那只是你身体对饥饿的记忆。如果你觉得口渴，那也是一样。

你少啰唆。闭嘴。闭嘴闭嘴闭嘴。

你害怕变得像我。它说。但是，这总比死好得多了。

我不会失败的。我说。我要走了，我会走的。

每个人都是这样的。起初每个人都是这么骄傲的。它说，试试看吧。起初你会很痛。然后慢慢地就会习惯。你以后会有疤痕。伤口总是会结疤。结疤后你就不再痛了，但你会记得那种痛。你可以说给别人听那种痛是怎样的。疤痕会告诉别人你是成功或失败。疤痕会告诉你你是谁。疤痕也会告诉别人你是谁。你会迷恋疤痕告诉你的。别人也会听。大家都会习惯，那些知道痛是什么的人就会因为怜悯而背着你。你会习惯像我这样给别人背着。你还可以说话，你可以说谎，小心，小心点，越过去的时候要小心喔，不信的话，你看我——看，我就是这样才被夹掉了身体的。

时间边境

之一

"吾爱如晤：

"你也许不高兴收到这封信。若果如此，权且当作不小心看到别人的信好了。你可以继续读下去，也可以把信扔掉。毕竟这只是我从柜台下面找到的废纸，工人扔在地上，我就捡起来了。我很抱歉用那么随便的纸写信。但这总比我自己的来得好多了。

"在你的抽屉里，那一叠细滑的白纸让我看了又看，连一条线也不敢画上去。真是太美了，它们会拒绝我的笔尖。我从没用过你的，一张都没。你留下的白纸细滑得像花瓣。我抽屉里的则是废纸一堆，过去学校笔记簿撕下净剩的、别人给的、从餐厅桌上或从车站柜台那里抽走的，东一张、西一张，打个洞用绳子穿过串起来，我只能用这些。

"对不起，言归正传。这状态早该结束了。这把钥匙还你。它是你的。我已经霸占你的房子好几年，虽可美其名曰为看守，不过就像住在墙里打洞的老鼠一样，我总觉得自己是不受欢迎的侵入者。我有预感你随时会出现。从九月开始我就这么想。现在已是许多年后的九月了。当初我搬过去时也是九月。我本住在潮湿的地下室。你走了他们就让我搬上来。他们说，上去睡吧，楼上那个小房。于是我就搬了。

"这房子是多么宽大呀，阳光穿过窗帘，光柱枝枝落下，窗帘的颜色在一天里由深转浅，又由浅转深。在你那张有漂亮木纹的桌子上，我写报告、用餐和打盹。我可以自由地到处走动，走到花园，走在楼梯上，看蝴蝶停在花上，看蘑菇在草地上生长，看倾盆大雨，看夜色降临，看玻璃变得朦胧，天晴以后窗户再度变得透明干燥。我听自己踩过沙地与落叶的脚步声——那声音仿佛一分两半，轻轻的，像猫的尾巴，沉重的，叹息似的，弄碎了脚下的枯叶。我并不感到孤独。我经常以为，你们这一家人尚在，只不过安静沉睡在卧室里而已。

"起初，一连好几个月，我老老实实地干着打扫的工作。我伏在地上，把地板打磨得发亮，把屋檐底下的蛛网和橱后的壁虎粪打扫得干干净净。在客厅里、厨房里，我小心拭擦每件事物，并尽可能把每样东西都摆回原位，就像我从来没动过它似的。刷掉青苔，光看着那片褪色但干净多了的墙壁，就让我满足愉快。可房子太大了，这工作让人疲累不堪——我想我是渐渐变懒了，不知怎的，几年下来，我竟然也习惯了——那些柜面上的尘埃、变黑了的地毯与毛巾，下垂的电线结满蛛网。终日坐在灰尘、青苔与壁虎粪的围绕之中，我变成那种别人都不敢靠近的人了。无论多脏都由它去，渐渐地我就放任它了。起初他们说我只需看守到你回来为止，后来他们却说，你不再回来了。为什么？这房子对你施加禁咒吗？旁人倒错觉这房子是我的了。他们说你不会回来，他们说我可以继续逗留。我甚至可以比过去更加自由地使用厨房、客厅、花园和其他一两个房间，只除了主人房和楼下的书房之外。我可以留下来，但这一来我却有些动摇且彷徨了。我应该继续住在这栋房子里吗？我可以假装自己是主人吗？住在这间屋子里，我总以为，我并不拥有这里的一切。一切都是赊借的，迟早必须退还，我可以假装自己是主人，或许我其实就是主人，但不知怎的别人却欺骗我是奴仆。我实在太狂妄了，我必须每天提醒自己，我只不过是个仆人，在此过着暂时的生活，享用借来的空间，迟早我终将向你让出这一切，让出我的生活、我的位置和这栋房子。终有一天必须离开。

"某些夜晚，我还以为我听见了你在门槛那里找钥匙开门，外头寂寂，蝉鸣与风声听若潺潺河水，那时候我忽然听见门外传来清脆的金属碰撞声。我想你一定会推门进来，你会到厨房开灯，给自己弄盘宵夜，或者，走过那排书架，掸走书页的灰尘。你会摊开纸笔，像往常那样写作，偶尔朗读，激动地模仿角色说话的腔调，就像个半夜醒着梦游的人。我做的却只是重写而已，不断重写那些重复又重复的，同一事件，同一笔记录——今天一切如常。今天也没有特殊的事件发生。一切都受到控制，没有人来。有时候我的记录会增加一些说明——今天有邮差送来一封信。或者：今天抓了一只老鼠。今天清除了屋檐下的鸟窝。今天有只蝙蝠飞进来，所以发现门框旁有个洞，需要补起来。今天门前的灯泡坏了。或者：今天来了水电单，已经贴在告示板上等管理人来取。等等。

"我经常在自己收藏的另一本笔记簿上涂鸦乱写，就是那叠用绳子串起来的纸张。我住在你楼上的一栋小房里，那小房有扇窗口面对大街，若有任何人朝这栋房子走来我都会看见。在这条街上只有一盏街灯，除了灯下那一圈光亮之外，其他地方都黑沉沉的。夜里我就坐在这扇面朝大街的窗前，在笔记本上随便写点什么。说写些什么，其实也不过是东扯西扯的琐碎小事而已。在这本属于我自己的笔记里，我写了一些管理人不感兴趣的事——他们总是叫我简单扼要地随便写写就好了，别把无关紧要的芝麻绿豆也写进记录簿里去，那很浪费纸——因此，这本子记着的，说是记录也不对，我也没记录什么重要的事情，只是夹杂了一些芝麻绿豆的想法。比方说，我今天读了你架子上的书，读到你以前在书上的涂鸦，看见你潦草的字体，我就为着你写的那些句子、画线的要点，又胡乱想了一些。你提到了宇宙，提到了规律，提到了秩序，我想，宇宙庞大浩瀚，渺小卑微如我比一颗尘埃还不如呢，但说到规律与秩序，我却体会颇深。比方说，遵守秩序是否能使这房子变得更好的问题。

"每天早晨我把门口的照明灯熄掉，在傍晚时分又把灯点亮，仿佛主人尚在。每日皆如此。每个月让园丁进来除草一次。不过这也只能勉强维持到某个程度，因为事情毕竟难以样样完美。有一天，我把那些大厅里用来盖家具的白布都送去洗了，晚上进来时看见晾在灯下的沙发，鲜红色的绒垫，忍不住就躺下歇息一会儿，觉得非常舒心畅快，仿佛这就是我长期以来的渴望，我想坐坐那些华美的椅子、睡睡那些舒适的躺椅，我想把自己的东西摆进那些散发香味的橱柜里，不过柜子里有你的衣服，那么细致的麻纱和蕾丝点缀的衬衫。我想把那些精致的抽屉拉开来再关回去，就像我是这房子的主人。起初我想，只做那么一次就好了，只干那么一天，不过这种行为后来就不止做一次。我后来又干了一些别的。我破坏了那些自己一直严谨遵守的秩序，这使我有一点小小的罪恶感与说不明白的快乐。而后，我就开始觉得，我其实是代替你住在这儿。我似乎和房子约好了住在这儿。房子透过我来完成你的愿望，好让它变得更有人的气息，这里的一切才变得更有意思，我这么说真是傻气，实际上，是我，是我。是我在想，你在这里，你曾经在。我有时会幻想，你是我的好朋友，好伙伴。你在这张桌子上涂涂写写，在房间与房间之间惬意地走动，在走廊上徘徊，沿着梯阶上上下下走许多回。就像这是你一个人的花园。

"这房子老是有声音，那梁柱与家具，年久腐朽，经常发出轻微的声息，仿佛有风吹过，但实际上无风吹进来，只不过是因为天气干燥，木头总从它自己里头开始细微地碎裂。我可以听见木头干剥的声音，清楚得像听见自己眼睑眨动。蚂蚁从隙缝里钻进钻出，石灰水泥一点一点地散成粉，每次扫地我都在柱子下扫出一堆粉来，好像屋子正在一点一点地消散成更细的粉末。雨水和那些粉末融成浓稠的一片黏附在地上。怎么刷也去不掉。我慢慢学会任它去。我待在那儿已经许久了，我假装自己是你，一个人难道不应该从日常生活之处去感受自己的改变吗？人总是会变的——这想法使我很愉快。但如果你真的回来那我就不能这么干了。

"坐在朝向大街的窗前，我就写下这些。时间无所谓急或缓，时间持续连绵地包围着这栋房子、花园、马路、石头、狗和猫。我分明就住在这里，在这间太过华美太过安静的房子里。这些我都写在笔记里,怀着一点点既忏悔、又窃喜的复杂心情,有一天或许你会读到我这些东西,我仅能以这种预想,来向你供认,因为假若我与你面对面,这一切绝无可能说出来。有更多事我就不写了,让我保存它作为自己的秘密吧。

"有些讨厌的事已经发生了许多次。有人偷潜入屋把东西带走了,起初是我的一双鞋子、一把伞、一张车票,然后是一双你的球鞋、客厅里的一盏桌灯、厨房里的两张椅子、书桌上的一支金笔,一个花瓶,一张极好的镶金木架子。我巡视整栋房子,查了又查,以为一定有哪扇门坏了或窗门脱落了,但我没能找到。有一天我差点连自己这本笔记也找不到了。不是什么值钱的东西,但这东西若不见了我可丢脸得很。可别让什么人,尤其是我的上司,进来把我写的东西拿去看了。

"起初我以为它躺在抽屉里,后来又想起,出门前似乎曾经随手把它搁在椅子上。我急疯了,翻箱倒箧地找。走下楼,发现那扇小门开着。一刹那间我竟然以为你回来了。我不清楚是否风把它吹开的。我走过去掩上门。只是掩上,没往里头看,我这么说你会相信吗?你的房间里什么都没有,这并非意味着没有床或被单之类的东西,而是我感觉不到有人来过的气息。你的房间是死的,没有一点活味。

"这些日子我已习惯孤独,当我假装自己是你的时候。有一个你（或者我）在外头探险，有另一个我（或者你）在屋里偷懒。同在一栋房子里，我们会互相好奇彼此的存在。也许你已经回来了，也许你曾经悄悄地回来看了一眼，看见一个陌生人住着你的房子。其实我俩原是见过面的，不过他们说几年前的事情你都忘了。因为你忘了所以才不再回来。现在，在月台上我想起这件事情，并决定在等待时用这张揉皱的纸张压在膝盖上写信，你回来以后可从我楼上那间房里看到我的记录簿。很遗憾它是不完整的，零零碎碎的，想到什么就写什么。如果我那些零碎的材料有个读者，我盼望那是你。你会从里头读到你离开以后的故事，以及我离开之前的往事。

"你喜欢听夜间火车压过轨道的声音吗？我想你曾经和我一样，在快入睡的时候听见火车经过，就知道一天又快结束了。醒着，听着火车在山那边经过，总是在午夜前，总有固定的时刻，我想那是最后一班车。火车把一些人带来，在另一个时刻就必然把另一些人（或许也是同一些人）载走。那么我又为了什么缘故而待在这里呢？我把自己留在你过去的气息里，只有做梦才梦见跟你出走，在外界铺天盖地灰茫茫的烟霾里，我们像一对双胞胎在里头穿梭流动，而你却不知这秘密。我总想自己有个双胞胎。我是被抛弃的那个，至于另一个，则好端端地和我们的父母住在一起，或者，被一对富裕的夫妇收养了去。……他应该活得很好，什么都有，像你一样。迟早，我们会相遇，因为彼此那么像，他会认出我来，我也认出他来。……然后，他会把我带去他家，父母（或养父母）震惊地看着我们，他们手足无措，可是紧接着就会明白，多我一个，意味着他们付出的爱与获得的爱就乘倍了。这多好。我迟早有好日子过。

"我没有见过你。我不知道自己为何会做这样的梦。我梦见自己像个笨拙的侦探，蹑手蹑足地跟在你背后走进火车站走到月台上。我带着这封信，在梦中，这封信是以防备敌人侦察的密码所写成的密件，原本打算等你走开后再偷偷放进你的行李箱，然而却一直没有逮到机会，你似乎很重视肩上那包腌酸褪色的行李，连上个洗手间都背着它。我喜欢你那件旧外套，纽扣脱落了，是因为长期在案上工作而掉的。那口袋也合我意。如今你就坐在不远处，隔一排座位，我可以看见你把自己的行李搁在旁边。我们视线相交但你没有认出我来。你坐在月台前盯着地上那条警告危险的黄线，我循着你目光望去。我看见轨道的枕木和干燥的卵石。我就看着那里发呆。

"我怎么会做这样的梦呢？我似乎在梦中恋慕你。然而现实生活里我并不认为自己爱你。这梦很不对，跟现实不符合，但我又不能说这梦是骗人的。梦不是谎言，但现实中我并不爱你。我的确不爱你。你对我是非常熟悉的陌生人。对你而言，我只不过是个假看守之名的偷窥者。我们地位悬殊，根本无此可能。从前当你还住在这里时，我还不晓得在哪个地方鬼混呢。也许，你我曾经擦身而过。你坐在豪华的汽车里，有司机载着你，经过我身边，仿佛我不过是根柱子。而我，当时可能满脑子在想是否可以碰上哪个熟人借几十块钱，只为了应付几天，否则从陌生人的口袋扒来也行。……若在以前，我自然会讨厌你，因为你是这种不知世间愁苦的有钱人。可是在夜晚的梦里，我竟热切地跟着你，仿佛你是被禁忌的恋人，我仅能注视，却不能触碰。我想朝你挥手。但在月台上，在那种斜阳里，我看不透那层车窗玻璃，周遭事物的投影使那层玻璃看起来像一面蒙尘的镜子。虽然我尽力睁大眼睛，竭力想看清楚一切，却仍然茫无所见。我想知道你坐在哪儿，想知道你是否坐得惬意、平安。我试图逗留到火车开动的最后时刻，以便使你不那么孤独。我很想让你知道这点：即我非常留恋，即你的离去会令我焦炙难安；然而我的视线却无能穿透车窗来看你，车窗上的倒影总把我们遮蔽如盲。这双眼睛仿佛不是我的，我总是无法看见我真正想看的。即便如此，当火车一开始滑动，我就自动挥起手来，怀着一线希望你会看到我。电影里人们不总是这样？一刹那间我错觉自己正朝着车窗上自己的倒影挥手，仿佛当你离开时我也在对自己告别。谁知道呢？也许车站的别离才是真实的，而据守你的房子只不过是梦。草在庭院里疯长，我除草，它们又顽固地长回来。

"事实上我现在终于也要离开了，我必须搬走了，因为那栋房子，他们说，他们要把它拆掉再重建。这实在令人难受，他们已经开始在装修了，在房子的北面，我可以目睹那种不留余地的翻新如何使它消失，它越是崭新，看起来就越乏味。他们打算给我区区两百块钱，把我赶回大街去，打回原形。不过，对于你，这不算什么。毕竟你从前就不知道我的存在。有人说，你死掉了。有人说，你到死都不会回来。可别误会我在痛恨或憎厌什么人，不，我并不。我虽然对于你为何舍弃这么漂亮的房子，感到费解，但这毕竟不是我的问题。无论你的态度怎么样，我也无从过问。不过，我至少可以干一件事，就是把屋子的门钥匙带走。好让没有人能好好地打开它，除非找个铁锤把大门砸烂。那可不叫开门。不管怎样，你那个代理人，或者你本人，还有那些讨厌的家伙，大概会不惜打烂门窗都要进到房子里去吧。当然，对于你，他们怎么处理这房子，你也许已经不在乎。反正，你若回来，等着你的必然是漂亮的房子。一栋变得宽敞的房子，墙壁都粉刷过了，每扇窗都镶上新的窗框，旧的烂木框都扔掉了，等等。原来的家具朽毁了，他们换了另一套。外头的景象大概也变了，原来那棵老树长了蚂蚁窝，早就被砍掉了（这倒是我砍的，我另外种了一棵矮石榴树,不知是否会留着)。街道也不再像从前那样子。每一样事物将会是新的。你会感到屋里没有一点儿过去,过往痕迹都一扫而空。但愿你可在此重生。它是属于你的,而且它再也不一样了。……

"这房子到底与我无关,钥匙终归是你的(也不会是你的,等你回去时那门已经不在了)。祝你光明。还你钥匙。"

之二

我是在火车上看到这封信的。起初我睡了一觉,醒来后就发现它蜷缩在口袋里。我困惑了好一阵子,因为这封信——没有名字和地址,没有任何线索。信末没有签署,连收信人的名字也没有。

信纸皱兮兮的,右上角有个邮局的盖章,油纸下方撕掉了一角。有三道明显的折痕,我依循折痕把信折起来,收入外套的口袋里。我把钥匙握在掌心,心里泛起异样的恍惚感觉。这感觉很奇妙,一点点惊奇、一点点失落。这真是一把属于我的钥匙吗?在我入睡之前,我记得旁边的座位是空着无人的,那柔软的椅垫上只搁着这件旧外套。我好一段时间没有伸手进袋子,不能确定在这之前袋里是否空无一物。也许它是很久以前就被塞进来的，也许它已经待在口袋里好长一段时间了。那么，这信该是给我的。除非，这外套不是我的，然而，它穿起来非常合身，袖口上的纽扣有些松落了，颜色也因洗濯而褪色斑斑。这件陈旧的外套的确是我的。

我的手指头摩擦那支钥匙嶙峋边缘。那尖尖的突起。想象它久未打开的那扇门——那会是木门、铁门还是一把坚实的钢锁呢？它封闭多久了？门上也许垂着沉重的锁链。那条沉重的锁链就像一种惩罚似的，被人遗弃直至服刑期满。也许是一种诅咒。我漫无边际地幻想。这串钥匙本来应该可以打开一重又一重的门，走进房子深处。我又再幻想那栋房子，既然它已经被翻新整修过，那该是多么地舒适呀。

尽管如此，我仍然觉得这封信与我没什么相干。我出门在外已经许久，并不记得自己曾在哪个地方拥有过一栋房子，似乎这封信致予的"你"该是其他人。我凑近了那皱巴巴的信纸，光线穿过烟雾投到信纸上，在细小的皱褶里碎开，宛如凝结湖面的粼光。我已经把信读了好几遍。我起初有点激动，激动中我忽然有种莫名的欲望，也许我渴望这场小小的突如其来的意外，以便可以打破旅程中过于死寂的宁静。我不愿相信这是无甚意义的恶作剧。这分明是别人的过去。这也许是别人的过去。

无论如何我都想回信给你。一开始，我确实曾经尽力为你找那个收信人，我以为这信在我这里不过暂时寄放。就像给植物依附花粉的媒介，写信者或许以为透过我，这信可抵达另一人的手中——这种偶然与奇妙契机的想法使我感到无比愉悦。

在走道的另一边，坐着一个老太太。这封信和钥匙会是她的吗？我以为这是有可能的。因为你提及了那栋老房子，那栋老房子的主人或许如今已年至耄耋。她是坐得最靠近我的乘客。她也许老得懵懂眼花而没发现自己掉了东西，而旁人又以为这是我掉的信，故而善意地将信塞进我口袋里——以上纯粹只是假设，我并不确定这是否为真。总而言之，我想这信因为某些不明因素而误送了。真正的收信人可能离我很近，也可能离我很远。可能在这趟火车上，也可能根本不在车上。

我从没看过那老太太起身，她非常非常地老，她拉上了窗帘，矮小的身躯佝偻坐在暗影里，沉默得像别人遗留下来的行李。她的眼窝满是皱纹，眼眸像住在网中的灰色蜘蛛。无论我问她什么，话题都像被网粘着了。——我是问您，这信，这钥匙，是您掉的吗？——我要坐到终点站去。她就这么回答我。我心想这个老太太也许有点耳聋了，便稍微提高声量。这个，信！还有这个，钥匙！都是您的吗？她摇摇头，惊讶地，惶恐地，害怕地，又重复说同样的话——我要坐到终点站才下车。我终于明白她不可能沟通，无论这信是否属于她的，我都不可能从她那里取得答案。

我不能自欺欺人地说这信是给我的。在一本书里，我曾记下所去过的城市。我住过一些旅社，也租过一些旧房子，有些房子同时也住着其他人。有一些被业主加以间隔切分成许多房间，屋内的走廊几乎就同火车厢里的走道一样狭窄。有时候我会听见个别房间传出各种声音。有时我会专心谛听楼下的动静，听着脚步声隐约穿过墙壁传来，直至那声音消失在另一扇门后。尽管屋子里各种各样的声音从四面八方传来，从厨房，从厕所，从后院，从那些墙壁及门后，但彼此却互不相见。我不会故意去寻找声音的来源，但也不会故意去避开那些声音。不，当然不需要。我其实颇愿意相信——然而回忆中却找不到任何迹象——即在其中一间房子里，有人曾经为我留下一本笔记，藏在一扇朝向大街的门后。

关于上述那栋给分隔得像火车厢一样的房子。房子很大，客厅里看不到人，站在玄关处朝屋内呼喊，有人在家吗？——我听得见房子深处传来的阵阵回音，重复我的问题。但那回音很快就淹没在自其他房间传出的杂音里。那房子充满各种杂音。拖拉的椅子、摇晃的床架、清洗盘碗、敲钉打锤、门窗磕磕碰碰的声音。那些声音传到天井里，在四壁之间回荡，由于回音效果而变得加倍吵喧。有时候，仿佛报复似的，从房子里的另一角落，又响起更激烈的，更尖锐的，划过玻璃或盘子似的让人泛起浑身疙瘩的凌厉声音，这声音就像一个约定的讯号似的，在一刹那间便压制了其他的声音，使所有的噪音都消失了，于是换来片刻寂静，一会儿，各种细碎的声音又纷纷扰扰地响起，起初细得像毛毛雨下在草叶上似的，它们逐渐累积，直至齐聚起来，再度涌现下一次的嚣喧高峰。

我待在那里许久。那个当初和我约好的人并没有出现。我始终没见到任何人。两周后我离开了。也许这是因为我迟到了，人家早就走了。

你是否根本就不期待我的回音？但我仍然会尝试回信给你，尽管我根本就不知道该如何才能把信交到你手中。除非我确实知道你住在哪里。你住过一栋靠近火车铁轨的房子。一栋有花园的房子。一栋有个房间朝向大街的房子。一栋整修中（或者已经装修完毕）的房子。一栋（曾经）种有石榴树的房子。你的信充满了细节，只除了地点。

在我的记忆里没有一栋房子符合这些特征。也许当我栖居之时并未留意它们。除了那栋吵嚷的房子。

走在像火车厢通道那么窄的走廊上，我还是可以看见一堆弃置的家具，搞到走廊更窄。曾经华美一时的木头家具，变得黯淡无光，天鹅绒的垫子上长满跳蚤，垂帘遮住了被雨水渗透、长满锈痕的窗框，有一排老照片挂满走廊两边的墙壁。我以为，在那里等候，是出于与另一人置换的偶然机遇。来了又去。位置空了出来，被占据，然后又再空置。

我不得不以记忆中所曾住过的那些房子去幻想你的居所。你仿佛由墙壁所生，由此而被赋予那房子的颜色与气味，一份由墙影彤镂的印记，一个空位置。一个被默许停驻其间的人，一栋房子。

有时我会忘掉一些自以为是不重要的人与事。当我离开时那些人与事的问题就悬在那里，我以为那些问题不会再逮住我或任何人。当你不想时它仿佛就不存在。我无从辨识那记忆里的裂缝。那裂缝许是不可思索的。它若未曾为我所觉察，则我不可能去理解它。你或许不会满意我这样的解释。我想把过去所待过之处列出一张表，再加上护照记录，和一些收据、照片——只不过这真麻烦，它们散失在许多地方，那些开过又关上的抽屉，那些牛皮信封或箱子里。

我是否曾经认识过你？你是否真的认识我？或许你在月台上四处游走，晃了一圈，不知为何又不想上车了。抑或相反，你本来以为自己并不想走，后来又改变心意才离开。或许现在你也是旅途上的人了。住过许多地方，住过许多别人的房子，填进别人留下的空位。

若说我对你的处境毫无同情心，那不是真的。要如何回信给你呢？这信与钥匙使我感到些许伤感。然而，仅仅是极轻微的伤感，或许它接近于乡愁。我并没有眷恋得使我会牵挂的故乡。我感觉到有某种忧愁被寄放在遥远的地方，但却不知其源为何。我甚至不知道这种忧愁是否只是幻想，或许这只是我的错觉而已，也许这股忧愁根本就不存在。

我现在坐在这辆火车上，这是漫长的旅程，因为火车的速度越来越慢了。无论何时，往窗外望，除了雾中偶尔隐现的建筑、月台和树木之外，就再也没见到其他东西。这趟旅程如此单调，一路上并无璀璨迷人的景观，所到之处几乎是固定不变的烟霾，浓厚的、灰白色的、脏兮兮的胶状凝滞物，看不到阳光倾洒，没有海洋、森林与陆地。偶尔你以为自己看到烟雾后闪现的灿烂灯光。那些远远的、朦胧的、若隐若现的光影，在烟霾遮掩下显得更迷人。谁也不知道在这片烟霾的后面，是否真的存在着灿烂的城市和广阔的世界。

好久以来，我所看见的外界，就是窗外的烟。放眼望去尽是灰茫茫一片。有时你看见雾中出现一根柱子，但仅能看见局部，它的顶端隐没在雾中。有时经过车站，你也觉得那站牌虚幻不实，它背后是空的。列车在一座充满幻影的鬼堡里兜兜转转。探头往外望，我总是看见火车拖着长长的尾巴，划成一道半圆的弧形隐没天际，仿佛它一直沿着圆形的轨道走。也许我们实际上处在一个孩子的玩具场上。也许列车并没有真的前进，它只在原处震动。这仅是舞台演出的障眼法。

我乱说的。无论如何,因为旅程漫漫,我又无聊寂寞,所以我挺高兴写信回你。

这火车很旧了,坐在车厢里两耳充斥各种噪音,窗子与窗框敲击、车轮与轨道摩擦。从老久以前,这辆火车就已经在同一条轨道上来来回回地奔驰。

据说我们心里都携带一个故乡。至死都会寻它,那个不知其所在的谜样地方。在那里每个早晨,鲜明的阳光从山脊降落窗前,然后再蔓延至田野,无比甜蜜安详,我愿意这么说,如果它是真的。像个美梦似的,没错,在梦中你快乐地在某处生活,惬意地,舒服地,愉悦地,恐惧地,焦虑地,害怕地。在梦中我很少感觉到对现状麻木或不耐。醒着时总要看时间,看离终点站还有多久。只有睡着,才不觉得时间是囚牢。每晚睡觉以后,梦境变成故乡。就连噩梦也是美的,也许我们都有点喜欢恐惧也说不定。梦里我自由穿梭过去与未来。你相信吗?我们可以在梦中预见未来,不过这种预见在醒后总被忘得一干二净,以致有时,事情真的在现实中发生了,我们才又感到现实如梦,疑幻疑真。

故此,也许你并不是在过去遇见我,而是在梦中预见了我,如此,我们则有希望将在未来某一天、在现实的某处相遇。

或许你不喜欢这一假设,因为你会说,你并不是被梦纠缠而神志不清地写信,尤其一个人醒来之后并不能清晰地记得梦，嗯哼，既然如此，这大概也是对的……那么，容我再假设，现实时间因为梦幻的介入而发生交错。你说的，有可能是真的，即你记忆中有我，但与此同时，我记忆中却没有你（因为我这感觉也是真切的），同时，我与你这封信所要致予的对象也是全然叠合的同一人。显然，在现实中各种过去与未来的时间并存。你的的确确已经遇见了我，但这场相遇对我而言尚未发生。我只有在离开这趟火车以后，才会与过去的你相遇。即便这对你来讲已经成为过去，但对我来说却仍未发生。

你在梦中离开那栋房子，来到了月台，并在梦中随手找到一张邮局包裹的包装纸写下这封信给我。从纸上一角的邮局盖章来看，那名字的每个字母与日期号码，都是左右颠倒，仿佛那些字母与号码都是镜子的映照。由于梦与现实就像镜子般的比喻，我猜想这信来自梦中，否则它就是来自一个用错了盖章的邮局。因为我可以看出那是许久以前的日期，那日期远在我出世以前，甚至远在我母亲出世以前。那种包装纸我没见过，那是非常粗糙却又异常厚实的防水油纸。据说我们离开那个（总是给老祖母挂在口上说的）物件真材实料却又极其罕有的时代很远了，当然事实是否如此，实际上也不能一言蔽之。

不过，我在意的是月台的名字，那是许久以前殖民者使用的名字了。除非这一切都因为有个时空错乱的邮局在月台上。否则,你的信必然来自久远的过去,一次越过时间边境的梦境。我很遗憾自己不是你要寻觅的对象,也很惋惜没能为你找到那个收信的人——那个你在久远的时代里,不知是暗恋抑或忌妒的主人——你却在梦中跨越时代,错误地送到我这里来。

消失的陆线

　　白色的烟霾落在天上。

　　辽阔的田野沿着高速公路两旁铺展开来,我回来时,正逢收割季节,田野是一大片干燥的枯黄,当中稀疏散布着如同手绘团扇般的绿树。在树与树之间,有几条细细的、红褐色的黄泥路,曲曲折折蜿蜒其间。远望有若千层糕里相间的平行纹路,但巧克力色与奶油色换成了明与暗、红与绿,近疏远密,直至与地平线相连一线。从田野中冒起一团团像棉花一样的白烟。这是收割后农人把田里残余焚烧干净的季节。黑色的灰烬落在黑色的泥里。

　　白色的烟冉冉上升,融入那片浓浆般的天空。

　　白色烟霾停滞不散,已经许久,许久了。人们说,习惯了,习惯了,习惯就是把那些原本不习惯的全都习惯下来。别无选择,你必须习惯抬头看见这片低压压的密不透气的白色天空。每当远方另一座狭长岛屿的森林燃烧时,它就来了。那些呛人的烟硝味,带着密密细细的炭屑飘过海峡降落此地，穿过窗隙飞入室内，从眼睛和鼻孔钻进肺叶里。有时候我觉得这里变成了一座布景。这是一个舞台，车子进入市镇以后，演员们都是缓慢走动的居民，中景是新旧参差高低不平的房子，摆着一栋一栋的房子，一排一排的店铺，背后却是一片空白。这是一个在上空悬着白色布幕的星球。有一双看不见的手把整个市镇、绿树和田野，全都收拢在这张巨大的帐幕底下。当你昂头，你看不见上亿公里以外的太阳。你只能看见光，一种白灰色的光，穿过某种稠密的物质之后再散射高空。于是你抬头，只能看见白茫茫的天空。

八月的手指打开回家的大门。你惊奇地发现，白色的天空竟然比蓝天来得更为真实。

有一条挂在天上的粗线不见了。它不见了，竭力想象它从前尚在的情景，天空被它切割为二的样子。那是一道低垂下来呈弧形的肥大缆线，就像天空的腰带。那是最粗大的一根缆线。妈妈说，它里头有铜。铜，可以卖钱。所以人们把它偷掉了。这些日子大家都很穷，金属物品逐件不见了。马路多了许多洞，地下水道的盖子半夜里被人撬走。河边的铁栏杆消失了。公车站的金属盖也活像被大风刮走了。

然而，没有比偷走电话线更容易了。盗走一条半空中的电话缆线，比偷走任何马路上的东西更容易。躲在浓绿色的树林里，只要使用一根钓鱼竿和鱼线就能把电话陆线从天空钩走，甚至不需要半夜里偷偷摸摸走到大街上找人把风。也不需要蒙脸，你甚至不知道他们是否本来就住在树林或是树林外面，因为丛林里住着许许多多的人。

在白色的烟霾之中，我们一直不能看清楚，白色的烟雾笼罩着那片浓绿色的乡村与树林，从那片像被白膜隔开的绿色影子之中，有人走出来，他们早晨时来到市场上进行买卖。我们向他们打招呼，对他们点头微笑。在巴刹里我向他们买过许多东西，番茄、芥蓝菜、鸡、鸡蛋、姜。他们向我们买过许多东西：玩具、糖果、校服、鞋子、肥皂、洗发精和零食。

那贼是从灌木林里钓走那根缆线的，有人说。在夜间，用鱼钩从树梢上偷掉电话缆线，使我们谁也不能拨电话出去。谁也不知道他们究竟是什么人。没有人能确定他们到底是谁。因为我们早已决定不再走进那片浓郁的树林里，森林几乎占据全国九成的地表。今天早上，当我漫步走向它，想要在那里头散步时，妈妈把我叫了回来。

你要到哪里去？

散步啊。

那到另一边去，不要走那边，那边都是马来人的地方。

我知道。

知道了还要走那边？想要给马来人抓是吗？

好心啦你还讲这些话……我快要四十了。

感到不耐烦。我压低声音，以一种仅是顽强的抗拒来回答她：我就是要去那边散步。

尽管我知道走不远。

即便脚上穿着一双舒适的鞋子，还是不能走远。

对于那些住在林外的人，对于市镇的居民或城市的居民来说，那条沿着河岸沿绿林边缘一路蜿蜒的羊肠小径似乎有莫大威胁感。我看见林子，看见蔓生结缕的郁林，以及齐整有序的种植园林。一路上我总是看见林子迎面而来，那些稀疏相间的灌木丛与野草丰沛疯长，似乎要淹没掉时间的隙缝，直到我看见了赤脚的你跑来。

你只有九岁。你穿着一件碎花的短裙。裙摆下露出黝黑的膝盖。你看不见我。你在这条羊肠小径上愤怒地走。

有一泡泪水吞噬了眼睛，使每样东西看起来都模糊不清，因为决定不带走家里的一双鞋子，故赤脚踩过路面上的石块，有的圆滑有的粗糙，带着白日的余温摩擦脚板。那时候天空正逐渐变成黯蓝色的。决定不走向镇上那些密集的房子。那片灌木丛茂密的树林对外暴露它唯一开敞的小径。愤恨地想：我将要消失在林里，以任何方式、任何结果，永不再出现。于是就穿过树木投下的大片阴影。

暮霭穿过树影撒下网，兜着了一九七〇年代的某个傍晚。天空余留最后一丝昼光，飞鸟盘旋在高空，掠过树梢留下长长的尾音。你经过我身边笔直地朝前方走。我跟在你后头，你的愤怒在路上跳动，迎面而来的绿髯蔓草都像敌人。因为你心里受了伤，但那伤口像这条路径一样老早就存在，甚至远在你出世以前。或许因为蚊蝇叮咬，使我必须像你一样快步向前。绿林为浓浊的灰色所渗透，小径却出奇清晰地摊在眼前，很多年以后的今天，那条葱茏覆盖的小路，变成贯穿我记忆的一条笔迹。清楚的，隐蔽的，有待拨开的缺口与足印，在时间的闪光中忽隐忽现。我醒悟到自己后来都不曾再走得那么远。

那是一条铺上沥青的路，但到某个部分，沥青消失了，取代的是石头和黄泥路。每一片叶子被抹上银色月光，暗里发亮，就是那种黑暗滋养灌木丛林。枝茎与垂须纠缠叠成网状灰影，蟋蟀蝉鸣此起彼落响彻林木。我不时得拂开横过身前的枝叶，你不知道是什么东西藏身树隙间，只觉得树影摇动，仿佛有某物掠过，潜蛰窥视。夜晚的林子像块潮湿的海绵，走得越远，这条小径就越来越柔软，发亮的石头越来越少，黑色的泥土越来越多，你知道那里有各种腐烂之物，蛀虫在朽木枯叶底下蠕动。最后我看见了较为阔大的河湾，小径沿着它拐了大弯。路不再笔直,实际上再也看不见路,也没有屋子。前面是一片黑黝黝的剪影,蔓藤与树木杂错纠结,浓郁的蕨类植物伸展地面,月亮已经升到头顶。我不知道继续走下去会有什么结果。但我不能再走进去了,这片黑漆漆的丛莽中有可怖之物在里头活跃。我的身体似乎即将被这片林子吞噬。这是一片不可穿越的树墙。

我退回到小径上。一个穿着纱笼[1]和白背心的肥胖男人刚好在路口那里。马来人。你下意识地往后一缩。

他低下身,咕哝了好多话。你懂,完全懂得他在说什么。

你不是大肥的孩子吗?为什么不回家?连鞋子也不穿。

当他牵起我的手时,我沮丧极了。如果我不幸,如果他准备把我怎样了……大不了就死去吧,不过是九岁大的生命,而世界是那么让人失望,那么教人无所适从,死了就一切都结束了,也不再需要担忧。……我甩开他的手,也不回答他的问题。他一边自顾自地说话,一边摇头。似乎来时是漫长的路,回时却出奇地快。很快地那间杂货铺就出现在小径尽头。妈妈还站在那里等着我。看着三十八岁的我悠闲地走路回来。

---

[1] "纱笼"(sarung):马来人日常生活中常用的蜡染印花布,通常围在腰间或胸部,其他种族如华人与印度人亦常使用。

不怕马来人吗？等下抓你去。

我摇头。不愿回答。

也许她已经忘记。也许忘记是好的。我也几乎快忘记了。假如我不是好奇想看那据说是吊在树上、偷走陆线的钓竿，我不会再走进林里去。在草盛林密的地表与水花闪亮的溪涧之间，往事的幽灵依然在林中等我回返窥探。匆促一瞥。看我。看。看什么呢——青春与焦虑，浮光幻影。或者，一切都扑扑实实。都是，也都不是。

拍掉麻布袋上的尘埃。妈妈挥扫帚掸落货物上的尘埃。

以前很小很小的时候，当我痛恨你那些毫无理由的怒骂时，我曾经跑上那条羊肠小径，然而没有穿鞋子的脚是走不远的。我又离开丛林，回到家。回到各种考验没完没了的未来。

绿林是高速公路车窗外最漫长的风景。但我后来再也没有走入那里头。那天以后不久，我的视觉开始模糊，看每样东西都失焦，必须隔着一层眼镜来看事物。远远地望着那些绿色的林，它们柔软而深沉。死去的树木变成书本，书本取代了林子成为我逃遁离开家庭的所在。开车飞驰时我很愉快，在驾驶盘前那个位置是我的，我看着林子，看着这片活生生的纤维外皮。林子在车窗外往后退开。有时候，林子会消失，变成房子，密集的房子其实也像丛林，有人躲在房子里窥视别人的窗口。寻思如何才能真正出走。

梦境：那些洋房全都显得不对劲。有一条蛇躲在屋里，你必须让那条蛇住下来，因为如果你把那条蛇杀死，就会有官员上门来殷勤地问候你，想弄清楚你为何要杀死一条蛇。他们会再送另一条蛇给你，就像送你一面新的镜子或洗衣机，你最好收下，因为这是公平的，每个人的屋子都必须跟蛇和平共处。既然每个人都被分配一条蛇，你没有理由不接受一条蛇。或者，你也会发现房子里的各种金属物会在某日不翼而飞。那些装饰电梯内部的金属罩盖像长出了一双脚会跑掉。你不由得担忧，也许有一天整台电梯都会消失，只余下黑幽幽的一口井留在公寓里。通向蟑螂、壁虎、蛇和蜘蛛的巢穴。直到那时砖瓦泥石才像是祭奠时间的庙宇。不管是看来洁净井然的粉白水泥墙壁，或是蛇虫出没其间的坍墙绿草。有人偷窃，就有人损失。搬走的人继续到别的地方住在另一座舞台的布景里，偶尔被偷，偶尔被抢，或者，以各种各样的方式断断续续地遗失些什么。在离开以后，再度在新的地方孕育下次离开的契机。

警察说，他们找不到人，只找到钓鱼竿挂在树上，是真正的钓鱼竿与鱼线，有简陋的旋转把手。在这里我们是那么贫穷，连坏事也笨拙地发生。电话公司来了。他们来看看，他们来数算电话公司的用户。他们来配上一条新的电话缆线。两周之后，神秘的贼又再把这条新的电话主线偷走。以后大半年里，电话公司不再派人过来了。

我要叫他们来装上电话线。我必须使用网路。这里又不能无线上网。

试试打这串号码。这是我们这一区的服务热线。

我打了很多次，可是没有人接呢。

我从前有试过这号码的，是可以通的。

那么现在不通了。

你确定手机能打通这电话吗？

是可以的，我试过的。

好像是技师把电话搁了起来。我要亲自到他们的办公室去。

失去了这条肥大的缆线，镇上有三分之一的居民因此而无法再使用电话。这是我们唯一的陆线。妈妈说，我们已经三个多月没有使用电话了，虽然我们分明每月都缴电话租费，家里的这串号码还是存在的。当我还在台北时，我试过无数次拨打它，铃声在听筒与网路之间回绕，你会以为那一端的电话在响，没有人接听。但实际上电话那端是死寂的。我的听筒似乎延伸向一个黑暗的空洞所在，在空无一物之处响起幻听似的铃声。无法传出。电话并不知道。我的拨号被反射回来，仿佛那声波曾敲击一堵镜子似的墙面。在这个世界上，它并没能找到出口抵达另一具电话，无法使别人耳边铃声大作、无法唤起某人回应一声"哈啰"。

妈妈的电话不响。

很久很久以后，我才知道，妈妈在咳嗽。有节奏的咳嗽声取代了电话铃声。她已经许久没有接到电话。她仿佛住在一个空壳里。失去电话线的那一排屋子看起来比从前更陈旧，事实上，整排屋子里，只有少数几家还住着人。

有那样的一家店铺，我曾经有许多个下午躲在柜台后看一份报纸老半天，死赖不走在那里猛刨店主人私藏的武侠小说。那家店铺有个成长中渐渐焦虑的女儿：我美吗？我会长得更美丽吗？她会这么问我。我从她的眼睛里看见了出走的欲望。渴望从母亲疲惫的情绪中逃开，那种情绪像一张黏人的蛛网。她极欲逃离那间店铺由帆布垂下、由几个柜台所包围的世界，用什么方法可以走得更远呢？她问我，有一天我会成为一个模特儿。让自己变得更美丽，或者，谈一场恋爱。仿佛她是一棵植物，长着娇艳的花瓣因此得以被衔走、飘到老远。她选择让自己变美，选择一份经营美丽的事业。她许久没回来了。现在那间屋子的顶盖已经被大风掀翻。有块锌板在中央滑落，如布幕被拉下。天光泼洒下来。那里有破洞，有影子，那里是舞台的废墟，那里是温度退去的视线，平坦地，笔直地穿过往事与逝物的影影幢幢。我曾经迫不及待给自己许诺日后一定要离开。我是最早想走的人。让我的身体离开。我的心已经飞离。大学是最安全的去处。无疑，大学校园是最受认可的收容所，因为它提供最正当的借口，附带证件与新身份，这些构成最合理的理由。似乎每座都市也可以带你挣脱家乡的桎梏。

一直逃离的你，也有挣不开的时候。忽然就被扯回来了，像被隐形的回力棒兜着了送回来，虽然万分不愿，但，毕竟又再度站在这里了。站在已经无人愿意留下的荒凉村落。此时，我发现自己处在极度吊诡的处境里。假如我过去一直想逃离人们，那么此时此地无疑是最佳地点：居民越发稀少，那些过去似乎随时伸出捕捉你的钳子不见了。他们不会再有兴趣抓攫任何留在此地的人事物。留在这里，没有任何人干涉你。如果：你一直想逃离人群，那么此时已无更好的去处。这里变得比城市更荒凉。

抽幸运奖。小孩说，抽一次一毛钱。在闷恹恹的午后，怀抱着一点希望踩进店铺里。我从门里看见玻璃柜子反射出他们的影子，所以就知道他们又来了。看见他们像晃荡在水面上的影子似的，就像重复着十年或二十年前的任何一个下午。河里的浮萍与荷叶摇晃着浓郁的绿色，绿光悠悠荡漾在午后炎热的空气里，像幻梦的雾带。他们是来试运气的。在许许多多寻常的下午，他们来试自己的手气。他们伸手探入瓶子里抽出一些小卡，看一看今天获得的号码。如果运气好，可以获得塑胶制小动物模样的玩具。如果运气更好，可以获得游戏机。如果运气不好……也只失去一毛钱。黑夜白昼不疾不徐地往前堆叠起来。

现在我走过那些像舞台屏风一样徒然剩下一层墙面的店铺。破损的洞口露出里头坍塌倾颓的梁柱，从前我栖身逃离刻板日常的那个角落，此刻看来像七巧板，被移掉之后什么也不剩下了。于是你发现原来的空间，不外是曾被某些东西占据过。此刻那里仍被另一些东西占据，累累垂下的蛛网尘缕，被白蚁蛀蚀而变得脆弱的木材，被扔在那里，清楚地传达着被嫌弃的感觉：已经没有人想再住在它里面，哪怕在它的周围。任何人都不再要它了。留在这里的人仅是缓慢地等待那天到来，把这一切彻底扬弃之后。欢悦地加入那些已经离开的队伍之中。

回来之后，我发现从前美丽的屋子都破旧了。从前我曾羡慕那些大房子。当你还是一个孩子的时候，情不自禁地感到自卑与惶恐，大人们郑重告诫你："不要乱碰屋里任何一样东西。"不可胡闹，不要乱，他们说。

碰触：一种必须被抑制的欲望。乱也是。不要乱碰、不要乱摸、不要乱说。不要乱来。似乎孩童的手有无比威力会摧毁这些物质使其加速衰亡。然而，在我们尚未来得及老去以前，这屋子就已经变旧了，窗框和帘布也变黑了。它其实不过是一栋油漆鲜艳的木板加砖块水泥建成的大房子。现在对着它你感到当时的自卑已经变成惆怅。门户安好地紧闭，仿佛当日的气息还保存门后。冷气机还完好地安置在那上头。完好如昔的门墙窗户，使观者保留一丝安慰，对于那些无法离开的人来说，他们可以避免去面对昔日大宅已经空洞的事实。仿佛别人还没搬走，仿佛主人只不过去度假，那些热闹与欢腾、警惕与小心翼翼的交谈，将恢复它昔日放肆喧嚣与干扰的声音。

然而走到另一端时，你可以发现楼上那些过去粉刷得格外鲜艳的木板，如今变得黯淡了。几块木板剥落了一小截，破落，宛如张开一张蛀牙的嘴巴。那些裂开的洞隙无声地说着，我空了。它这么说着。残破的木板依然居高临下地藐视路人，人都走了，你怎的却回来。你，这个一心一意想离开的人，现在却必须待在这里，跟那些呛死人的白烟一样凝滞此地，无处可去。走过去，走过这场废墟，它们从你的背后注视你，你的每一寸过去都无秘密可言。他们完全懂得你干过什么。真的，他们比你更懂你的生活。懂得你把什么东西藏在表面底下。看你像困顿的锚，狼狈地陷入泥泞里。

一旦没有人住在里面，屋子就会更快败落。注视着它，里头还藏着什么东西。空荡荡的屋子里所装载的比从前更多：消失、遗弃，已经过去的过去。

一旦某物消失，我不禁好奇在这以前它是什么？它曾经有过什么呢？它"是"什么，是否会等同于它曾经"有"过什么呢？告诉别人，我是某某，那是因为我拥有过某物，此物是促使我成为某某的决定性因素。换言之，我之所以"不是"某某，因为我"没有"某物——钱、收藏的邮票或唱片或小说或电影海报或丈夫或孩子或其他——。某种引人追逐不休直至疲惫老死的欲望，终究都要被时间覆盖过去，成为"什么也没有"。终将在某个时日体认到自己什么也不是，一切迟早都将消失在那意义断落的，空洞的时刻。

大地是四方的。大海是无底的。妈妈这样跟我说。以前的人都这么说。

谁是以前的人？

我的公公。妈妈说。大地是四方的。大海是无底的，所以坐船不可以走太远。要是从船上掉下去，就会一直往下掉，掉下去，碰不到底。我告诉他地球是圆的，他不相信。每天靠着瓷枕睡觉，非常宝贝，不让我们碰，也不让婆婆用。他经常单独一人睡觉。偶尔心情好时会给我五分钱。

有一天。故事总是从有一天开始的。"有一天,你也许忍不住会追问——"到底过去百年来那些喧哗的人口是如何消失的?这场倾圮是否在最近几年画下一条下降的斜线?现在这像一个笑话了。我指的是这一块写着"国内外贸易"的招牌,你会纳闷他们为何选择在这个市镇上设立办公室。

有一家板铰[1]场,为其家族设立整栋宿舍。他们可能是移民的第二或第三代。木材板铰场、电器贸易、米粉厂、汽车维修厂,兄弟叔侄姨姑集聚同一条街,集体经营某份共同的生计,逐渐扩展。直到现在,我母亲还在固执地说:外地人都相信本镇的居民都是富裕人家。然而我们家卑微黯淡,别人家看来也不怎么样,虽然如此,大家却都津津乐道咀嚼过去的辉煌往事。多年以后,我才知道这确实非比寻常。无可否认,曾经有人在此设置办公室与工厂,搭起楼房专供众亲属栖身。沿着工厂的入口,经过木屑漫飞的空地,你走到工厂后方,你将发现在树桐与木料包围之中,那栋长长的宿舍与镇上其他屋宇有明显的不同,它像是舞台中的舞台,被一道高墙特意与外界隔离,然而那里似乎是个具有特权的游乐场。当我走进去时总是模模糊糊地感觉如此。沉甸

---

[1] "板铰",马来西亚半岛吉打州的北部与中部对板厂的写法。译自福建话,当地对原料进行切、削、磨等处理的工厂广泛以此命名,如某某板铰,某某米铰。

甸的木板被吊起上升至屋顶下方,危险,是大人们给我的告诫。昂头看那些笨重的起重机、那些啮合的齿轮与机器上的雪亮锯刀。削刨锯木声在空气里滚沸叫嚣。掩着耳朵,快速地跑过这场尘埃的涡流。奔跑,血液在体内兴奋流动。它与其他地方都不同。

我不明白。当初他们为何选择这里?是因为此处的气态与地质物候吸引人吗?是预知此地生意旺盛吗?抑或一切仅是偶然——仅是因为一开始先人已经这么说了,以后我们也就继续这么说着,偶尔也说说其他地方的土地是多么懒散。

一切都会过去。到处都可见腐朽痕迹。有一块木板。掉落在屋檐上。人们从此处撤除。鸟雀在门匾后、在卷起的竹帘内,筑巢。

我走过去。仿佛这不过是一个周日。每天都是假日似的。花圃异常繁茂美丽。黄昏时妇女们总是在栽种。我遇见一只鸭子挺着大腹沿着木桥边缘笨拙地踱步。

我带回极沉重的行李,装着大量书本。像拖着一支铁锚在陆上行走。母亲问,为什么要读那么多书呀?长久以来,我一直都这么做:只要一觉得现实成了一堵墙,就会拼命从书里一字一字地吃掉,然后再一字一字吐出来,就像吃了葡萄自然要吐核子一样。

咳咳咳。母亲一蹲下来削马铃薯就咳嗽了。她咳出空气,咳出声音。她视文字如粪土:看你读那么多书,我甘愿当青盲牛。

书本是个问题。屋子太旧了，书本引来蛀虫，蛀虫又引来另一些别的生物，到最后白蚁就会出现。生命是一连串潜在的相互呼唤以持续地相互吞噬，你不能否认书本潜藏死亡的契机。

不能收藏这么多箱书，这里是母亲的房子。房子是母亲的身体，我颓然地发现自己依然离不开这具躯体。如何收藏书本的问题再次横亘在我们之间成为争执的课题。这些书现在还有什么用？你干吗不把它们称重卖掉？无法回避这个问题。你要很久以后才会明白，当父母看到孩子读书时扑上心头的不安。孩子变成陌生人。但在你小时候他们除了叫你读书之外，又不晓得该教些什么，才算是符合父母的责任。你以为早就已经摆脱这种悲剧而自由遨游在某处，但结果它并没有。它继续凝滞在这里等你回来，张开薄翼围拢你，用爱，你不明白它。那希望与爱的轴心。它难以明白。

到处都是窟窿。空空的，那种把光吸掉的裂缝。那里覆盖着白色的纤维，硬化的纤维，脆弱的纤维。让我无名火起的灰尘与蛛网。我似乎住在她体内了。这个村落，这间房子，便是她的身体。一间破败的家，陈旧的老屋子，每次踩在上头步行都得把脚步放轻，却始终还觉得脚下那股轻微的波动。低头仔细察看天花板的木纹，观看那里的裂纹，有一朵沟纹深深的眼睛围绕着一根钉子绽放。

屋子会塌的，会吗？

暂时还不会。拿起铁锤敲一敲：听，声音是实的，你太担心了。

来帮我装一盏灯的阿明这么说。

你还会再出去吗？他问我。

不晓得，再看看吧。我也不知道。

他以一根根软钉子固定好电线的位子，于是天花板上增加了新的回路。他一边工作一边说：我也刚从波兰回来，去那里，刚好有个朋友介绍我们一个工作。

好玩吧？那边夏天不太热吧？

好玩啊。不是夏天，去的时候，春天都要完了。

总算可以看看不同的风景。

不必一直待在这里。

偶尔出去走走也好。

你要做什么工作需要读那么多书，那么辛苦？

不，读书不辛苦。假如以后必须永远困在这里，那么我将会更加害怕。我害怕哪里都去不了。但你知道，这个世界上有些话我们不能将它说出口。有些话我们最好永远不说。不要点破它。你不能说：我再也不喜欢这里了。不能说这里让我窒息。这是不恰当的，因为这是母亲想待着的地方。如果你走了她会寂寞。如果，你爱她。请看守这片 motherland。然而，为何此地于我宛如一堵矗立眼前的高墙？

这些年来，镇上的人早已翻新他们的房子。只有我们，这些年来一直贫穷。因为我喜欢文字，因为我不喜欢理工或工商。于是钱币变成一页页书。妈妈说：你真像是住在书里的人，你不需要房子。

书本。书本没有用途。这些年来书店都像幻影来来去去。你看过有什么老字号书店屹立不倒的吗？以书本培养气质，如同给自己穿上好衣服……然而，连街角的西装裁缝店都倒了更甭说书店了。为什么读那么多书呢？书本，又不能赚钱。在我打开书本的时候，这些声音就飘上来，像烟一样萦绕不去。这样，当这些话又再度在耳边响起时，我已经习惯了。我熟悉这些语句：你总不能不食人间烟火……的确我的决定对他们来说是费解的。可是他们分明已经目睹这一切，既然我多年来一直固执，你不可能再改变我。你看那些有钱人都一个接一个搬走了。那么，大家就都搬走吧。而一直读书的我，就只能住在这间逐渐残破的屋子里，读着我的书与敲打我的键盘。

你还要到哪里去呢？不要走太远。

觉得彷徨。试图告诉母亲，我其实渴望离去。每一分钟，每一秒钟，这想法蛊惑我。每个时间点都不对，而且又是羞愧且罪恶的。尝试说出口，尝试让脑中那些翻腾不休的念头平息。把脑袋倾空,像清理一个抽屉,扒光行李。

现在,你看着小镇,仔细地看它。它崩塌了,逐渐长成另一张脸,你不知道以后是否还会看见它。

小镇像是无人的花园了。沿着河边走,放眼只见姹绿嫣红,丰美瑰丽。落日在长满紫色水葵花的河面上反射一线金光。仿佛有个看不见的主人在帮我们打理这座花园。我们坐在桥上许久。母亲似乎默不作声地在等待有人出现。然而却一直,一直,都没有人出现。孤寂的落日里只有我们母女俩安静地坐在桥上,有一只脏兮兮的白鹅在我们眼前桥梁边缘踱步过桥,努力良久,它终于振翼飞起,因为身体太重了,再度落到桥底,在几乎快干涸的河面上,那里积满垃圾长满杂草,它歪歪斜斜地、费力地扑扑拍翼,半跳半飞。这时候,我知道寂寞的人,不只是刚回来的我,连一直活在这座城镇从未曾离开一步的母亲,也在这里忍受着磨人的寂寞,在这里孤独地生活着。

然而我却不能不承认,小镇比起从前更美丽,就像在消逝之前,最后一次放射的光彩,尽力绽放未曾有过的美丽图景。在水闸前的野草摇晃着一片绿光。我从未见过这个小镇如此美丽过。

小偷很多呢。母亲这么说。什么都偷,偷钱、偷汽油、偷铁、偷车、偷电话线。连人也被偷走了。那个马来女人被情人抛弃了,现在变得疯疯的,她如果再进来就别理她。

走路到另一条街去,敲门,请这家人借我用电脑上网。就像时光从未流动过,事情没有改变过,在八〇年代初期,当我才刚上中学时,我也曾经走上几条街,敲别人家的门,请别家人借我电话打出去。现在,在我已将近四十岁时,我仍然得走上几条街,敲敲门,向别人借用网路。

写一封信给州务大臣。

告诉他:从去年五月开始,天空就失去了一条重要的陆线。告诉他,老人们孤独地生活在屋子里。告诉他,年轻人都到城市去了。告诉他,老人有时候会忘记使用手机,任何一个问题都使他们慌张。告诉他,请他让电话公司的技术人员再来多一趟。告诉他,大家都需要沟通。我没告诉他,我需要陆线以便感觉自己和外界连接。

我自以为这封信写得很完整,非常满意。然而按下"发送"键之后,荧幕告诉我"很抱歉因为技术性问题,你的资讯没有送出去。请再试一次。"

再来。再来。再来。直到我体认此网站的 E 投诉是指 empty 的意思。没有路通向空空的网路那端。在那里什么都没有,没有人读信。甚至连一堵挡在眼前的墙都无须竖立起来。那里只有"无",连一座废墟都没有。你怎么可能还天真地以为在一个陆线再三被盗的国度里,还有余力涉入所谓无远弗届的虚拟世界呢?它充其量仅能是一个连垃圾都不存在的无底黑洞。

尝试打电话。按下处理客户投诉的2号键。无数次重听那卷录音:"对不起我们目前正面临电话线路的干扰无法接听您的电话请改次再拨——"

梦境:公务员群体坐在浓浓的白烟里翻看档案、收集档案、丢弃档案。我的脸赫然出现在其中。糟糕的是,我发现自己的书柜都不见了,背后只有一片写着"为国家与民族服务"(Berkhidmat untuk Bangsa dan Negara)的灰墙。回来那天,苍穹是浓稠的白色,烟霾滞留大气层中。即使仅隔一条街,树木看起来也有若蒙上白灰。所有的东西看起来都像被安置在一片布幕背后,极像初中时的美术课。稍远的,颜色淡些,更远的,就要更淡更蒙,再远一点的山就完全看不见了。

到处都是白色的尘埃。当我把手肘顶在桌沿边,可以感到有一层沙质附在皮肤上。那不是一般灰尘。这些掸之不去的灰屑,有人说是来自附近的一家磨米粉厂。它们从工厂那里飘散,冉冉降落到屋内。它们入侵你的毛细孔,使你感到痕痒,从身体到周遭都是洗不干净的感觉。但是我们很快就对一切麻木了。

我应该要说,这烟来自南方岛上焚烧的林?还是该说，来自我生长的此处？

　　它们细密地入侵这里，上升，航过天际，乃至如火山尘埃般下降，笼罩，均匀地密布大气，慢慢地雕塑我们。从我们的每一寸孔窍中，雕塑我们所有的不幸与忍耐，像一朵蛾翼的纹线，如同河底流沙，直到它完全堵塞彻底硬化，无能再流通为止，仿佛与时间同谋悄悄杀死我们，任由我们的身体和那些房子、和那些在夜里吠叫的野狗一样，窝在一起死亡、枯萎、腐烂、消失。

重写笔记

一

你能拼图吗？他们问。他们把碎片分类。有那么多不同的鼻子、眼睛和嘴巴。如果事后他们问，此图与那人相似吗？我可能会冲口而出：我没有信心自己是对的。但没有人问我，我默默放下双手，表示结束。它与那人不是很像，亦非完全不像。我不知道我拼的是谁。灯光沿着纸片投下数道细细的黑影，乍看有若纵横脸上的疤痕。仿佛这是撕掉后再度缝合的脸。仿佛我的手指从这堆碎片分娩出一个全然陌生的人。

然而他们似乎颇为相信我，我拼出什么就是什么。

他们把图接过去，有人对它拍照。另一人在拼图背面涂上糨糊，将它贴在另一张纸上。我看着他们把一张脸孔变成档案。当他们终于把文件弄好以后，便递过来要我签名，也包括那张死板板的脸。他们说，抓到以后就叫我来认人。

帮我写口供的那个年轻警探,我不知道他的名字。我经常不记得那些偶尔交涉事务的职员们的名字,甚至从不问他们姓甚名谁,如果事后有人问起,我就一片茫然。

现在这警探也是如此,他是这片风景的一部分。有一些蓝墨水给一些公文盖章。有一个架子把它们收起。有一些灰尘覆盖着架子,有一个大垃圾桶等在旁边。有一些赞美奉献的标语写在墙上。有一些桌子把肚腩托起。有一些口袋藏着手掌。报案的人驯服地坐在椅子上。忍耐与麻木在他们脸上结网。有一些耳朵不痛不痒地听着。有一些呵欠揉碎在嘴上。有一些手指敲打键盘。

那个忙碌的公务员跟前围着十来个年轻人。他们就像医院里的邻床病患纷纷互相慰问,他们压低了声音像颤抖的树叶那般细响。

你们总共有十多人,怎么不反抗呢?那个公务员这么问。我们从来就没有被训练过要反抗啊,那些年轻人这么回答。

在桌子上有个牌子写着职称,没有名字,仿佛不管谁坐在这张牌子后面都是调查官。此刻坐在这张牌子后面的人,他胸前的姓名牌子使衣襟重重垂耷下来。他的眼睛疲倦但闪亮,琥珀色的脸冒出了十来颗青春痘。

他叫我计算损失,我说,我的损失。我在心里撕开一小块布,试图用那块布来包裹他的问题。试图用马来语回答他，但一会儿却发现那块布像雾那样茫茫的，无法显示事物的轮廓，仿佛有股力量把我的思绪扯住。

琥珀色的脸问我，丢了什么。我吐出一个词。手提电脑。我看着他把这个单词写在纸上。钱包。他又记下来。手机。我看着那些东西一个个变成了失窃表上的单词。计算一下？他请我计算。于是我想起那个电脑和手机的牌子与型号，我想起它们当初的价格和出产的年份，前者旧了但后者还很新。吐出数字，数字从破漏的袋子掉下来。在袋子里还装着别的，但它们恐怕没有任何经济价值，我是说那些修改到一半的小说。我忽然忘了稿件或短篇小说马来语怎么讲，从前中学教育文凭考试，我的马来语还考得优越，当时为了搞好国文我还读了一些获得国家文学奖的马来小说，可当我报案时，脑海里翻译的只有英语，short stories。

我试图在脑海里搜索马来文的词汇一会儿，但仿佛有一块巨大的石头挡在脑门前，它一动不动地挨着我的脸。你的脸受伤了，他说。我说，是的。你看医生了吗？我说，还没，诊疗所都关门了。啊，琥珀色的脸就叹息了一声，仿佛他是那个受伤的人。我看着他在报案表格上又写下：报案人的脸皮擦破了。

琥珀色的脸又说，这个傍晚大概同一批人抢完了这整个区。大家全都吓坏了。全都不会描述劫匪长什么模样，只会说差不多，差不多肥，差不多高，差不多矮。你能够拼图吗？记得他们的脸吗？我点头，我不知道是不是在点头。他们叫我走到另一个角落那里做拼图。

他们真能靠这张图寻人吗？我回想了好多次，仿佛那堆碎片一直在我前面，我一直没有停止过。仿佛我所拼的总是错的。或许也不是错的，只是我未曾满意过。

二

医生的目光平静地看病历卡，然后平静地看我。我不想皱眉，也不想微笑，那片伤口起自太阳穴，跨过左眼眼角，划过左边脸颊直到下颌。这只不过是擦伤罢了，他说，脸部的肌肉看起来没有问题，骨头应该也没事，不过如果你担心还是先去照了X光再说。以后也许会有点疤痕。不过这也很难说。有些人的细胞痊愈能力很好，痊愈能力很好的人就会什么疤痕都没有。

我就这样子在街上走，半边脸贴着棉花。几天以后，就不需要再贴棉花了，只涂上诊疗所给的紫色药水。有些人，他们不敢看我。他们会迅速调离视线，假装看街上的橱窗或招牌等其他事物。如果眼睛咬到任何腐烂的果实，噩梦就会在眼睛后面繁殖。在车厢或电梯里，那种沉默的、拘谨的目光，总是礼貌而冷淡地低垂，使人安心。除了那些少数的、非常少数的一些人，使我觉得坚定几乎与迟钝是同义词。

穷透了。只剩下三千多块,而且这个月的收入泡汤了。想到已逝的时间与未来的生活,我就感到沉重。这样的事我不能跟母亲说,也不能跟季说。他现在已经非常快乐了,而且前途一片光明。如果让季知道,我会更感难堪。

我对食物失去胃口,几乎只能喝水,喝饮料或稀粥,连撮起嘴唇吹凉食物的简单动作都感到痛苦。当嘴巴说话时,语言像沙子一样刮着半张脸,沙子渗进衣领里,从鞋子流出来,又流到地板隙缝里去。

那些稿件永远失去了。我并不总是把它们存起来,有时候由于要出差或回家度过几天,想在外地继续打稿,才把它们另外存起来。最后一次存档是在九个月前,也可能更久。我每天醒来都不晓得手指该放哪。我就像个刚被捏好的沙人。祂第一次造人时还没想到要用泥土。沙人的声音像风一样穿过溃散的喉咙。沙人不能分娩。每次分娩就还原回沙。脸在沙漏中沉没。风把沙带走。

那十根手指还想去抓回飞走的线。那十根手指还想快速地敲打键盘。噼里啪啦。每一根脚趾都晃在风里,当它们愤怒时,它们想要把上面的大腿和头颅都敲在地上。当它们后悔时,它们就会蹙成一堆,使全身孔窍缩起来,使冰冷的空气灌进心肺里,使肛门往内收缩，把身体由里往外翻过来，以便能狠狠抛掉体内的惊惧，以便使时间逆流，好让水退回洒蓬，草回到泥里，粪便回到肛门里。为了这么做你必须握紧拳头，让拳头剧烈颤动。紧闭着眼睛，大声叫喊抽光肺里的空气，把身体放空成一张薄薄的纸，把眼睛与耳朵都折叠起来，就像折叠一张别人留下的便条，等你看到时，赴约的时间早已过去。把房子里的抽屉和橱柜都从窗口扔出去，逃出这片笼子一样的时间。

起初仅仅只是为了越过日历上的栅栏。手指跳在键盘上只为了填充空位。填塞那些等着铅字的印刷机，但空白总是越填越多，因为手指的脑袋想要创造点东西来证明自己。手指头上可以看见时间形成的沙丘。手指头百无聊赖地敲打着键盘。时间没有罐子可以储藏。但手指被分配到一定额数的时间，用掉的时间总是得从那笔时间里扣除。直到每根手指都脱落掉在键盘上。或许现在已经有另一根指头把这些文字抹掉了。它们毕竟是容易消失的，因为你的头颅只要一离开键盘就会忘记它们。记得一点印象，不等于拥有它们。如同那些失踪者远远地逃遁到时间的荒原，记得那些脸孔也不等于拥有它们。

像婴儿一样睡觉，也不洗澡。像窟窿一样住在房间里。当我睡着时，黑暗取消墙壁。黑暗吞没全部。

每个夜晚，直到凌晨三四点左右，有一个疯婆子的哭声响彻街巷。那把哭声极其嘹亮，有时持续哭上几小时，那疯婆子一边哭一边走。哭声由远而近，又由近至远。猫偶尔在屋顶上叫。附近的野狗随着她的哭号声狂吠。

如果她不哭，整条街就变得静悄悄的，静得可以听见飞蛾给街灯烧得毕剥响，也可以听见厨房水龙头的漏水滴答响。声音一滴一滴地流进脑子里，但总是要听上很久之后，才知道是什么东西在平板地规律地干扰我。

在这条街上，夜晚并不是彻底纯净的黑暗。霓虹灯、街灯和车灯把窗帘的影子投落到墙上。躺在床上辗转反侧，我感到痛苦，即便这种痛苦比起饥荒或刀伤微不足道。像钟摆一样，在书桌和睡床之间往返。用笔尖在笔记上划动，沿着蓝色的横线，由左至右，由上至下，由于我的右手手臂也很痛，字都写得丑丑的，忽大忽小，每个字都逾出了蓝色的横线。

我很久没有用笔写字了，在这之前，我几乎日夜敲打电脑键盘。我的手指在厨房里抚弄过蔬菜和马铃薯。捏着洋葱的腹部滑过雪亮的刀刃。吃饱饭以后这十根手指又继续打字。我常常会为忽然想到的写法而兴奋不已，有时候高兴起来，得抓起扫把或抹布打扫屋里的某个角落，才能发泄这种滚烫烧灼的情绪。

尝试逼自己在桌子前坐上三四个小时，旧稿像破布那样揉在纸上。散落的词语在纸上弹跳。试图为它们排序，它们像灰尘那样在光里翻飞。它们无法用来填补罅漏，是更赤裸的句子，我发现我以前给它们穿上许多装饰遮掩它们。当它们从我手中溜走以后，又再度沉入水底，仿佛从前的打捞只是一场幻觉。仿佛来了一通电话叫我停摆。那把声音引诱我；不再把事物变成语词和句子。重新选择：在跟自己或跟别人之间建起厚墙。那些词汇像脱线的珠子。它们被风吹到河里去了。沉没在浮萍的绿膜底下，那里藏着样子如树皮般的冰冷生物。鳄鱼从绿悠悠的水里像一块腐烂的木头那样看我，它嘲弄我依赖回收的垃圾来捏造一个孩子。你不可分娩你的母亲。它说。如果写了不该写的东西，鳄鱼将从这层绿膜底下突击，把船桨和头颅吞掉。于是那个还没出世的孩子就被咬破。它吞掉了那双未曾睁开的眼睛。

三

关于那一摊血。

在这之前我从来没有看过那样的一摊人血。哪怕是在医院我也从没亲眼看见。不管躺着的是我妈还是谁，血总是从家畜身上流下来，总是滴落在厨房或在巴刹里。

关于那一摊血，这到底意味着什么呢？

我感到非常消沉，本来这个时候，我应该已经在进行最后修改的阶段了。我经常发呆，膝盖上放着一本书。我的笔记本，用一支笔涂涂写写。我试图回想从前写过的句子。那些句子被一大堆事情冲散了。心里总是拿捏不定，竟变得只能写写自己的梦境，其中一个梦是这样的：有一个奇怪的男人爬上我母亲的胸脯骚扰她，我无数次将他驱赶下来，然而他去而复返，又再厚颜无耻地趴在她的胸前。我非常愤怒，便把他捆起来，装进箱子里。我和母亲合力把箱子打包起来，打算扔到荒野里，我们趁夜扛着这个箱子走，沿着崎岖的山路走了好一段路，我才忽然想起来，问母亲，弟弟呢？母亲说她不知道，我冒起不祥的预感，糟糕了，也许我们一不小心，把弟弟错误地装进箱子里了。

对于求助于梦境这事，总是使我感到无奈。于是我又晃到另一篇小说，希望能打捞到一点有用的东西。镜里的人装模作样地支着下巴。它真的以为自己和别人一样。由于它的脸上一无所有，那些姿势便显得很蠢。只有我看见它，它总是躲在别人背后，老是面对着我。它总是在场。我在母亲的病床旁挣扎不已。到底该从哪里开始才好呢？也许我该像平时组合家具那样，同时把好几根钉子轮流敲进木材里。

我一边帮母亲按摩她的腿和脚，同时又感受到一种无可消磨的块状塞在心里。一切没有改变，我仍然像一件家具对她不闻不问，只有在无法继续写下去时，才转过头来看她。不过她未必想要别人时时刻刻都注意她。也许她的确想要像我们的朋友那样，获得同等的对待与喜爱。又或许她想要回到小孩阶段，毫无顾忌地照镜子然后问别人她今天看起来怎么样。然而，如果你真的把她当成像朋友那样说话，她却又会忍不住骂人。不过，或许她的的确确渴望这些关注的，我又怎么知道呢？或许是我装着不懂而已。她也装着她不需要这些。于是我们同谋假装她是有异于我们的，一个不同寻常的人。我想不出该跟她说什么，除了每次来的时候，告诉她我来了，以及走的时候告诉她我走了之外，其他的都说得蹩脚极了，你要好好休息。你要好好休养。你要好好睡觉。

如果她亲耳听到，一定会难为情地、吃吃地笑，笑得面红耳赤，然后故作不屑地哼一声。

也许我有点迷信，但我忍不住这样想，这是一种神秘的惩罚。如果那一天我没有离开医院，或许这件事情就不会发生。不过，无论如何——我又不禁为自己辩解——医院根本不会允许我在加护病房过夜。所以我必然会在傍晚八点时就离开。不过，我还是认为，如果我提早几分钟，或延迟十分钟才离开，就可以避开那件事了。

那天傍晚，我提着电脑离开医院，一个人走在那条巷子里。汗渍与尘硝使我觉得空气像一层覆罩身上的黏膜。起初我听见背后传来低低的、闷闷的摩托引擎声,但就像被催眠一样,我忘了警惕。那股暴力猛然袭来,世界似乎被掀翻。夜空、街灯、树木似乎在一时间颠倒过来,碎成一抹抹四散流溢的颜色,就像被海绵粗暴地擦过,把原来的底稿都抹去了。

暮色里,我听见摩托踩煞擎拐弯发出的尖锐声音,有一个人正用力地对我呼喊:"还——啦——!"(bayarlah)那人的声音粗嘎而低沉,我转头直视那张脸,对方立刻抽出巴冷刀,实际上就算是一把小小的钝刀也能把这双腿吓软。一眨眼间对方就骑上摩托飞驰远去了,只剩一小段割断的黑色带子软趴趴地垂在手中。

有几个人站在不远处望着这一切。钱是身外物,有一个女人这么说,人还活着就好。

她说得没错。起码没被捅一刀就算走运了。我怕得浑身发抖,趴在泥地上,连手都抬不起来,我还以为肩膀脱臼了。

一些人跑过街道,跑到我身边来了,他们的关怀像棉花般把我包围起来。"真可怜,可以爬起来吗?""真倒霉啊,不是吗?""去看医生吧。"唠唠叨叨、七嘴八舌地,他们说,你流血了,你的脸颊、鼻尖、耳朵,都擦破皮了。我稍后发现,手臂根本就好端端的,没有脱臼,只有两腿还在发抖。

地上有一摊血,不过我不认为是属于我的,我全身上下只有擦伤,并未能使血液一泻如注。地上的几滴血却活像从油漆刷子上滴落下来,状若辐射散开的红色圆点。

不是你的吗?那么是他的了,他们说。不会是别人的。

是他割伤自己的手。又有人这么说。这血跟着他的摩托一路滴。

也许对的,我接受他们的看法。那只手曾经握紧了巴冷刀,快速地朝我挥过来。他恨我吗?那只手仿佛一点也不怕痛。难道他在对什么人表现狠劲吗?

关于那人的模样,我可以仔细描述他的样貌特征,用马来语与英语掺杂着形容,以至于警察们相信我可以拼图。我们曾经面对面,虽然只有短短的刹那,却印象深刻:一张瘦削干瘪的倒三角脸,一双亮而小的眼睛。一管长而窄的鼻子。鼻子下方长着短短的髭须,嘴巴却很小,唯独欠缺眉毛,被压在铁盔底下了。这张脸与其说是凶狠,不如说是严肃的,只有那张嘴巴使劲地叫喊。

他的声音忽然冒现,又迅速远去了,带着仍未结束的余音消失在街上的杂沓人群中。接下来的几周,这两个词语像回音一样催促我。在我试图重写那些稿件的时候,它不断干扰,如麻雀瞬间倾巢而出,聒噪地毛茸茸地涌进我闹嚷嚷的脑袋里。

我用笔写，仿佛笔尖能够把他的声音刻入纸内，使之驯服。对于应该要怎样用中文来贴近他的声音，我很伤脑筋。我把"还"扩展成"该是还债的时候了"，后来又去掉了修饰语和补语，只剩"还债"，然而这或许也是不对的，正确的写法或许是"偿吧"或"付吧"。他为何不干脆地说"给我"（bagi saya）呢？仿佛我亲耳听到的语言都是失败的对白设计，但无论如何都无法贴近记忆中我所听到的语言。它像录音带一样在脑海里反复播放，我欠了什么？我是否故意使自己像个受害者而使自己轻松脱罪？一种辩白的方式。抑或这里有某个神秘的赏惩齿轮在悄然运转？

我无法驱散迷信的想法。

事情发生的那天傍晚，我到了七点半就开始坐立不安。我感到非常难受。医护人员用橡皮筋把她的头发扎起来，露出尖尖的脸和瘦瘦的颈项。她躺在床上，紧闭着嘴唇和眼睛。我搓揉她的腿和手臂，每隔几分钟就说一些安慰的话。我老是反复说同样的话，那几句没有新意的安慰之言。如果是正常的交谈，根本没有人会这么讲话。我们之间的语言从来不曾那么死板过。当她身体还健康时，我总是与她对峙。她会挖空心思来讥诮我，用她所懂得的词汇来掩饰她的失望，"你是孤独的人"，"没有人像你这样的"，"你很怪"，或者说"你的耳朵是鸡毛，根本不是用来听的"。

剩下的半个小时，我就不断找事情做好打发时间。我在母亲的病床前翻开挂在那里的一些报告。一大堆医学用词，我完全看不懂。一个男护士走过，阻止我再读下去。这些报告是机密的，他说。我惊愕地看着他，无法置信。我知道那些纸张上面根本没有盖印"机密"（confidential）的字眼，而且那些报告也只是随便地用一根绳子串起来挂在床尾。

但这是我母亲的病情。我说，我是家属。

不，你不能看，他说，如果你想知道可以去问医生。

我从他的脸上看出坚决的固执。他的尊严就在于使这堆纸张变成机密的文件。我抗拒他。他也看出我不会认同他。但他又不能把这些报告收起来，因为这在他的权力之外。他只能严厉地斥责我。

你没有获得允许就看这些报告，是不对的。

我生气地坐在椅子上，打开笔记本电脑，心想以后非要把此事写进小说里不可，顺便给那个男护士编个故事。我把他说的话记下来，想办法把那几句马来语译成中文，但效果并不很好。我无心解决技巧上的问题，而且跷着腿摆着电脑打字并不是太舒服。我用了一会儿就把它关掉。心情烦躁。到了八点钟，护士前来赶人时，我没有像往常一样向她们求情拖延几分钟。我准时地离开了。

四

当我觉得应该关注她时,我就看看她身上衔接的那一大堆物品。我不敢看她的身体,她肩膀上裸露的皮肤细白,几乎跟少女一样。青色的被单底下什么也没穿。我一会儿看看她吊着营养包的点滴,一会儿看看仪器上的心跳,那些看起来彼此很接近的、跳动着的数字。仪器在她床头上响着平板的警鸣声。有时候我慌起来,因为我看见绿色的独眼变成赤红色的了,"注意"(cautious)的字眼闪烁个不停。这时候警鸣声就变得更尖锐了。

我在走廊上走来走去,紧张地抓住一个经过的医护人员问。

她说,这是正常的,只要她还有呼吸就没问题了。

我看到你经常都陪她说话呵。护士说,真是不错嗳。能跟她说话总是好的。有些病人醒来以后还能记得有人跟他说过话呢。她不知道你说什么,但她会记得的。

如果她清醒过来,也许她就会想问我,我脸上的那片树皮是怎么回事。我希望她最好先别看见我。他们给她在喉咙那里开了小孔接上管子。这使得她不能说话了。如果她对此表示好奇,她将会痛苦。我将看见谜样的音节撮起她的嘴唇,这也会使我难受。到时候我就不得不撒谎这是跌倒弄伤的。

只有那一摊鲜血干涸在我心上,我非常在意,那几滴状若辐射线散开的黑色圆点。它有什么意味？似乎是由于出手紧张，那人才会在抽刀时割伤自己的手掌。……有时我陷入这样的困惑里：似乎我早就跟他约好了，在一个三岔巷口，以 notebook、一些零零碎碎不值几分钱的财物，偿还一个莫名其妙的债务。也许那摊血意味着他并不像我想象中那样凶狠，他和我一样紧张而害怕。如果我很勇敢、反应快速地把自己的东西抢回来，也许我便不会失去这些，不会失去这些修改到一半的小说。我不相信他需要这个。他只需要一只空箱子。

朋友说，你知道自己长得像谁吗？被点错相了吗？

没有。我不知道。我说。当那个人对我大喊大叫时，我还以为他只是个演员。我还以为自己只不过是被卷入街头表演。我都来不及反应。

过去就算了。而且你还能怎样呢？活着就算是命大了。如果你跟他抢夺，也许你受的伤害就更多。

也有可能，我说，你也有可能是对的，不过，我不知道。

各种事情乱哄哄地挤满脑袋。有时候，我提不起劲重写。但我还是每天来到，叨叨絮絮地对她描绘未来的美景，世界上有些地方风光很美，等你病好了我就带你去大开眼界。我总会那么说，但给不出一个确切的时间。就看看哪一天吧。我会这么说，等以后——等到北半球的春天，或秋天，那是舒服的季节。虽然含糊，但我以为这至少保持了希望。我又说我打算买房子了，她将来可以住得更舒适，不必再挤在狭窄的老房子里，那时候我也会拨出更多时间陪她留在家里。

我很清楚自己能对她付出的东西不多。我知道自己在说谎，不是因为我所接的案子收入不够负担两人的生活，而是因为我想孤独地完成这本书。我根本不想做那么多工作。当原先预定小说该完稿的时间到了，如今却得再重新来过时，我变得极其紧张。

经常有股冲动想要取消工作。往往拖到最后一分钟才出门采访。我比以前更沉醉在写作里。至于别人交代的工作，我总是拖延，总是没做好，总是迟到，总是迟交稿件。补习班的课总是临时通知就取消。

我等着哪天杂志社跟我大发雷霆，和我中断合作关系。有一回补习班打电话来提醒我，考试即将来临，如果来不及在那之前补课，学生的父母可能会有怨言，到时很难应付，等等。我很内疚，这一切都是我的错，我可以从他声音里听出焦躁不安与忧虑。

我不知道往后的生活会如何。一想到未来就心情沉重。有时候我想到自己可能占据了别人的机会，那人可能比我更适合这个位子，便不知如何是好。

烟雾像只灰猫踞坐窗前。

电线生锈了。房子变暗了。很久没有工作。我简直忘了跟杂志社联络。当我查看电子信箱时，我知道这次破洞的不只是裤袋而已。

我们这两天要排版了，还没收到那两篇采访稿。

对不起，我暂时交不出来了。

为什么？

都不见了。我跟她解释情况。给我多一周时间。

这真不幸。对方沉默了一会儿。但你应该早点跟我们说一声。

起初天气还算晴朗。我可以看见黄色的碎花在风中抖动。树叶在风中摇摆如层层柔软的山峦。七月的手指搔痒晾在窗外的布料。

八月，烟霾来了。我好像不是在重写旧稿，而是在写一件重复发生的事。放眼四望，四周迷蒙得宛如云端仙境。地平线白茫茫的。燕子在破洞的楼顶上聒噪。满街都是鸟粪。窗台上排列着壁虎粪。猫狗的粪便撒满行人道，多得不可置信。

警察局来了一通电话，叫我去认人。我小心地、慢慢地淋湿头发，歪着头洗，生怕水流弄痛脸上的伤口。伤口开始结痂，疤痕跨过半张脸。我顶着这片深褐色的树皮出门。

有十张脸铺排在光亮的玻璃背后。我和徽章们一起躲在暗色的玻璃背后。我本来还以为会看到那种丧家犬一样的表情，但这十张脸孔全都比我更有人样。他们都像泥土那样安静。全都听从指示，站在那里等待时间过去，他们知道这只是一下子，没有人害怕，就像那个劫匪一样，除开他拔刀的那只手透露秘密之外。

我要看看他们的手掌。叫他们十个人都往前伸长手臂摊开手掌。但是没有任何一个人手上有疤痕。

他不在这十个人里面，我很确定。那顶有徽章的帽子垂下来读我的口供记录，他说，你上次没说那个抢劫你的人有受伤。我当时忘记了，我说。你看，你都已经签名了，他说。我说，我知道，我是后来才想起来的。他说，哪里可以这样呢，想起来了就应该立刻跟我们说。我忘记了，我说。那你要修改口供吗？

不用了，我说。毕竟我也不是很确定的。

一时这样，一时又那样，到底是怎样呢？他问。有没有疤痕呢？

我真的不肯定，可能有，可能没有。我说。

到底有还是没有？

我决定放弃对他解释。我说，按照之前写的就好。

这可是你自己说的。

我知道。

想清楚了？

我迟疑一下。是的。我说。

五

在天花板上有个洞口，我一直很想找个东西来堵住它。壁虎有时会从那里爬出来。

房东敲门。我从门缝里把一百块交给她。她没有立刻离开，于是我便继续从门缝里看她。她对我微笑。

你发生什么事了？

有点倒霉，被打劫了。

哦，她搓着自己的手。现在的治安真差。连你也碰上了。

我现在好多了。

那就好，那就好，因为看起来有点，呃，有点吓人。

还可以，我说，至少现在不痛了。

喔，这就好，这就好。

有什么事吗？

现在跟你说这话，好像不太好。但你有权利知道这件事。我这房子就要卖了。

啊。

照例通知，按照合约，你可以继续住上两个月。两个月后你再搬没关系。

她讲话时我看着自己的脚。我希望有足够的钱买一双新鞋子。听说新鞋子会带来好运。

希望你找房子顺利。她说。

我说。哦。

其实早就该搬了。这并不是多好的房子。墙壁的油漆已经剥落了。蚂蚁大军噬咬门边的柱子。总是打扫不完的壁虎粪。每天一大早，我就被楼下的车声和喇叭惊醒。只因为季住过这里，所以我就搬进来。

我喜欢他留下的钥匙。

季不会回来。季已经走了一年，他去了太平洋的另一边，只有我还在原地踏步。此刻季也许在美国西岸那里驰车越过沙漠到大峡谷去，或者惬意地走在好莱坞的穆赫兰大道上。

窗外横过一座断裂的天桥。这座天桥盖到一半，断口处还朝天伸出丝丝钢筋。这里的人都很高兴这工程暂搁下来了。他们都是这么叫喊的，你住哪儿？我住天桥上！天桥近得仿佛挨着楼房切过半空。背对日光的那一堵墙上，青苔沿着雨丝与排水道有如绿色泪痕从窗口长长地垂下。

每扇窗子都像给黑烟熏干的瞳孔。那半截天桥沉默无语，悬在灰色的云下，挡着了阳光。这座天桥哪儿也不能去，除了让人走到一半从缺口掉下来。

傍晚，一阵闪电打雷之后就停电了。我本来伏在床上扭着书本写字。不到几个礼拜，它就已经脱页，破破烂烂了。电流忽然中断，我才不得不放弃这番苦干。

我在屋子里走来走去,点亮蜡烛,却不能看书。窗外光线昏暗,一大片灰蓝无尽头的雨。

有一团朦胧的阴影伫立在窗口对面。一个陌生人站在天桥上淋雨,浑身湿透了。他不知为何站得像个站岗的兵士,一动也不动。衣服粘在瘦伶伶的骨头上。

城市里从来没有立过这样的塑像,瘦骨嶙峋,丑陋不堪。那人僵立在天桥上,久久地凝视我这扇窗,或许在看别人的窗户也说不定。我看他看得够久了,看得越久,就觉得雨水也渗透到自己住的房子里,从头顶一直渗进骨髓里去,仿佛自己也被他身上的那团雨丝包围,冷冷的,湿湿的。

我知道他是谁。我经常看见他。当我没去医院、没去工作时,我就待在房里。坐在季以前用过的书桌边,有时候,走到窗前往外眺望,可以看见对面那座停工的天桥。那个流浪汉就住在天桥底下。他经常裹在一堆报纸里睡觉,连车笛也不能惊醒他。他解决无聊的方法,就是持续地昏睡。或许这样讲是不对的,因为照我来看——不是故意观察他,不是为了取材或是什么,只不过偶然看见——他根本就不怕无聊,当他清醒时,总是光着脚,什么也不干,平静地坐在闸门前面,或者漫步在街上。有时也会突然勤劳起来,仿佛为了使自己显得很有用的样子,从路上捡起一些分明是坏了的东西,一枚裂开成两瓣的衣夹子,一个脱落的水瓶盖子,一根钉子，收进口袋里，似乎是打算捡回去了，才慢慢找出那些废物还有什么用途的样子。

但我为何称他是流浪汉呢？这名词用得一点也不对，他哪里都没去，比别人更死心塌地待在这里。每天安心地晒太阳或随意乱走，仿佛这条街道是他散步的花园。把他捡的东西记下来：纸牌、烟蒂、破雨伞、纸皮、空瓶子。累积数页。纯粹记录。这种纯粹的记录有意义吗？这里看到一点，那里听到一点。每件事情都支离破碎地来到面前。彼此并无关联。谁也不知道那个女人为什么每夜大哭。我不明白。我在笔记本上写着：也许不幸的几率与幸运的几率对等。我不知道不幸是如何在茫茫人海中挑出它的承担者。

这样的句子我不会写给季，因为季很开朗。像他这么开朗的人，恐惧与阴影似乎与他无关。他可以轻松地飞翔。他是如此干净。像一面光亮的镜子。每次看着季时，我就感觉自己仿佛也和他一般光亮。很多人喜欢季。几乎我所认识的人都争着涌向季。

六

他们派了一个华人女医生来跟我谈。她怜悯地问我，你母亲有两个孩子对吗？我用干涩与羞愧的声音回答她，是的。她又怜悯地说，你每天都来。我用羞愧的声音跟她说，也不是的，最近有事中午都不能来。她又怜悯地说，你这样很辛苦。我羞愧地说，我妈妈更辛苦。怜悯的她又说，我们能做的已经做了。羞愧的我就说，谢谢你们尽力。你爱你妈妈吗？你愿意帮助她吗？向来都是她爱我们，我们不及她十分之一。你妈妈已经醒了，她的意识其实已经清醒了。可她昨天不是又发烧了吗？我来时她昏迷不醒，护士说她感染病菌。怜悯的人说，那是因为她不适合住在医院里，你应该带她回家。羞愧的我说，她不是还没退烧吗？怜悯的她说，等她退烧以后，你就可以带她回家了，让她睡在自己家里，总比住院好。羞愧的我说，如果万一她又感染病菌呢？我们可以叫医生来家里看她吗？怜悯的她说，她在家里感染致命病菌的几率很低，她回去后也许就不会那么常发烧了。羞愧的我说，她不需要仪器来帮助她呼吸吗？怜悯的她说，你可以买一个家居用的回去。羞愧的我说，那要多少钱？怜悯的她说，钱不是问题，你能出多少？羞愧的我说，我现在没钱了。怜悯的她说，医院会帮你们筹款。羞愧的我说，我不知道我妹妹，但我只有很少钱，我失业了，我们两人凑合大概可以出两三千块吧。怜悯的她说，我们可以帮你筹款，大概再筹个七八千就可以了，筹款的事医院会帮你们办。羞愧的我说，我该怎么照顾她？怜悯的她说，就让她睡着。羞愧的我说，我需要守着她吗？怜悯的她说，不用，就让她接上仪器，吊着点滴，在家里睡着。羞愧的我说，万一她生病呢？万一她又发烧呢？怜悯的她说，难道你不爱你母亲吗？你不可怜她吗？她在家里会比在医院舒服得多。

我们一起坐在食堂吃饭。

对面的窗口镶上一枝一枝的柚木装饰，下方摆着几盆万年青与剑兰，看起来绿油油的极之悦目。在食堂旁边的花园里，秋千像静止的钟摆。有时我以为自己是那个缺席的孩子。我想跑向它。双脚摇晃在半空。

妹妹埋头扒饭。我知道她生气了，她生气时眼睛就不看人。

我们的部门要请人。妹妹说。我老板叫我帮他过滤那些不符资格的人。

她在一家工厂的采购部门当书记，已经待了许多年。我不知道她为什么忽然说这个，只是安静地听着。

结果那天来了一个马来人，她说。这个人以前在加油站工作过。他求我，帮帮忙吧，给我机会，任何工作我都可以做得来。我想帮他，我也很同情他。我是真的想帮他，当着做点善事，希望这样有好报，这样我们的母亲也许会比较好过。但我老板需要的是个懂得英文听说书写的人。一个懂得计划、跟别人谈判的人。我总得选出那些可以做得来这份工作的人。他没有高中文凭，初中以后的专业文凭，他一张都没有。他这样是不行的。

说完了，她就闭上嘴巴。

你说得对，我说。工作总是要找适合的人。

你跟他不一样，你有文凭，我们一家就只有你一个人念大学，你是最幸运的。可是现在我工作比你还多。家用都是我出。为什么呢？

我沉默不语。

她又说，如果你不嫌弃，总是可以好好工作的。你为什么想要辞掉补习班这份工作呢？这份工作赚钱不是比较多吗？时间上不是也比较自由吗？

这工作不是像你以为的那么自由，我说，下课后也是很忙的。

她默默地吃盘里的江鱼仔。眼睛又垂下来，不肯再看我。

我说，我会再去找工作的，我已经在申请了。

我不是叫你放弃写小说，只是人总要吃饭。

我知道。

你不能饿着肚子写作。

对，我不能。我说。

她看着我。忽然眼圈红起来。那你说我们现在要怎样答复他们呢？

我把头垂在双臂之间。我把额头放在拳头上面。我不想抬起头来。

我在履历表里撒谎。它们说，我的牙齿可以挥动比自己更大的铁锥子。

七

忽然一下乒琅乓琅的巨响，把我吓了一跳。

晶亮的碎片溅了满地。旁边站着一个流浪汉。他一动也不动。斜着一边肩膀，手僵着横在腹前，膝盖弯弯的。

在那座工程中断的天桥下面，没有其他人看见这场魔术。他抓了几个亮晶晶的东西出来。我看不出那是什么，像个袋子似的，软绵绵地从他手中垂下。他对它吹气。它鼓胀起来，变成一个晶莹剔透的瓶子。他注视着它，就像注视正在烧开的一壶水。时间到了，他就一把抓起，往地上一掷。它掉下来。乒琅乓琅。碎了满地。

我越过马路，像走进梦中。过了三盏街灯，我还是能听见他掷玻璃的声音。一整天萦绕耳边。那声音蔓延了整条街。别人没有异样。我继续走着。街道的尾端笼罩在白蒙蒙的烟里。我还没有遇见那个提醒我这是梦境的讯号。所以这是现实。我继续走着。碎裂的声音在检票员打洞的钳子底下响起。在下车按铃时。在电梯开门时。在入口处登记时。在辅助母亲呼吸的仪器板上。乒琅乓琅。那声音停驻在我脑海里。持续地砸破一切。

无比清脆地掷向眼前的门。楼梯。窗。微笑。

我试着对她说话。妈妈非常孤独。我可以感觉到这点。我可以感觉到她很害怕。一切都会好的,你会好起来的。我说。

病房的墙壁是米白色的。她和其他人的身体一起沉睡在这些床上。没有一个是醒着的。他们都梦到什么呢?他们在梦中欢乐吗?她的愿望是什么呢?绝对不是对孩子的期望。那些都是别人强硬加在她身上的。好像她必须跟从别人那样想,否则就是坏母亲。

我就站在那里,想着要跟她说什么。四周围都是马来人,他们听不懂我说的。除了几个经过的华人女护士,偶尔有几个实习的学生会过来观察做笔记。

她想要钱吗?她想要房子吗?我想象她要的房子。我对她诉说这栋未来的房子。好像这样她就会梦到它:屋子很大,很大。里面有很多房间。前面跟后面都有草坪。上面种了像毯子般的绿草。有上好的家具。厨房美得像餐厅。你的兄弟姊妹都来看了。客厅里面有——。厨房里面有——。衣柜里面有——。浴室里面有——。我不知道还能说什么了。

我的声音越说越空洞。有关于这栋房子里的一切。它使我疲倦。声音仿佛从空腹冒出来，轻得跟呼气一样，从口腔离开。

它就消散在病房里。

当我的肚子饿时，思想无法咬住任何一个字。空洞感从腹部出发像一张口往上爬，一路吞噬。爬到手掌上，开始咬嚼写字的手指。使手指变空。从脖子底下蚕食脑袋。

然后我努力回想从前。很久以前，当我和母亲还很亲密时，当没有事物把我们拆散时，当妒忌没有使我远离时，那时我是怎么跟她说话的。从她的膝盖之间满怀渴望地问她：你爱我吗？你最爱的人是我吗？你觉得我最美吗？她穿着一件碎花裙子。领口滚着细小的白色花边。微笑着回答我好几次。直到有一桶衣服落在她脚边。直到六张口都落在她的手臂上。她一直微笑。

我想起小时候的鸡笼子。有一天早晨醒来，我兴致勃勃地往里头看。当她来时我告诉她。今天有只鸡蛋。蛋壳破了。笼子里有一只小鸡。

绿色的被单拉到母亲裸露的肩膀上。她总是在睡梦中。她的身体有点水肿，额头和鼻子出奇光滑。有好一阵子我觉得她的睫毛似乎颤动了一下。

然后我就沉默了。

创世纪

> 我们给睡着的人塑了像,而又不是睡着的那人。
>
> ——叶芝

1

起初你不知道这是谁,那五官就像被一把抓走。只剩这片空白。见鬼了。你不禁张口叫了一声。有人转过头来看你,仿佛什么也没见似的掉转头去。你在他们脸上只看见一堵墙,那种石灰水泥打造般的平坦。似乎他们已司空见惯。似乎一张空洞的脸就和桌面与墙面一样,没什么大不了。

盯着它,缓缓地靠近它。当你靠向那坚硬光滑的表面时,那张一无所有的脸也从另一面移近来,直到你们的脸互相顶着彼此的。到此为止。叫它滚开。那蠢蛋学你，耸肩，叉腰。当你往左踏步时，它也跟着往左踏步。不要跟着我，走，你叱喝。使尽力气往前走。一直走到粗糙的水泥墙边，它才消失了。

在另一条街上，在另一面光滑发亮的墙上。它又来了。它出现了。那张一无所有的脸。没眼、没嘴、没鼻子，带着那阵破碎的哭声。搁在颈项上发抖。一边哭，一边拉起衣服，露出腰间的赘肉。乳罩底下还塞着好几张红绿蓝色的钞票。那哭声断断续续，只余啜泣鼻涕声。带着那一大袋包袱和瓶瓶罐罐，总是停留在那仅能目睹却无法闯入之域。它的手、它的脚，挡着你的。你有多快它就有多快。无法把它揪出来。它把你搞得心烦意乱。只有在这座天桥底下，在这一方狭窄的角落里，你才暂时看不见它。但它显然还躲在哪处看不到的死角。那把哭声把你扰得无法安宁。不知源自何处。哭声绵长，像头发，像绷带，拂过长满青苔的墙壁缠绕着水泥柱子。你无比惊恐。呼喊，狂叫，让叫声从体内迸裂爆发，才能淹没那不知源自何处的——没完没了的哀恸的哭声。

在梦中总是发不出声音。等你终于可以喊出来时，梦就散了。昂头上望，可见天桥的断口朝天吐出黑色的钢筋，尖尖的，像要刺进灰色的云里。黑烟像幽灵一样在天桥底下的阴影里翻滚。苍蝇咿呜咿呜乱舞。那哭声停了。仿佛苍蝇会擦掉哭声，而汽车噪音又会擦掉苍蝇。最后是饥饿。饥饿盖过所有的声音。

你感到肚子再度变成了一个婴儿,对你索求,要你喂它。你一无所有,不知该怎么办。城市嗡嗡作响,远处的双峰塔灰蒙蒙地伫立在天际底下。自从烟霾来了以后,你经常都在咳嗽,住客们在半夜里睁着失眠的眼睛走下楼梯驱赶你,叫你滚开,于是你只好回到烟硝更浓也更黑的天桥下。咳得更厉害了。这些日子,你觉得死亡近了。也许你终将要死在这团浊黑的空气里,死在马路边的沟渠里,窒息在安全岛上,或者,像条野狗,不,恐怕连狗也不如地,倒毙在高速公路旁。

伸手在墙上猛抓乱刮,直至油漆剥落露出一道道黑黯的裂痕。沿着墙上的锈瘢与裂缝,你的思绪经常是东一片西一片地飘散,如飞蚊鸣叫,忽上忽下,偶然碰着了某个让你不解的——类似记忆般的幻觉,或类似幻影般的记忆,由于它们和此刻的处境差别太远,使你不能相信那曾是属于你的人生往昔——然而,又因为它在你心里勾起如此强烈的刺痛感,使你如此激动,以至于竟对现实视而不见、听而不闻,像只瞎眼的飞蚊,偶然撞上了一堵墙,才掉落在天桥底下的保丽龙胶垫与纸皮堆里。

当你从那个鬼地方逃出来时,你携带着那本簿子。用文字喂养它,就像暗地里饲养一头动物。它现在是我的了。你想。本来是别人的,现在是我自己的了。谁也看不到它，就是我死了，别人也不会占据得了它。

2

它们总是一副事不关己的样子。那些一整块竖立在高速公路旁边的挡板。好久以后你才领悟那些东西都是一种骗人的阴谋。它们把小的东西放大，把大的东西变小。一张沙发大得像小山，有两个孩子坐在上面咧嘴傻笑。一个女孩瞪大了眼睛看着路上的车子迎面而来。一张男人的巨脸，贴在公寓上，那些窗口看起来就跟牙齿上的蛀洞差不多。

每次暮霭降临，夜空就像一场盛宴。有这样一座长长的花园，横跨六条道的高速公路，上面长着一排昆虫的脚，到了晚上每只脚都射出光芒。花园很美，那里绿草柔软，鲜花盛放，蓝天白云，树影婆娑。在花瓣与水果中央，躺着一块巨大的巧克力，那鳞状表面还闪闪发亮，使你垂涎欲滴。使你想要跳进去，把嘴巴埋进里头。你奔向马路中央的栅栏。奋不顾身攀上那些铁枝条。车灯如电光直冲而来。车笛鸣叫。你高声怒骂，斥责那些躲在车灯后面的家伙，说你迟早会找到法子离开。这种伎俩阻碍不了你。那些铁枝条把那座园子拔地升起。虽然它们看起来像楼梯，但根本就不是楼梯。你在它底下哀求，陈情，流泪，吐痰，发火，跺脚，大小便。稍后，你感到这一切都确实无可奈何。

夜深时分，噩梦再度把你挤进厚墙里。那几条不清不楚的黑影过来了。带着刀子与棍棒。你浑身颤抖。整夜在他们的尖叫声中受罪。天亮以后，你感到自己遍体鳞伤。沿着高速公路蹒跚而行，排气管释放黑烟。烟在路上滚动。你再次领略人们实是麻木无情。他们坐在车子里，坐在玻璃后面，望着你，却无动于衷。样子痴呆，像某种灰扑扑的族类，观察他们，寻思他们并不像羊，不像牛，不像麻雀，甚至也不像老鼠。

老鼠总是能平息你的怒气，那一团松蓬的黑色绒毛常在阴影里快速移动。它们的小嘴所要求的食物分量并不多。有一天午后，倾盆大雨。水位遽然升高，淹至小腿。你跳上阶梯，躲在后巷屋檐下。随同你的还有一只小老鼠。它全身冷得簌簌发抖，伸出细小的爪子死命抓紧石墩。有人从屋里出来，抛下一袋子厨余。顺脚把老鼠踢进水中。一下子就被冲走了。

你曾经从一扇大门出来，过后就不再回去。从前他们总是恐吓你说，如果你不听话，就把你赶走，让你跟猫狗一样，在街上自生自灭。你知道这全都是胡说。因为你认为自己有权利住在那里。这可不是什么恩赐，本来就是属于你的。你的床，你的墙壁，你的号码。他们用电棒吓你，用密室对付你，钥匙都在他们手里，绳子也是。这就使得你变成奴隶。如果你力气更大，那栋房子就不会是他们的。

每天早上你看见他们在巡逻，到了晚上那些巡逻的人还没睡觉，换了另一班人在你窗外徘徊。他们日夜监视，不怀好意，房子到手了，他们还贪婪无厌，贪图别的，派来更多人，笑容可掬。你知道事情不对劲。他们入夜后就栖息在墙上。也许墙壁上钻了洞口。骨碌碌转动的眼睛从暗处窥伺你。你看过好几次。经常有一抹阴影徘徊在窗外，在那些发亮的墙孔后掠过。某个晚上，你试图用笔戳刺其中一只滚动的眼球。你发誓你听到噗的一声，那感觉就像插入一团果冻里。你把笔拉回来时，看见一丝粉红色的黏液沾在笔尖上。屏息倾听。墙外喘气的鼻息更浓。

一连几夜，你让这颗头颅醒着。

那些新来的人做法就跟以前的那班人一样。每晚都把屋里的灯熄了。他们摇着腰间的钥匙叮铃当啷地在走廊上踱步。路边的野狗在吠。它们什么都吃。当它们锋利的犬牙陷入肉类时，你可以听见咯喳咯喳的杂音。入夜了也在吞咽。跟虫子啃噬橱柜的声音一样，在木材里嘶嘶作响。

最后一天晚上，你听见黑暗中有个毛骨悚然的东西栖息在角落里，不久那东西就移到天花板上了。你知道它在虎视眈眈。起初你还想睡。一会儿，你感到房间缩小，天花板降下来了。空气变得出奇腥臭而难以忍受，爬起来，开灯。你看见一条蚯蚓爬在天花板上，其实当时也有些细小的不知名的昆虫和蚂蚁在房里爬来爬去，但你只注意盯着那条蚯蚓。你发现它的头部相当圆大，在天花板上蠕动着朝你头顶缓缓爬来。当你继续注视着蚯蚓圆大的头部时，你发现那颗头就像在回应你内在暧昧不明的想法似的，忽然鼓胀起来，紧接着就变成凶猛狰狞的模样，怒目吐舌，而且，不妙的是，它竟然缓慢地飞了起来，以比之前蠕动稍快的速度，横过空气，低低地朝你飞过来。

如果你能飞的话，你就会闪开它。但那片床褥像果酱那样软绵绵的。使你瘫痪，欲振乏力。想要叫喊但发不出声音。那只蚯蚓是否黏附在脚底下了呢？这点你不知道。你的身体像一支吸管。沉入装着果酱的罐子里。而且被堵塞了。残旧的墙壁爬满了虫子与其斑点状的排泄物。这是一件极度亵渎房子的恐怖之事。你开始动用呼唤神的紧急力量。出口打开。判决是溃散。有一半的你被遗留在那间房子里。另一半的你则被驱逐出境。

当他们倒数到零时，一切就结束了。由于你受刑，被判去别处生活。于是你就走出那扇门，走进这片烟霾里，流落在大街上。

起初，你一路上随手记录街道的名字、各种各样你看到的东西：号码、店铺招牌、公路上的箭头，甚至还在簿子里给一路拐弯的转角做记号。没用。没一会儿，你就不知自己身在何处。跟着路上的箭头走，那些白色的箭头总是把你导向另一个更陌生的街角、更远的另一条街。有时隔了一些时间，你发现自己又回到原地。久了以后，你就发现这些箭头也是骗人的。所幸你已经知道哪里比较容易找到吃的。每天翻找公园或车站的垃圾桶，所能找到的，都只有一半：半瓶水、半块面包、半包饭。如果什么也没找到，便挨饿。有时饿得半昏半醒，睡了一整天，躺着时，你想到这种重复来去的黑夜与白天是多么奇怪。在梦中找到的食物，还来不及进口，就隐没在这堆皱巴巴的纸皮里。倏地消失。好像有一张嘴巴吞噬这一切。连带那逃遁（或回返）的出入口也消失在灰溜溜的天桥水泥拱顶上。在你来得及适应以前，世界就已经缝合起来，露出它那副毫不关心的样子。一对翅膀咕咕地钻入天桥底下，旋即跃入高空，加入满城的燕子和麻雀的阵容，高亢啼叫振翅掠过，羽絮与粪便冉冉降落。

　　有时候，在舒服的日子里，你还有几根烟揣在怀里，那些从街边捡来的半截烟。跟吃饭的人讨点火。他们跟你是不一样的，偶尔他们愿意给你一点钱。这会使你心情愉快。你愉快时，就到处写点东西。当然你可以写在簿子里，但你更乐意把一些肺腑之言公开给大家看，写在车站的挡风板或电话亭上，甚至干脆就写在墙上。有时你突发奇想，想告诉别人事实的真相。对过路的人演讲，说出"他们"的故事。"他们"怎样把你陷害，怎么夺取你家，怎样偷窃，怎么诱你开口事后又把你的话据为己有。那把哭声每晚响起，必然也是因为"他们"的计谋。天一黑，哭声就来了，你无法使它闭嘴。你向来总是反应缓慢的。无法出声，也无法阻止。你很饿，浑身无力。它却总是很有力气，使劲哭喊，哭得你头昏脑涨。你不明白那些突如其来的愤怒与憎恶感觉，你无法解释。有时候你忍不住捶胸顿足，受够了，这些多余的感情来得不明不白，然而竟也是熟悉的了。

疯子，如果有人这么叫你，就笑。傻子，如果他们这么叫你，就爬起来追他们，朝他们大吼。如果有人追你，就跑。不过，大多数时候，人们往往只是追了你几步，就停下来了。你转身朝他们破口大骂，他们也只是远远地站在屋檐下看你。如果有人给激怒了，追上来，你便发足狂奔，越过马路，闯过红绿灯与呼啸而过的车子。别以为你会刮坏汽车，你从不随便打破东西，不管是橱窗、人家晾晒在外头的衣服，抑或停在路边的脚踏车、搁在滴水篓里的雨伞，你碰也不碰。

只有那些扔掉的东西吸引你，那种蜕变的事物，你可以看得出这些东西总是"剩下"的，剩下的盖子、鞋带、纽扣、纸、一小段铁丝或塑胶。关于哪些是人们还要用的、哪些是给人们遗弃的，你从不搞错。

很久以前你就学会了这点。当你还住在门缝里时，人们就已经这样教导你：所有那些钉在地上或墙上的，所有那些还没有破洞、未现裂缝的，所有那些看起来立正的、或挂在高处的，全都不能碰。另外一些不能碰的东西还包括发亮的、光滑的、平坦的、干净的。你看得懂界限，连隐形的门槛也瞒不过你的双眼，那些有冷气或屋檐遮盖之处，哪怕只是一根脚趾也不能越过的。

除非那间屋子破了，除非那些门已经失去了，如果墙壁塌掉一角，每个窗口都无法闭上。它们便会是你的。你会顺从这一切。如同流浪狗，如同一头懂事的牛。哪怕篱笆门打开，牛也不会进来吃掉一根草。对于这点，你可以骄傲。你有分寸。至少那些会走路的鞋子，那些在路边吃饭的脸，他们都可以对你放心。每天早上门打开。门把他们吐出来。他们像沙子一样覆盖各处。他们有那种脸。那种属于汽车的脸。随着楼梯上升的脸。进出店铺的脸。屋檐下的脸。门里的脸。

你没有自信自己能摆出那种脸。你猜想你根本不能。不过你无法证实，因为你从来没能看见。眼睛总是往外放射。无法拐弯。哪怕再怎么折叠身体，也不足以看见自己。如果门内有一双手，召唤你，也许你会考虑走进门内。不过从来就没有这种事情。他们向来就是直接把你拖进去。叫你吃饭，洗澡，叫你回答问题。厌烦地瞪着你。抓起你的手指压在一张纸上。这以后他们就开始偷东西。你知道这点,因为如果有别人问起,你就说,就说——讲了些话,然后就讲不出别的。话一出口,就不再在你这里了。当他们抓着你的手指按在蓝色墨水上时。你的身体就开了小洞。那小洞从你的手指直通到嘴巴,通到你做梦的那个地方里面去。你的话像打开的水龙头那样,给人家盛起来装走。好像他们想带走什么都行。这不行,你想,这不成,你不能同意。

3

相反地,对你来说,这一类东西可以碰:一排如同失去眼睑的窗口。浮在沟渠里的纸杯。一堵爬满锈垢的墙壁。天上掉下来的羽毛。鸟粪。一只躺在天桥底下的死老鼠。一堆蟑螂,在硬纸皮与保丽龙底下狂奔乱窜。一双布满疤痕与花纹瘢点的脚。(有些地方已经渗出脓水。有时抓破了流出点点血迹。沾在衣服上。没有人会去碰它们,因为那些鼻子都离得远远的。经常注视着它们,虱子们正隐藏在皮肤底下。下蛋。等着出来。)

有泥巴的梯阶。(总是在店铺和马路中间。在一条停满车子的马路边。可以坐在那里晒太阳,可以用一只手抓着旁边的石墩,一边说话,一边抓虱子。下雨时,鞋子落下泥巴印。晴天里风会把泥巴吹干。时亮时暗。其他移动的鞋子兜个大圈,远远地走开。)

灯柱和篱笆。(为了一些想不起来的原因,对它们,以及对早晨的猫和苔藓道歉。尝试背诵,复述那个从小就懂的句子:很抱歉……很抱歉……也对斑马线和交通灯道歉。把毛巾挂在它们上面晒太阳,所有的车子都按响喇叭。你很沮丧。别人从不跟你说抱歉。)

一本从别人口袋里拿回来的簿子。(起初只是为了要给点教训。那女人。总是站在你面前掏出簿子,总是看你一眼,写几行字,又问几句话,再写几行字,又摸摸你的头,看看你的眼睛和舌头,又叫你回答另一些问题,然后把你讲的话都写进簿子里。显然这本簿子是属于你的,严格来讲你只是拿回,而不是偷。)

一支蓝色的笔和墙壁。(既然这堵墙上有几道裂缝,而且油漆剥落了,而且它已经旧了。墙壁前面是空的,贴着马路。你来之前,上面就已经有一些线条。有一些画:女人的裸体。生殖器。用这支蓝色的笔写一些字。看那些歪斜的笔画在石灰墙上列队。用许多条直直的笔画记下经过的车辆、行人、猫或垃圾桶的数目。画另一些箭头,搅乱马路的陷阱。画一颗鸡蛋。画一张嘴。再画自己的肚子。波浪形的条文,重叠的圆圈,打叉,各种不规则的形状。画几枚脚趾。画一条蛇。)

你自己的耳朵。(掩住它,别听那终日号叫的鬼声,让那些死人自个儿鬼叫去,让那些车子和喷出来的黑烟滚蛋去,让那些坏人折磨别人去。哭得像一把利刃。削过空气。削过耳朵。削过头颅盖。削过汽车的噪音。削过这堆垂头丧气的植物。削过水泥柱子里的钢筋。让它垮下来。让泥沙与碎石撒落下来。沉沉地压在街上,压在这堆杂草沙土上,压在头颅盖骨上。让一堆汽车砸在耳朵上。)

保丽龙、毛巾与纸皮。(有气没力地躺着。白天昏睡,晚上总是醒着。有时候醒着就做梦了。有时候还没入睡,噩梦又来了。一群黑影。拳头很硬。膝盖也很硬。就在这叠七零八落的硬纸皮上,激烈地,猛烈地。巴掌很辣。脸颊痛得连眼睛都睁不开。强硬地进来。像要用它的爪子把我的肚膛撕破。总是像疯了一样发出高频率的叫声,响彻整夜。那张平坦的脸。那张不知藏在哪里的嘴巴。必然躲在我看不见的暗处,躲在黑麻麻的柱子后面看我。每次我被捣时,它就尖叫。就在我挨了耳光的脸颊旁边尖叫。就在我那嗡嗡响的脑袋里。就在我的身体里,好像要把我的心脏扯出来那样,把我的肚子全部清空那样,把我的眼睑、嘴唇都翻过来那样,撕心裂肺、拼命地尖叫,用这股尖叫把我的手臂和脚趾压成纸皮,把我的屁股埋进泥里,把我的头颅挤进这根水泥柱子,把头发压成脱落的水泥灰,这样,噩梦总是从它喜欢的方向扑过来,随时可以进来又出去。对我,你不需要端出一张脸。任何没脸的家伙都可以来。就在这股尖叫声中用他们的头颅捅我。）

4

必须把那个吵死人的家伙找出来，叫它闭嘴。在这条路上，你还以为自己曾经看到那个家伙。她背着紫色的胀得圆鼓鼓的包包，挟在腋下，缩着肩膀快速地走路。你记得她那头黏腻的头发，像一丛濡湿的黑羽毛，散在背后。你饿坏了，走得不快，她却越走越快，越来越远。

越过斑马线，走到对面去了。一群中学生迎面而来，那些结实的胳膊交缠在一起，勾肩搭背，如一堵墙，拦着你。你看见她的影子逐渐变小，很快就绕过街角。你刹那间愤怒起来，使劲推开这些年轻的头颅，咒骂他们。等到你吃力地走到街角转弯处，那女人和那个熟悉的紫色背袋已经不见了。

你必然是被催眠了。如果不是有个骗子对你施了迷魂术，那就必然有个鬼。等到你回过神来时，才发现自己的包袱还好端端背在肩膀上。你迷惑极了；这难道不是陷阱？这显然是个陷阱！他们在你身上施加咒语。你以为你离开了，但实际上还被囚禁在那里。幻术能成功，皆因这场铺天蔽日的烟雾。不管是白天，还是晚上，阳光或霓虹灯在烟霾里折射出五彩光圈。那片瑰丽的光芒模糊了双眼。当那把哭声席卷回来时，听起来就像所有的天桥同时在叫。啊。啊。啊。那把哭叫声锋利得仿佛能够锯开你的脑袋。

眼睛不能作准。耳朵是惩罚。

他们的目的是什么呢？你清楚得很，由始至终，就是你不肯透露的秘密。从前在那栋房子里，有个女人，经常把钥匙收在口袋里，走起路来叮叮当当地响。她的口袋里什么都有。糖果，笔，簿子，钱，针。她常常站立在你的床前，在一本簿子上写点什么。在墙壁上有电流开关，她熄灯后房间就没入漆黑的影子里。如果你打开电流开关，她就立刻折返回来，骂你。如果你再开、再开、再开，她也许就会揍你。在黑暗中她打开门出去，钥匙在她口袋里清脆地响着。有时候你可以听见那把清脆的声音随同她的脚步声渐渐远去，有时候那把声音滞留在门外徘徊。那串钥匙和一些银角在她口袋里咯喳咯喳地作响。一个黑蒙蒙的人钻进来，不是她。因为她还站在门外玩弄钥匙。那个黑蒙蒙的人在房内逡巡一圈，然后就跳上其中一张床。没有人知道它会跳上谁的床，它可以跳上你的也可以跳上别人的床。它是一个噩梦里的鬼，她们说。它上谁的床，谁就痛。偶尔也不痛的。不过大多数时候总是痛的。身体到处都是淤青，从小便的地方流出血。

在黑暗中它伸出舌头舔你。用牙齿咬你，总是咬在乳房上。从你的根部爬进来入侵。如果吼叫，那爪子就掐住喉咙，使你感到难以呼吸，热辣辣地浑身都痛。像掉入刺蕨丛中。后来你就不再吼叫。总是发不出声音。除非是那种谁也不理的啜泣声。不过就算你大喊大叫也没人理会。既然这是疯人院，别人就会说，那里当然是有疯子在叫的。钥匙继续在门外清脆地响。你的邻床顶多抱怨，你吵得我不能睡觉。不要吵了。顶多她们可怜你，大伙儿就哭了。有时候你可怜她们。你也哭起来。每当你们一起啼啼哭哭的时候，噩梦就闷声不响地走了。再后来，你连哭的力气也没有。眼皮越来越重，身体沉沉的。像灌了铅。当噩梦来揉你时，就给它揉。有时候它撕裂你，痛得昏过去。你宁可昏过去。

有一天钥匙女人拉长着脸赶你下床，她骂你，说你给她麻烦，因为你整晚鬼叫，而且还故意弄脏床单。如果你说这是她那个黑蒙蒙的鬼弄脏的，她就掴你一巴掌。你伸出手，抓她的脸，扯她的衣服，四五个人就把你抓起来，用长长的铁链和绳子把你绑在床上。钥匙女人对你冷笑。

到了夜晚，和接下来许多个数不清的夜晚，噩梦连续不断跳上你的床。一个噩梦离开以后，另一个跳上来。每个都伸出长长的爪钩，仿佛要撕破你的腹部，直到撕裂你的嘴巴，使你的身体像两扇门那样完全撕开来。你几乎快死掉。在那张有长长链子的床上。

5

到底，你是如何跑到这儿来的呢？这本簿子无法回答这个问题。因为这毕竟不是你的日记。你看不出这本簿子到底写了什么。不过别人也不会懂得你写的。在你得手以后，你就模仿那个钥匙女人，装模作样地，靠着墙，站着，握一支笔，把那本簿子抓在手上，写字。不能给人们发现你在写东西。如果有人进来，就快手快脚，把簿子收起来。

学钥匙女人的样子，收在自己身上。你知道她收在哪儿，就在那件大屁股的裤袋里。你扯下她的裤子时，她慌慌张张地脸红了。因为她露出了三角形的黑毛和屁股，那毛像猴子脸上的毛一样厚。每个人都笑她。

由于你的裤子没有袋子，只能塞在裤头上，用裤带绑得紧紧的。让肚子鼓得像怀孕的女人。你不打算还给她。反正她后来就没再出现了。她写了很多，不过还有很多页是空的。你帮她把没写完的继续写下去。既然看不懂她写的，就不必理她，随心所欲地。用只有自己懂得的密语写字。每隔一段时间，那些密语就忘掉它们自己的意思。因为它们经常改变主意，从稍带弧形的一画，改成稍呈波浪状，或更大幅度地弯下腰来。到后来，那些密语就开始意见不合。也不知道它们彼此在吵什么。

换成另一些人提着钥匙清脆地走在走廊上。来了一些人找你。把簿子藏在枕头里。他们哄你，叫你把簿子交给他们。他们骗你说只借一下，可是当他们归还时却不是同一本，他们把簿子里的灵魂摄走了。你看见他们用绿光碾过它。跟他们吵，并咒骂他们。

他们辩说自己什么也不知道。但你知道它变得不同，有时候你看到了前面的这段文字，认出它们是骗人的，是给别人硬塞进来的，根本就不是你写的。

总而言之，你很确定，他们骗了你。不过簿子还佯装成不知情的样子。后来，你改变了主意。他们告诉你，你说的是对的，他们要你说得更多些。就从那个钥匙女人到底怎样把坏人带进来开始说起，就说他们进来后做了什么。

他们也抓着一支笔，在簿子上写字。起初你很愿意说，就说那些灰色的男人怎样把你的大腿拉开来，怎样压着你的肚子，怎样弄痛了你。你在椅子上面摇动，大口大口地呼气。把两腿张开。他们似乎生气起来，脸孔发红。他们也大口地呼气，那些手紧抓着笔。连簿子也抖起来。像公鸡那样发抖。扔在桌子上。

你盯着那本簿子,那是一本全然不同的簿子。同时他们还带来一个长长的、发亮的、圆形的小东西对着你。他们问你一些问题,你回答,他们就写进簿子里,然后就把簿子带走了,连一页都没给你看。那支圆圆的小东西也给收起来了,收进他们的皮袋子里,不准你碰。你没有机会取走它们。那些簿子比以前那女人用过的更大、更厚。有些是蓝皮的,有些是黑皮的,有那么多不同的簿子。他们逗你说话,你说了,他们就收进簿子里,走了就算了。无论如何,你总得把它们拿回来。你后悔起来,以后他们问你时,你闭嘴不回答。不愿意再给他们你的话了,不再白白给他们拿去,就算拿糖果或巧克力来换,也不行。

他们只能光看着你,只能叹气,在房间走来走去。

有一次,你突发奇想,伸手抓那圆形发亮的小东西。他们死命跟你抢。他们的手抓着你的。抱着你的腰。那些手差一点抓着你的乳房。你痒得发笑,打滚。后来他们就送你一支笔。他们在手指上旋转那支笔。转出一朵花。那支笔啪的一声掉在桌子上又滚到地板上。你动作飞快,跳起来把笔抓在手里。这是我的。你说。

最后他们不来了,只剩下你,和别人还给你的簿子。和那支笔。

不管怎样,你有这本簿子。这支笔。既然你只有它们了。

当然你可以写，为什么不，把它写成你喜欢的样子。有时候天色很暗，你的视线甚至无法看清三尺以外的事物，烟霾浓时，天桥旁边只见一朵朵闪电的乌云呼啸掠过，由远至近。有时候天色较亮，你就高兴地写。

起初你不知道要写点什么。你看过人们写字，用一支笔在簿子上画，弄出一些线，一些交叉的线，一些分开的线，一些衔接起来的线。一些重叠起来的格子，一些星状的条纹，一些波浪状的线条，一个格子配一颗鸡蛋。一些点。添上数个小点。这些线条横七竖八交叉成乱麻。你挺喜欢这么做。

你的话跑进你的肚子里。每一天你把簿子绑在肚子上。用一些绳子，用一些长长的布条，把簿子捆在裤头上。你的话就从肚脐眼里跑进去。在你的肚子里生长。必然是这样，肚子，它渐渐大起来了，渐渐地鼓起来。像一只小羊藏在肚子里。它会在里头跳动。它有角，会从里面踹你。你不是不高兴的。那些线，那些点，在你的肚子里。变成一头羊。

跑出一些人来打扰你。有这样的两张脸孔居高临下俯视你。他们的头颅投下大片阴影，把天空剪成一小片苍白。他们把你弄醒，问你。又要你说话。

说、说、说。

他们来了。又再来了。又是同样的车子。又是同样的一些人，他们追赶你。你的肚子非常笨重，就像有一只小羊睡在肚子里。过来这里,来,他们对你叫喊,他们的手朝你伸过来。

你跑过马路,跑过一排店铺,跑过车站,人们好奇地看你。那些男人,他们追在你后面。你不知道他们是谁。但绝对不是什么好人。有这样的车子,有这样的鸣叫声,有这样的屋子,有这样的门,有这样的庭院,有这样半枯不死的植物,有这样的手铐,有这样的绳子。

走,走开,我不要,你这样喊叫。你知道他们又在哄你的,一回去他们就会露出真面目。这次他们会要你的肚子。他们也会抢走你的簿子。你知道他们又会给你穿上手铐,用锁链把你绑在床上。

灰白的天光洒在路面上浮凸的沥青颗粒,行人的脚步清脆地出现在视线范围的行人道上。那一双双红色的、黑色的、发亮的,或脏兮兮的鞋尖敲打着灰色的砖头,经过你身边时都偏离了原来的路线。

这一双双高跟鞋对你一无所知。你对这些鞋子和那两个男人也一无所知。他们很有力气。跑得比你快。你没力气了。肚子里的小羊使你疲累。橱窗玻璃与行人的脸庞从这股烟雾中显现又消失。人们闪开你。车子行驶异常缓慢,长长地塞了整条车道,车笛鸣叫与引擎声交织成蘑菇般的噪音。嗡嗡地响。你像逃命的蟑螂一样拼命寻找出口。左右脚替换着在街上奔跑。乌鸦在电线上叫,交通灯在闪烁。人影在烟雾中涌现又消失。空气在尖叫中破碎。

在你身边有一群高跟鞋咯咯地跑，给你留下一大片舞动地带。

人们看你。追逐你。他们说谎，他们说：我们是来帮你的。

直到一辆车子响着喇叭撞倒电线杆冲上行人道，乌鸦叫着飞走。你踩过地上的碎玻璃逃走，跛着脚一路滴血躲进小巷。你无比兴奋，别人看不出你是多么快乐。像给电流通过，走火的电线闪光，等到光熄灭了你依然颤抖不已。当你感到下体抽搐，剧痛如刀刃从体内切开。黑暗刹那笼罩。

6

如果你跟他们争论，他们只会闭上嘴巴看你。

如果你继续追问，我的肚子，我的簿子呢。他们就会给你一盘饭菜。

如果你生气，把那盘饭打翻，他们就会把你抓起来。

如果你尖叫，把声音都化为飞箭，他们就会用手铐把你锁在那些黑色的铁枝条旁边。

你咒骂他们，说他们活不过今晚，说他们出门会给车撞死，当他们死的时候，内脏会夹在轮胎后面，心脏掉在一边而睾丸掉在另一边。你大声嘲笑他们，说他们每个人的睾丸和奶头都分别长在鼻子和眼睛上。他们就会把你拖进另一个房间。如果你咬他们的手，他们就会捏着你的鼻子，用厚厚的布塞进你的嘴巴。他们会使你闭嘴。

　　你可以拼命摇晃双手，你可以伸脚大力踢地板。手铐刮过铁枝条哐啷哐哐地响。有时候听起来像汤匙划过碟子。你本来很喜欢弄出那种声音，但手腕给手铐咬着了，那声音每响一次你就痛一次。他们懂得怎样折磨你。他们把那个哭叫的女人放进来，和你关在一起。你看不见她，她在你后面，无法转身回头看，但你知道她就躲在背后，躲在你的目光绕来绕去都看不到的角落，在那个地方大哭大叫。她叫得那么伤心，仿佛积蓄了全世界每张嘴巴加起来的分量，他们故意把她送进来好折磨你。你最受不了这个，他们每次听到你喊叫就斥骂你，现在却容许另一个毫不相干的人在你身边大哭大闹。

　　你愤怒不已。

　　掐死她。一直到他们让你离开以后你还是这么想，因为她使你不得安宁。你不止一次想象她死去的模样。想象那张死灰色的空空洞洞的脸，给它画上一双充血的眼睛，该死的，用手指紧紧地绕过她的喉头，出力使劲，看着她死去，看那喉头在手指下停止抽动，嘴巴像离开水的鱼儿那样张开，听着她的哭声渐渐转变成紧促的呼吸声，呛咳，直到她的舌头吐出最后一丝气息。当你想到她终于死掉时，心情实是畅快无比。太好啦。最终还给你安睡的平静。

在这几条街上转圈儿。走过一堆鸡蛋和马铃薯。店铺流出音乐。稍远的地方有支电钻机在刺耳地响。垃圾车像笨重的轮船缓慢地拖过干涸的路面。它很臭。电线下垂。枯叶飘落。蚂蚁在树干上爬。餐馆很多烟。水管爆开。白花花的水滚滚流泻。猫爬过。老鼠在水沟里被冲得无影无踪。

如果你也能把她一脚踢走就好了。白天里她总是无处不在。她站在你的手指够不到的地方。总是不会消失，无论怎么做都不能。除非是夜晚。除非熄了灯。在很黑很黑的地方。在黑暗里她的哭声响起。像绷带缠绕你的咽喉。

在餐馆门前，你看见她再度以那张空白的脸孔凝视你。隔着喷水池，你看见她忽隐忽现地挂在水流过的墙上。被拉得扁扁的，出现在每一辆停泊路边的车身上。她给夹进了每一幅光光亮亮的墙壁里，仍旧像过去一样，用空无一物的脸挡着你。

你不能过来。她用长满癣瘢的手臂阻挡你。你不能过来，用沾满泥巴的脚和膝盖挡着你。

你不能过来。

不能把她揪出来。她是不死的。你恐惧地奔跑。

尖叫。尖叫追随着你。在沟渠边,在天桥底下,在行人道上,那阵急喘的呼吸未曾停息。咯咯响的鞋子互相闪躲。人们彼此道歉,但不是对你。母亲护着孩子。恶鬼肆虐,必须驱魔。就在这条街上,把所有可以写字的平面写满符咒。在写上密语的地方,那女鬼不能逾雷池一步。

7

洋洋大洒地写了整面墙壁。乱麻一样的条纹。波浪状的条纹。星状花纹。打叉的线条。凑在一块密密麻麻的线条。像毛虫一样扭曲攀爬。你驱魔的密语。

再也无须删划与涂改。写在电话亭的遮雨板上,写在红色邮筒上面,写在绿色的垃圾桶盖上。你想过了,防止别人盗窃的最佳方法,就是自己把自己的秘密公开。来呀,你向路上的人招手。来看呀。

那么多张脸走在路上。那些瞄你的眼睛和嘴巴都像裂口,而他们的鼻子都像肿瘤那样凸出来。没有一张脸的五官是正常的。你津津有味地观赏这些让人迷惑的脸,并对那些逃开的小孩点头微笑。你不知道这些童真的脸是怎么长出来的,他们全都闪开了。他们的脸也是极其迷惑性的。那些向下弯的嘴巴。那些几乎缩进肩膀里的脸颊，那些藏进母亲掌心里的额头。母亲们的脸绿得仿佛浮萍底下的鳄鱼。

一声突如其来的叫声，把你吓了一跳。你抬头四顾，看不出声音从哪儿来。那些脸孔静默地朝向你。你后退，奔跑，转身，躲藏。

等到你发现的时候，你已经跑进一大堆不可碰触的事物中央。你看得出来，那些都是一堆完好的物品。有一些白色的桌子站在盆栽后面。你闯进了屋檐底下，在这个冷气吹拂的地方，天花板上还有个风扇在转。凡是阴影笼罩的地方，你都不该踩入。你却闯进来了，该死的，在这些光滑的瓷砖上，如同被一条隐形的绳子神差鬼使地拖进来。该死的，就像笼子把你吸进来。

这些女人，像一堵墙那样瞪着你。呆头呆脑的，那种空白脸。它显然是个鬼。随便抬头一眼就可望见它。不管在哪儿。至于走廊上的行人，他们都远远地闪开了，绕过你以后又在远处汇合起来，仿佛你是一头怪物。

看哪！那张一无所有的脸，从四面八方围剿。为数众多。无处不在。变得许许多多数不清。

你爬起身，奔跑，在那堆肉色怪脸丛中奔跑。像一头惊慌的野兽，往莽林的隙缝里钻，跑进一堵撕裂开来的人墙里。那裂缝在人墙里扭动，像蛇，把你吞进它长长的肚子里。那些光洁的肉墙几乎要使你窒息，使你失去分寸。她又来了。她自由自在地在每一样事物的表面上奔窜。那些出奇光滑的墙壁。那层闪亮的表皮。你知道她怀什么鬼胎。没错，她正在改变。她正在偷。偷别人的脸。也许它偷了你的密语。她变了。

那张肉色怪脸正在变化。

她的脸正在生长。首先只是长出一些细小的裂缝。裂缝慢慢扩大。

那些裂缝像眼睛。像嘴。像鼻子的洞口。它们也像别的东西。你所熟悉的，你的文字。

裂缝增加，横七竖八的裂缝。那些星状的条纹，那些分开的，或是衔接的、不规则的曲折线条，那些乱麻一样的伤痕，你的密语飞到她脸上去了。像用美术刀割在桌子上的花纹，像杂草，像毛虫，密密麻麻地交织铺开在那张脸上。

你哗啦一声扯下那些从天花板垂下来的亮晶晶的玩意儿，推倒一个镶满假花的架子和一棵五颜六色的圣诞树，每拉倒一样东西，那张脸就变得更清楚。那鼻子像一块熔解的蜡黏附在脸上。那张嘴像裂开的干瘪的果实。你看不到那双眼睛，它周围一络络翻起的肉浮凸如蛇，蜿蜒爬过整张脸。只有一道目光从这丛痂皮往外放射。那只养育虫子的眼睛。另一只，瞎了，埋在毛毛虫的尸骸里。老早以前就失去了眼睑。独剩一颗眼珠子。

那张脸悲哀地往后一仰,悲哀地缩起肩膀。悲哀地滑倒在走廊上。悲哀地望过来。这些玻璃为什么看不到尽头呀?要走多远才能摆脱得了它呀?除非敲破这些镜子。敲破这些玻璃。用这盆栽。使它爆裂。使泥土散开来。使枝叶和根散落在玻璃碎片之中。空气尖厉地鸣响。尖叫声宰割耳膜像要把心脏扯出来。肺快破了。尖叫声从四面八方涌过来。窄窄的巷子。窄窄的楼梯。蔓藤一样的通道。那些可厌的过度光滑的门。她就晾在上头。只要有玻璃她就折返回来。用独眼凝视你,像一只长着独眼的虫子。带着细微的痛楚,叮着你的皮肤。如果你看见,噩梦就在眼球后面繁殖,那些虫子从眼睛底下开始往四面八方噬咬,啃噬每一寸、每一毫,直到把一切吃光。变成一无所有。什么都不再剩下。

现在你看出来了。那些镜子碎了,到处都是碎片。那些人把你带回去。把你当成小孩。回到那栋有铁丝网的房子,总是睡在墙壁后面,总是有一扇窗,但那窗并不打开。没有可以离开的出口。如果你运气好,也许他们会取消手铐。也许还可以碰上这样的一个好人。在你平静下来以后,温柔地递给你一支笔。给你一张空的图画纸。一本簿子。

也许她会问,你到底看见了什么?也许她什么都不说。只是兴趣盎然地等待。等着看你在画纸上产生什么。

也许她一点兴趣也没有。但到底还是会等，等时机来到，等一些事情发生。等着你画你昨晚做过的梦，或者你所看见的那个人，那张使你尖叫的脸。你知道她会跟你抢，大概会的，你不知道，你觉得不能确定，她看起来像个好人，但最好还是提防。

可能你会注意听，听听看她衣服的口袋里是否有钥匙在响。听听墙外是否有可疑的呼吸。听听看墙壁外面有没有那种味道恶心的、滴着黏稠浓液的生物在黑暗中栖息。

你也许会接过那支笔，然后你会揣想画一条线的可能。

也许。

像男孩一样黑

从高速公路那端，上来一辆非常小的车子，它慢吞吞拐个大弯爬上斜坡。有一个男人从车上下来，挟着一个资料夹。

"你爸妈在不在？"

苏爱懒洋洋地说："在。"

他说他来自什么人权团体，他说他可以帮助我们。苏爱就喊她妈出来。我坐在一个空油桶上，打量他，他大概有三十多岁，皮肤很白，眼睛很大，大得几乎凸出来。

我不会和陌生人说话，可是这个男人很会问。他问我："你叫什么名字？你们是两姊妹吗？不是？那你一定是邻居？同学？……"

听得我很烦。我甚至不愿意再看他，他的金鱼眼让我感到很不舒服。当他笑的时候，金鱼眼甚至没有稍微眯起来，仿佛那是一双假的撑大的眼睛。我继续翻看手中的时装杂志，苏爱的爸爸很快就出来了，把那个男人带进屋子里，把我们关在外面，任我们对着外面那片斜坡发呆。

那片斜坡上长着浓密的杂草,那个时候还没有铁丝网,任何人都可以从那边滚落到高速公路的边缘,躺在草丛间,呼啸而过的车轮胎仿佛就在手指尖外滚动。

晚上的时候,我们经常呆坐在外面,因为屋里太热了,还有就是苏爱不愿意给我看见她的姊姊躺在沙发上的样子。她妈妈从来不会问我要吃些什么,他们的家里什么也拿不出来请人吃,没有曲奇饼,没有蛋糕。但是苏爱总是会从冰箱里拿出冰水请我喝。

大道边立着一个高高的汽车广告牌,反射着耀眼的霓虹灯光。在斜坡下的大道上,车子如发光的虫子般匍匐蠕动。就在车声光影中,苏爱热心地跟我谈起她未来的期望。

"我以后要去巴黎,去英国和美国。我可以当模特儿。"

她躺在长椅子上,脱掉鞋子,伸直脚尖,露出带点弧形的美丽小腿。她的眼睛很大,头发很长,腿也很长,可惜她很黑,黑得像个马来人,像印度人。

"你连基本的拼音都不会。"

"没有关系。"

"名模要讲英语。要读大学,最好修个美术课、舞蹈课。"杂志都是这样介绍的。

这是苏爱的要害。她没有任何一个科目及格。她说她的书本迟早会和那些旧海报杂志绑在一起，称重卖钱。

苏爱家里的旧海报杂志很令我感兴趣。我老是叫苏爱抽出她家里的海报和杂志给我看。苏爱的家里有各种各样别人家不要的旧书本。我们坐在外面，两杯冰水搁在地板上，我一边喝，一边翻开杂志看看。

"这种裙子，穿起来很有气质。"我的手指抚摸过光滑的杂志页面，停留在那些服装照片上。我告诉她我的其中一个愿望：我会继承我父母的职业，但不是待在这里而是到大城市里当时装设计师。

当苏爱的姊姊冲出来时，我的冰水还剩下半杯。我飞快地把杯子抓在手中，免得被她踢翻。苏爱的妈妈站在门边咆哮："只是水，有什么好抢的？你给我回去，回去！"

他们从她的床边找到一大包收藏得发霉的糖果和面包。苏爱的姊姊发起脾气，她笨重地走下梯阶，想把那些已经不能吃的食物捡回来。苏爱的爸爸用力地把她扯进屋里，那个刚来的金鱼眼男人就站在门旁观望。苏爱一骨碌爬起身来，像一头猫那样耸起肩膀，充满敌意地瞪着那个男人。

对方看着她，微微一笑，但是她没有笑。苏爱的姊姊哭着回去屋子里，我听见她说，我恨死你们。

苏爱的爸爸送那个男人出来，他们在梯阶前面道别。

我们在黑夜中静静地坐了很久，杯子里还剩薄薄的一层冰水。我再也喝不下去。

那个时候还没有铁丝网把我们和高速公路隔开，就算有也不会改变那些夜晚的声音，汽车喇叭、摩托车刹车片发出的噪音，交错如浪涛。她姊姊的哭叫越来越响，活像她的手指被老鼠咬了，几条街外都可以听见。附近有好几间屋子都亮起灯来，包括我家，我甚至可以看见我妈在窗帘后张望。

应该是时候走了，可是苏爱丝毫没有让我离开的意思，直到她妈妈拉开门恶狠狠地不知是对我还是对她丢下这些话："你在等什么？还在外面干吗？你也要等那些黑索索的鬼来强奸你吗？"

几乎每个人都知道苏爱家里有麻烦。大家都在等苏爱什么时候愿意亲口说出来。他们一定会猜，然后编织各种各样被关在门后的细节，那些讲不出来的，或者，根本说不完的秘密。但没有人会问她，而且考试总是比较重要。一天九节课，我们都忙着抄笔记或者计算微积分，忙得没完没了。

下课时苏爱赶着做功课。她把我画好的地图压在纸页下，循着隐约可见的线条重画另一张非洲地图，上面划分成很多块状，什么沙漠区啦、灌木区啦、稀树大草原区啦，等等。

苏爱的手在发抖,她画出了颤抖的海岸线。

"你要试试吃这包巧克力饼干吗?"

她立刻抓了一块,又抓一块塞进嘴巴。我怀疑她那天根本没有吃早餐,或许她姊姊把厨房里的东西都吃光了。还有两分钟上课铃声就要响了,苏爱还慢条斯理地在稀树大草原区点上一根根青草。

地理老师进来的时候,我们都嗅到他口腔冒出的浓浓的烟草味。我们每一个人都被他叫出去,站在他旁边看他改笔记。他只要找到一个错误,就会叫旁边的女生半蹲下来,好让他伸出手指刮她的颈项,痒得人受不了。

轮到苏爱的时候,我几乎闭上了眼睛。欧洲的那页,是空着的;印度、南美洲、北美洲都是空的。她只来得及画好非洲。上课做笔记的部分简直零落连不成句,有一些课她甚至只抄到两行字。上了中学以后,每个科目的课本都是二十六个字母拼音的文字。苏爱的英文和马来文都不行,她从来就听不懂老师在讲什么。

"我真不敢相信,男孩子已经够烂,你比他们还要差。你要我把你当成男孩子看待吗?你要跟他们一起罚站吗?"

他的手指几乎陷入她的颈项和肩膀中间,在那里让人恶心地扭动。她半蹲在那里,显然非常难受。这是他每逢检查笔记时必施的极刑,搔得我们不得不笑,可是结果总是想哭。

这时候，我还真相信我妈讲的话。她一不高兴就会说一些吓人的话。每当我超过十点钟回家，她就会说："送你去给马来仔做老婆。"在苏爱的妈妈那里，他们一律都被叫作"黑索索的鬼"。起码我会赞同一半。地理老师就是实例，我们常常觉得他是色狼，虽然他认为这个方法比鞭打好。但是，他们不是不应该碰我们吗？毕竟我们都已经十四岁了。

"你听得懂我讲话吗？嗯？你为什么没有反应？你的头脑在想什么？"

他一边翻笔记一边数落苏爱，全班静静的没有人出声。那真是灾难的一天，我们在二楼走廊最尾端的课室，没有其他人会经过这里，而外面是栽种整齐得闷死人的灌木丛。

幸亏还有那些男孩子们。

男生的惩罚不是搔痒。他们被罚站。此刻他们都站在灌木丛中间，他们把课本打开盖在头上遮挡阳光，一个个看起来活像博士牌墨水罐上的标志。

看我，看我，一个讨厌鬼正对我招手，于是我瞪着他，看他举起双手围拢在心口：我爱你，我爱你。他对我说唇语。

我把地理课本拉上来掩着脸，这傻瓜弄得我想笑。然后我听见老师对苏爱说："你姊姊是3E班，你读2E班。两姊妹都包读最后一班。你爸爸丢不丢脸？你姊姊退学了，你也不想念是不是？"

苏爱一扭头，昂然抱着自己的笔记本走出课室，走进灌木丛和男孩子中间。太阳下罚站的一众男生哗然大叫，刚刚说爱我的那个讨厌鬼，竟然变心，对苏爱吹起口哨。

"苏爱，你别傻，你以为你能做什么？"

苏爱把书包里面的课本都倒在旧报纸上，然后又把另一叠报纸堆在上面，那些历史课本、国语课本、数学课本都不见了。明天、后天、大后天，会有更多、更多旧报纸旧杂志送来，把这些书本压在下面，就再也没有人会看到苏爱的书本。

"你要卖冰水？然后嫁人，像你妈这样？"

"我反正不是念书的料。"

苏爱窝在一大堆木板后面叠旧报纸，她的姊姊探头从窗框里看我们，头发乱得像头刺猬。

"给我吃。给我。"她说。脸上还有那一道长长的疤痕，如尼罗河穿过她肥肥的脸颊。

"不要吵！"苏爱对她叱喝了一声，她吃力地把一个废弃的木床架搬过来，挡在窗前，把她姊姊的脸孔遮住，可是那个肥胖的女人立刻找到木板之间的空隙，又从那里睁大眼睛看着我们。我们走开，坐在屋子的另一边，那边堆满了木材和报纸、装石灰的袋子，还有瓦斯桶和沾上泥巴的脏裤子。

我感到反胃,我还记得第一天她姊姊被找回来的情景。

她被光溜溜地扔在水沟里,满脸都是血污。许多人围绕着她,但大家只是看着,她连一张可以遮盖身体的报纸都没有。那个月我们的生活都非常紧张,妈妈陪我们去上学,报纸和电视机每天都播放各种各样的奸杀案,最著名的一宗是一个来自美国的女绘测师被烧死在高速公路旁的下水道洞里,就在我们家附近。警察都在找那个犯人。那一天,苏爱的姊姊也占了地方版的小小一格,没有照片,报纸隐去了她的名字。

我的表姊说,好可惜。她很美的,是不是?我想看她有多美。

她在那边咚咚咚地敲着窗框抗议。

"不要理她。"

苏爱坐在一个水果箱子上,气鼓鼓地双臂交叉在胸前。我剥着箱子上面的木屑,一根一根地拉出来,假如拉得够长,就可以像古代人那样搓成绳子。狭窄的路面上都是烂泥脚印和单车轮胎痕迹。空气里散发着汽车排气管的烟味,从远处传来金属烧焊厂的声音,夹着汤匙敲在铁枝条上的敲击声,尖锐地划穿公路的车水马龙。

"你不觉得这样太残忍吗?"

"她根本不饿。你根本不知道她吃掉多少东西。她找不到东西吃,还会打人!"

苏爱的姊姊开始咒骂我们,她也用脏话骂我的爸爸和妈妈。我的手臂被蚊子叮出了几个包包,一切是如此让人难以忍受。我开始在想一些非常悲哀的事情,比如说,有一天我可能再也不会来找苏爱了。苏爱的头脑就像柔软的棉花那样,不知道天空为什么会下雨,也不懂南极和北极分别有半年的黑夜和白天。可是不论我或她,都不明白为什么一个人会突然变得这么馋嘴。苏爱的爸爸不得不把食物都收在她找不到的地方。他们拉了一条延长电线,把冰箱搬到屋子的另一边。

我说:"她总有一天会吃到肚子爆炸。"

"那样更好,不用再花钱找医生。"苏爱闭上眼睛说。

太阳光落在她的眼皮上,把睫毛的影子投落在眼睛下面。

苏爱在门闩外扣上锁头。她跳下阶梯,手中抓着一串锁匙摇晃,按着某种节奏,像跳土风舞的风铃那样蓬恰恰、蓬恰恰地拍打。阳光从浓厚的云层落下来,在她的头发上照出一圈光亮。汗水使她的皮肤看起来油亮黝黑,就像那些每天被罚站晒太阳的男孩子一样。她成功地把姊姊锁在屋子里面,大人们都不在家,她得独自应付这个蠢肥如猪、力大如牛的女人。

"你说我以后会做什么?"

"你会堕落的。"我恫吓她说,"最后,就会做妓女。"我妈是这么说的,不好好念书就去卖屁股,每个大人都这么说。

苏爱打开柴房,从冰箱拿出一瓶冷水喝了一大口,然后递给我。我们合力把木头箱子叠起来,推向靠窗的那一边。我们把窗口打开,让风流进来。高速公路上的车水马龙是模模糊糊的音响背景。光线从木板隙缝和铁钉洞口透进来,有如舞台上的点点星光。在另外一面墙壁上,糊着旧日历纸,那些女明星的身体都被粘在起起伏伏的锌板上,弯弯扭扭地变形。苏爱在水果箱子上妖娆地走猫步,我负责拉开布幕。她们一家人的衣服都挂在一条尼龙绳上,正好是现成的布幕,五彩缤纷,什么味道和款式都有。

我当节目的主持人,念着时装杂志上的文字:"秋季新装——来吧!塑造一个孤独但不凡的你……这一袭咖啡针织流苏披肩,衬上麻质开衩长裙,波希米亚的浪漫风情。"

苏爱烟视媚行地表演,她一挥手,张开的十根手指仿佛发出光芒,我大声拍手。真是太棒了,乱七八糟的杂物都成了我们的观众。我们不是在什么长年漏水、长出青苔的破烂屋子里,而是在某个我们叫不出名字的欧洲时装大会上。我把报纸抓在手上,折叠成扇状的层次感,开始拉手风琴。布幕再拉上来的时候,我们又度过了一个季节，或者飞过大西洋步行在纽约的街头上。

苏爱乐透了。她说一定要成为模特儿，这就是她的愿望。她开始跳舞，我们都穿着一件背心和牛仔短裤。苏爱抖着她那双浑圆而修长的腿示范周六晚上应该跳的劲舞，让我笑得上气不接下气。

她转了一个圆圈，又一个圆圈。假如是班上那些男生出现在窗前看我们起哄，那我们一点都不会意外，他们顶多会说，达令，你们很会摇，或者说，达令，你不理我，我很伤心，看我，看我，我多伤心。

今天那些男孩子们一个都没有出现。那个金鱼眼却来了，这个讨厌的男人又来破坏我们的美好时光。他笑得好像鱼眼就要冒泡似的，站在窗口后看着我们，他还拍起手来，对我们说："很好，很好。"

我们不想跳了，他把我们吓了一跳，我觉得好像见了鬼。他绕到前门去，拉开门，我们只能眼睁睁地看着他开门，我们忘了锁门。我们开始尖叫，我骂他是色狼，苏爱也发出八度高音叫喊，仿佛要把屋顶都震破。

他激动地站在那里，脸色通红，握紧拳头。

"你们以为我是什么了？你们以为我是坏人吗？"

他闪开了我扔过去的水瓶。他再回转过身的时候，我觉得他真的生气了。

"大人都不在吗？这样很不好，这真是危险，你们竟然被留在家里，我一定要提醒你们的爸爸，留下两个女孩子在家是多么地危险。你们一定要记住,当大人不在的时候,你们不应该待在这里玩,这个地方不安全。"

我们应该做什么?不要相信陌生人,可是他不算是陌生人。他腋下挟着一大册硬皮文件夹,我们跑出去的时候,把那叠文件夹都撞跌了,里面的纸张像树叶一样飞走。他追在我们后面,他来不及收拾那些东西,风把它们吹得很远。没有几步他就攫住了我。

我奋力踢他,这时候,我一点都不像可以谈恋爱的女生了,我像十岁,或者更小一点,可以张口咬人的七岁。

"听我说,你们不能永远这样,让我进去跟你们的姊姊谈谈,还有很多受害者,很多,很多,你们要团结起来,你们要站出来,勇敢地说话⋯⋯"

有一些照片翻飞到我的胸前,再跌落泥土中。

"她们都是无辜的,到现在都没破案。因为她们都死了,坏人都捉不到。难道我们应该任他们逍遥法外吗?"

他越说越急促,眼睛都红了,那两片鼓鼓的金鱼眼囊似乎随时会流出眼泪。他或许是真的悲伤,但我吓得拼命尖叫。

他狼狈地上了车,如受惊的动物般一溜烟逃走。

我其实非常胆小,苏爱的姊姊就是警惕我们每个人的活样板。从头到尾,我都不相信他说的那些鬼话。

他或许就是想听我们如何尖叫。虽然我们不喜欢他，但那些照片实在扣人心弦。

有一个好像剥光猪一样的女人被警察从冰箱里抬出来，她的手被反绑在后。每一张照片就像连环图，拍出现场的各种状况和各个角度。在其中一张照片上，青肿紫涨的脸孔歪歪地挂在颈项上面对我们，那种感觉就是她已经不再是人，而只是一堆被冰冻的脂肪和骨头。在门后面和墙壁上到处血迹斑斑，一群警察在那里查案，或许也可能只是被他请来演戏的演员。

我们弄不清楚他的身份，他到底是要成为我们的朋友呢，抑或他根本就是要来吓我们的变态？在他丢下来的文件夹里面，夹着许多纸，都是我们看不懂的英文字，画着一些复杂的图表。

我们后来就蹲在地上，去抓回一张又一张照片。

那天风很大，照片被吹得很远，我们还爬到斜坡下的草丛中，把它们捡回来。

黑豹

一

马馗,马馗。

起初你不理会那把殷殷叫唤的女声,匆匆走向酒店大门,及至她那手落到你肩膀上。

"马馗!"

你回头接触到一个女人热烈的眼神。她的神情闪过一连串急遽的变化,惊愕、忧虑、困惑、忐忑不安。

"马馗?"

"我不是马馗。"你说,"你认错人了。"

抱歉,我赶时间。你对那位女士说。她很漂亮,身材窈窕颀长,红色的衣服映得她双颊红润。你掠过她的眼睛,那两口井里有股诱人下坠的吸引力,使你必须迅速移开。你掠过她的头发,它黑得发蓝。你望向大门,金色的余晖扑向玻璃门,闪闪发光。你必须抢在天黑之前赶过去,即使亲眼看见会令你害怕:有个男人突然死了。他死在山边的菜园里。喉咙都烂了,那一带的树干上还留有脚印。任何人看到那样的伤口都会说他是被野兽咬死的。

你穿过旋转玻璃门,融进夕阳斜照流光将尽的街上。

你今年三十岁出头,在一份双周出版的杂志社里上班。工作是编写产品介绍、生活品味和旅游景点,同时也兼半采访、半搜集、半杜撰每期必有的"搜秘奇闻"。你偶尔会去酒店出席那种千篇一律的 function,但更多时候你身在三楼,窝在一大叠高如围墙般的杂志与稿件之间埋头苦干,靠在四乘三平方呎的桌上,描写某个已经绝迹的奇风异俗,或者改编一些耸人听闻的传奇事件。这倒需要一点造句的技巧,再搭配时空交错的想象。关于这方面你确是熟能生巧:江湖老手如你,老早懂得个中诀窍,搜秘奇闻总窝藏着一种蛊惑人心的叙述,越是真假莫辨,就越有恍惚快感。广告便可长驱直入。

那是你最后一次出差。过了收费站,越往北走,小货车就颠簸得越厉害。起初你还可以抓着报纸填字谜,到后来就只能闭目养神。没完没了的橡胶林在窗外倒退,你半睡半醒,似乎做了梦,但也许不是梦,而是一些幻想掠过脑海,带着那种绿色的反光,蔓延至橡胶林里。

半天以后,车子才停在一条斜坡路口前。旅行社的导游热情地拍着你的肩膀说："好不容易，昔日战垒终于成了桃花源哪，呃，就靠你那支生花妙笔宣传了。"

在泰南那个老村落待了两天，你跟着旅行社的人参观地道与坟墓，在村落周围走动。从前的共产军人退下战场，成功捞上岸的早已成家置业，剩下的有些在此垦地种菜，有些做点小买卖，有些当起导游。他们给你解释每样物品的过去，一路上三语或双语俱全的招牌吸引了你的目光。英文，中文，泰文。你读了又读。阳光从迎面而来的车镜反射，使你不禁眯起眼睛。炽热的阳光使你感到头晕目眩，就像有个小锤子从右脑一直敲打到耳后。你开始头痛起来。

你寻觅树荫，不知不觉走进灌木林间。在那里，你的目光被一个老军人的枪管吸引。待走近了，才发现那不是步枪，只是一根锄头。你奇怪自己怎么会看错。那人一瘸一拐地走进凉亭里，似乎就再也走不动了，便在你身边坐下。他满脸皱纹，头顶上一丛苍白的野草，眼神定定地看住你。你朝他点头，他也朝你咧嘴一笑，露出一口稀疏的黄黑色牙齿。

你掏出一根香烟，顺手递过去，他似乎吃了一惊，但欣然接受，还让你帮他点火。他仿佛十分珍惜，深深地吸了一口烟。不一会儿你们就有一搭没一搭地聊起来。他问起你的时候，你老实告诉他自己从吉隆坡过来采访。

"原来是记者啊……"他说。你不算是记者，不过也没纠正他。片晌，他没头没脑地问你："有没有打过仗啊？"

你摇了摇头。

"那，有没有亲人上山呢？"他又问。

"也没有。"你说。

阳光这么亮，他的眼睛竟是一眨也不眨地，睁得老大看你。一阵风把烟雾吹开，你在他的瞳孔里看见自己的一对影子，一明一暗，像浸在黄浊的水井里似的。你感到不自在，便转头望向眼前这片杂乱丛林，只见含羞草与不知名的野草高高蹿起，出奇茂盛。

只听着他又问："看过黑豹吗？"

"没有。"

"最近山那边有黑豹喔，身体有这么长。"他说，比了比自己的肩膀。"很大的一只。"

"真的吗？不是山猫、山猪？"你想起不久前报章刊登的新闻，据说有只黑豹出现在公园里。黑白印刷的粗粒子比失焦的动物更加明显。他们起初写那是黑豹，后来又写那是黑猫，再后来又怀疑那是人工合成图，几天后就不甚了了，再也没人提起。

"不会错的，树上有它的脚印。"他说，"从山后跑出来，大概是饿坏了。"

"那岂不是很危险吗？这里的人不去抓它吗？"

"黑豹很难对付的。它晚上才活动,而且脾气特别坏,很难抓到的。"

"它不会吃人吧?"

"难说得很,"他垂下头看看手中的香烟,手轻轻颤抖,烟灰落在地上。"如果是吃过人肉的,就会了。"

他跟你聊起往事。他说,从前还在森林里时,就听说山里有吃人的豹。有些给处决了的同志,埋得不够深,给野兽挖出来啃。豹子饿起来,连腐肉都能吃得干干净净。如果森林闹饥荒了,它们就会跑到村庄里吃掉家畜,甚至吃人。听部落里的人说,有些给吃了的人,黑豹会变成他的样子回来,食量很大,一个人吃的能抵得上整个部落。

白色的烟雾在你们之间冉冉成形又消失。你想这人是不是有点奇怪,他的眼睛睁得大大的,就像眼睑上方给胶水粘住了无法眨眼。当他思索时,他的眼睛就往左上角看,定住良久,也不知是在回想过去还是在编故事。

前几年队里就有个黑豹化成的人,他说,那人就像豹子一样,走路很轻,眼睛像猫,能在黑暗中视物。我们怎么发现到的呢?话说有一回,我们为了避开敌人的袭击,决定前一晚就静悄悄离开。他说,我们在黑暗中不点火不说话地走。月光很弱,由于树叶浓密,四下里暗得伸手不见五指,什么都看不见。一路上只听到深山传来猛兽的咆哮声,就这样整队的人摸黑走了好几天。数日后,我们在一处山坳停驻,那时就有谣言在队里传,就说那个本来以为死了的传报员不知怎的没死,一路上只要回头就能看见他,看见他那双眼睛亮光光的,也在队伍后面,跟着我们翻山越岭地移动。

白色的烟雾从对面袅袅上升。

起初我很怕呢。白天里看那同志与常人无异,可是到夜里就看见他那双眼睛趴在石头上,光光发亮。时不时有人失踪,也不知是溜出去投降敌人,还是发生什么事情了。每次一有人失踪,我们就得搬,我们一搬,他就跟着来,待要对付他时,他又不见了。

他声音里颤抖莫名的部分吸引了你。那把萎缩了的声音像蛛丝一样刮过你的颈项。他越颤抖,你就越着迷,当他说起那件死里逃生的往事时,他的眼睛变得像老鼠的眼睛那么细小,仿佛在他面前就有一只嗜血的猫。

"……我可是亲眼看见的,是十多年前、二十多年前?那倒是一只真的黑豹。……那时候,我们跑进了林里,可恶的敌人穷追不舍,我们只能躲着,躲了也不知多少天,嘴里咬的是树根,腿也跑得快烂啦,以为快完了,却又不知哪来的力气爬起来逃命……"

你回来以后还是时常想起那血腥恐怖的现场。他的脸孔已经完全被咬噬殆尽。胸部以下大概是啃光了,连肠子都找不到。支离破碎的身体残片散落在灌木丛中。黑色的血迹像阴影一样藏在草丛间。不知名的茅草在太阳底下摇晃着毛茸茸的光芒。警察带来的猎犬在惊恐地哀鸣。微风吹拂,腥味扑鼻。你伏在那张四乘三呎的桌上,靠着那堆积得像屏风似的旧杂志与旧剪报,按下了录音卡带的播放键,从那里传出他余留在世上的声音,像从泥沼底下冒出来似的那么惊惧。

"他们的人数比我们多,枪火也比我们的好。外间把我们说成苏联军那样可怕,真是笑死人啦。……我们一年比一年糟,人又越来越少。好不容易出去一趟,回来时连步枪都丢了一把,幸好还剩下子弹二十多粒,还有两块火药棉。我们本来是五个人出去,有两个牺牲了,只剩三个人一路跑进山。……其中一个同志,他给敌人射中了。他的血流得好多好多,我的衣服都给他的血浸透了。可是他连哼都不哼一声,腿和腰各中两枪,不是要害,要是有时间,我就可以挖出他的子弹,包扎他的伤口,我到现在都忘不了,他真是个好汉子!好男儿!……可是敌人穷追不舍呢,一路跑,一路能听到他们前进的声音,在后面,沙、沙、沙地围剿。他的血滴在地上,敌人跟着他的血迹找上来,我那勇敢的同志,他就跟我们说,大伙分开走吧,跟着我,三人都要完蛋,分开走,至少有人可以活下来!他的爱人当然不同意。我也不同意。没有人可以抛下同志,一个人谁也撑不了！……幸好后来下了雨，雨水把他的血迹都冲掉，敌人的速度渐渐慢下来，我们才能喘一口气。"

你着魔似的，一字一句地敲打键盘。稍后你感到这段文字确实过不了关，便将之删除。有许多东西是不能刊登的，只能避重就轻地处理。这使你内心始终有些不能满足。你稍歇，抽了一支香烟，随便看点资料。在剪报上，你找到一则看似合乎那个事件的新闻。八月十七日，在立卑南部近森林郊区，夜幕低垂时分发生一场驳火。武装部队从现场搜获一条染有血迹的毛巾，九个子弹空壳，一件纱笼，一把小刀，以及一根长柄木枪。野战队彻夜搜山。这和他提到的地点和年份十分接近，不过，饶是如此，你还是不能肯定，因为资料室在早几年没能全盘系统地处理，所以有些资料是无可避免流失了的。不过你觉得这样读一读还是聊胜于无，尽管可能是张冠李戴，不过，反正都是不能提也不能写的事，也就只能罢了。

"森林就起雾了。森林的雾很大啊，有时一连几天明明白白的，有时浓起来，暗得什么都看不见，我们迷路了。到处都是树根和石头，一边跑，一边跌倒，有时爬不起来，身上的蚂蟥养得比拇指还胖。雾大的时候不好走，天晴时又得躲避直升机。我们不能出声不讲话，越走越远。雾好黑呀，什么都看不见，我们真像是走去阴间的路了……

"我整个人像烂泥一样倒在地上。再也撑不住了。一倒下来,就看见那头猛兽了。起初我只看见眼睛。有两颗眼睛藏在树上,它就躲在很靠近我们的地方,从叶子里面看着我们。它的眼睛亮光光的。身体,没看到。什么都看不到。"

"哦,你说他呀?"

当天傍晚,你们开车去参观当地人的歌舞表演时,你在车上跟导游谈起他。导游听了没两句,便说知道这是谁。他用手指在太阳穴旁边转了几圈,在你耳边说:"他脑筋有点不大对了的,虽说以前很杰出,但到后来还是变得麻烦,抗争还没结束他就变成那个样子了。"

你听着却有点意外,"他怎样杰出了?"

那导游叹了一口气,说:"真实的情况我不知道。我又没进过山。他的事情,我也是听来的,你听着就好了啊,别乱写。他们那一队斗争得很凶。他自己后来也给人斗了,变得神经失常了,反而保命。没人想干他了。完全是废人一个,每天把自己涂得黑黑的,像四脚动物那样爬,见人就咬。最后那些干部只好把他绑起来。绑了几年出来后才变得正常一点。总之他的话当着故事听就好了,别费神。黑豹……!这里开荒都十多二十年了,哪有什么黑豹?山猪和四脚蛇就有!"

那据说是疯老头的尸体第二天中午就被人发现了，大概是一大清早在山边被袭击的。总之那里后来怎样了，你不晓得。反正那毕竟不关你的事。你回来后把这篇稿子弄了两天。修改了一些细节，又删除了一些句子，每次都使那个故事森冷一点。野兽的咆哮从林内深处传来。一只黑豹嗅到血悄悄地来了。它动作很轻，在树干上轻盈地跑，连一根枯枝也不会弄碎，就算有，也会被风吹树叶的沙沙声淹没。在黄昏里，如果一个人待在森林里捡柴，你可以听见它咬嚼骨头时喀啦喀啦地响。黄昏时分偶尔可以看到它的影子，但它跑得快，一眨眼就看不见了，谁也摸不清它在哪里。它捉弄猎物就像猫捉耗子那样，弄到可怜的猎物垮掉崩溃了。它扑出来时快如闪电。猎物到死时还不知道是怎么一回事呢。

"他缓慢地、费力地拔出腰间的枪，手扣在扳机上，和那双黑暗中的眼睛对峙。他饿得快晕了，那野兽也饿极了，就比谁的耐力够。他们都在等对方的力气消竭。……当他终于醒来时，黑豹不见了。奇怪的是，两个同伴也不见了，他们从此不曾再出现过，只剩下他一人浑身泥泞躺在地上。

"他半爬半走，终于回到营房。他回去以后就发烧了，病得快死了，却又奇迹般挺过来。从此以后，他再也没办法做事了，终日痴痴呆呆，连一般的值日工作都做不来，他完全失去了目标。森林里边没有，森林以外也没有。

"事隔二十多、三十年,到底,他始终没能逃过那命中注定的一劫。现在回来的,是同一只黑豹吗?还是另一只?这血淋淋的恐怖事件是就此结束了呢,还是才刚开始?"

你把香烟塞进一个杯子里,捻熄它。那杯子是从某一场 show 里拿回来的纪念品。上面有只粉红豹抽着雪茄得意洋洋地说:哪怕是万贯家财,也买不到我。你记起了一个故事。粉红豹住在森林里,遇上了来自都市的富豪。都市生活枯燥,粉红豹和富豪对调身份,以后粉红豹就住在都市里,而富豪则住在山洞里。

下班时间早过了,你还得给这篇稿件选图片。你翻看一叠刚冲洗出来的照片。阳光穿过老军人的乱发在脸上投下网状的阴影,把香烟的烟雾衬得出奇透亮。那双眼睛看来平淡。读者不会看到这些:那双无法闭上的血色眼球周围有数万条蛆虫在攒动。那颗溃烂的头颅躺在草堆里。苍蝇围绕着它嗡嗡乱飞。你把这些照片扔进了字纸篓里。

二

在那篇《黑豹》刊登出来以后,你就接到几个电话。你偶尔会接到读者的电话，他们总会提出各式各样刁钻古怪的意见。你总是客气地听着，避免跟他们争辩，有时候你会讲些敷衍的话认同他们，直到对方心满意足了自动挂电话为止。

其中有一个电话是女人打来的。她不只是想要给你意见，而且还想跟你见面，这使你有点意外。她说她看了那篇文章。我知道宝贵的资料，她说，可以对这篇报道有点补充。有很多事情你采访的那个人都没说。我可以告诉你更多。

无论如何你不想见她。你所知道的已经够了。你不需要再听别人跟你说。

我想你最好跟我们的总编辑谈。你说。

好，我明白了，她立刻挂掉电话。

晚上八点多。雨下了起来。你搭电梯下楼，在绵绵细雨里撑伞走到附近的餐馆去。此时华灯初上，路上塞车排成长龙，偶尔有几声喇叭轰得让人心烦。你越过行人道，沿着一排晶亮的玻璃帷幕，走到那间你平时常来的餐馆。你背对大门坐下来。在你对面的墙上有一片镜子。从镜子里可以看见餐厅门口顾客进进出出的情形。有些人的头发与衣服都湿了。外面的雨下得更大了。由于这场倾盆大雨，人们吃饱了还不肯离开，餐馆里很快就坐满了。因此，当那女人在你前面一屁股坐下来点餐时,似乎也极之寻常,你丝毫不以为意。

不过,你才看她一眼就知道她是谁了。她仍像那天一样,穿着一袭红衣,也许因为天气又湿又冷,脸色苍白。看不出年龄,可能是二十七八岁或三十岁左右。头发盘在脑后,一绺发丝沿着脸颊垂下。不知由于灯光抑或潮湿的缘故,那头发黑得发蓝,使她的眼睛周围也带着朦胧的光芒。她一坐下来就勉强对你露出一个微笑,几乎有些放肆地注视你。你感到她的笑容有点神经质,却不惹人讨厌。你迷惑地看着她。

她主动提醒你:"我们那天在酒店的大堂见过面。你说我认错人。"

"我记得,"你点点头,"在桃花源。你找到那个人了吗?"

"这世界很小。"她不答反问,"很抱歉,因为你跟马尥实在长得太像了。所以我忍不住就想问问,你亲人里有人叫马尥的吗?"

你问她:"你说他叫什么名字?"

"马尥。"她重复一次。

没有,你说。

你感觉她有点紧张。吃饱以后,她拿杯子的手也依然微微发抖。似乎为了镇定下来,才给自己点了香烟。一阵短暂的沉默以后,你们就开始闲聊起来,并大致透露了自己的一些背景和职业。你甚至告诉对方自己是杂志社里的林宏伟,她只要一翻开杂志,作者栏里就有你的照片和名字。

"我知道,"她若有所思地看着你,"昨天,你在杂志里有一篇报道。黑豹,桃花源里的黑豹。"

你沉默地看着她。

"我那时也在桃花源呢,"她轻轻地说,"竟然不知道这件事情,想到就可怕。"

你感觉到她只不过是随便说说而已。她的瞳孔既没收缩,呼吸也不急促,只不过是在出击之前稍微有点紧张而已,那并非恐惧。恐惧的人不像她这样。恐惧的人总是像瞎眼的马安分地以缰绳把自己牢牢紧缚在泥巴里,如果没有主人就永远不会跃出栅栏一步。她眼神镇静,甚至专注地期待着你的回应。你不知道她期待什么,却情不自禁地问她,为何会到那里去呢?一个人去的吗?

"我是一个人去的,我去找马馗。"她说。"他是我的爱人。"

有抹阴影在她眼眶底下像一尾鱼游过,使你感到迷惑。你又不禁问她:"怎会到那儿去找人呢?"

"我只不过是在想他会不会待在那里而已。"她一边搅拌那杯咖啡,一边状若伤感地叹息。好一会儿,她又热烈地注视着你,激动地说,"你们简直就像同个模子印出来的那样,如果有照片就好了,你一定会吓一跳的。"

她的声音和外面的雨声似乎融为一体,她音调的转折与停顿仿佛刚好嵌入雨声的隙缝,潮湿的,沙哑的。她跟你说了一些马馗的事,她说马馗的童年,在橡胶园里长大,他们在乡间共同度过美好的时光。侍者过来把你们桌上的盘子都收走了,又把第二杯咖啡都送来,她没有起身,你也没有。烟灰缸里,你们两人共同捻熄的烟蒂尖尖地堆成小丘。当侍者又把账单送来时,她正好说到马馗读完高中后就不告而别。

"在我的生活圈子中,没有像他这样的人。"你说。

她脸红起来。"抱歉,我一兴起就不能收口,见笑了。……不过,你见多识广,如果哪天见到马馗,可以跟我说吗?"

你答应她如果哪天见到跟自己相像的人,你就会通知她。她面现喜色,立刻在一张纸上写下自己的地址、电话和名字就递给你。她说她在 P 区那里开店做点生意,如果你到那儿来可以找一找,那家店的名字就叫作"黑豹专卖店"。

那店名在你心里打了一个疙瘩。你把那张纸条留在外套的口袋里,你不碰它。以为不久自然就能忘记。但是接下来几周内却遇见她好几次。有时她碰巧来到餐厅,有时出现在书店里,当你看见她时,你就感到自己确实无法抗拒。她的手指出现在书架之间的隙缝里,在你弯腰找一本书时，透过书与架子之间那狭窄的空隙，总能看见那件红色的纤维，在它底下掩藏着线条美好的胸脯。当你抬起头来时，她的微笑便越过沾尘的书架、餐牌和餐桌，到你这里来。她黑亮的眼睛微微眯起，眼窝中间的黑色涡流，仿佛来自夜晚的森林，栖息在漆黑的树冠之中，偶尔风动才翻起一片潮涌般的月影，然而当收银机的清脆铃声响起，黑暗赫然退尽，远如天涯般隔离在餐具与书架之外。使你哑然无语，迷惘，情不自禁地渴望，然而又害怕——马尴。马尴。这名字已越过墨绿色的起伏山峦，随着风，横过巷子，钻进餐馆，抓着垂落膝盖的桌布一角，爬上桌子，蜷缩在你俩之间，滞留在桌面正中那道浅浅褶痕里。

由于你的工作非常忙碌，等到你们一起用餐时，时间总是已经很晚了。你们饿着肚子，在饥肠辘辘之中等候食物上桌，过后又在一顿狼吞虎咽之后感到心满意足。碰上雨天，车阵排成长龙，更感饥寒交迫。黄澄澄的街灯把车前镜的雨水投影到你们身上。雨丝一下子就给风吹断，在镜面上孤立起来。一颗颗斑点状的影子，罩了她一头一脸，罩在她裸露的手臂或脖子上。你怀着一种难以言喻的、糅杂了迷惑与怀疑的心情注视她。仿佛饥饿感使身体的防卫变得虚弱了，随便她说什么都行，任何短促的句子，任何落单的音节，都能安慰空腹。并不需要语言深入交流，只不过是为了一些仍未明晰的模糊欲望，你们才会坐在一块儿。

一部电影，一本书，任何事情。一家殖民地的老字号。只不过是为了有借口延长时间。只不过是一扇等待推开的门，提供你俩相对而视的桌子。她的目光沿着你的目光在墙壁之间来回往还。她的眼睛深得像一口井。

马馗是个勇敢的人，她说，马馗的体能反应很敏捷，无论做什么都非常灵活，跑起来像一只鹿。很多人都喜欢马馗。

刀子切过半熟的牛排，血水流到餐盘上。

马馗是个优秀的猎人。

她的脸孔在白色的氩气里变得模糊。她沉默了。她的声音沉没在汤匙搅拌的漩涡里。当她看你时，你不知道她看谁。墙壁上浮起沙子一样的点点光影。他们刻意把墙壁弄得粗粗的，但不是从前维持下来的，而是最近才弄上去的。这样子就更加像过去的房子。侍者们穿着白衣黑裤的唐装，打从许久以前就一直这样穿着。他们很老。时光在这扇门后伪装成停顿的样子。她的声音令你迷惑。或许迷惑的人是她。她的目光像在沙子里晃动。她不知道要看哪里。手臂紧靠着墙壁，沙子钻进了你的眼睛里。

在你桌子上的那堵纸墙越来越高，比你站起来还要高，只要抽出一张纸它就会垮下来。它就是这样的一栋房子，当它倒下来时，数以千万计的纸张把你埋在桌子上。你从一堆纸丘里爬出来，从油墨印刷的字粒堆里爬出来，你轻轻抖动，一大叠纸张和杂志又从桌沿滑落。深夜里，办公室只剩你一个人。四周都是窒郁的黑暗，空调已经关了。你感到闷热，不知睡了多久，像从很久的梦里醒来。纸张流泻一地。

你一张一张地把它们捡起来，把要归还的资料收进文件夹，又把一些废纸揉成一团，扔进废纸篓里。还有一些不知该归纳何处，便仍旧搭起来，就像筑墙那样，桌沿逐渐复原一小片矮矮的城垛。有一张剪报吸引了你。上面有两张人头照，其中一个是短发女孩，虽然六〇年代的报纸已经发黄，那油墨印刷的文字也已经模糊褪色，可是那轮廓依然鲜明得使你为之震慑。她也有一张鹅蛋脸，浓眉大眼的五官极之显目。

你愣住了。你觉得不可能有这么巧合的事。于是你又仔细地阅读那张剪报的资料。这两个共产党员有待缉捕归案，悬赏寻人。他们在首都北部近郊那里朝警察局扔手榴弹。爆炸过后就不知所踪。那两人都来自市区中心的木屋区，那里向来是黑区。新闻最后还强调，他们两人已被列为一级危险颠覆分子。新闻仔细地登出他们的资料。你读到他们的名字，以及人们给他们的昵称。

雨季来了，好几个星期这座城市持续下着雨。天空不见飞鸟，鸽子蜷瑟在屋檐下。流浪猫蜷缩在汽车底下。工地里的钢铁支架伸向灰色的天空。乌云使得天色暗得更快。

一连几天，她的影子出现在路旁，或待在你常去的餐馆里。你改走另一条路。你不走大门。下班时便从后门离开。偶尔当你开车经过大厦前面时，你看见她还坐在老地方等你。有时候她站在路旁，雨伞被风吹坏了，她成了落汤鸡。在这条灰溜溜的街道上，她很容易找，她总是街上最醒目的那个人，就像街景的靶心，那些纷乱无章的招牌与熙熙攘攘的人群一概模糊退去，只剩下她那裹在红衣里的身体，望着大厦门口，雨水拍打地上的积水，她的影子倒映在水里，在雨中看来有如一抹暗沉沉的、颤动的红影。

你把车停在路旁，隔着濡湿的车前镜看她。好几个傍晚你都这样停在路旁观察她一会儿，似乎并没有任何人来找她。

你远远地看她，不再靠近。谁也不该靠近谁，你想。

三

这是个无聊的夜晚。你不知道还得留在这里多久，虚掷多少时光。一伙人打着酒嗝。酒气弥漫。脏话在酒杯里冒泡。围着烧烤的炉子骂人，一一数算，仿佛仇人们都泡在油里。有个男人用手捂着心口，好像那里开了洞。我这里像条狗，他说，吃不到他们的骨头不算数。肉片粘在铁板上，谁也不吃了。谁也不熄火。

他的头上披着稀疏的白发，眼袋垂下，唾沫从嘴角溜到手腕骨上。搜秘奇闻，他斜睨着你，身体歪斜靠在桌子上。这报道真是奇怪啦，明知是疯子，又干吗当真呢。

冰已经融了。酒杯见底。味道淡出鸟来。你说，不能不相信，因为他死了，还给咬得那么悲惨。他低低地哼一声，你还不知道什么叫悲惨。他径自吟哦，神情激昂，昂扬顿挫的，声音响得像瀑布，可是你听不清楚。问他，他说，你问来干什么？又晓得什么呢？什么都不知道，我们的事情讲给你听，你听了也只不过是故事罢了。

他说，悲惨，就是这样。他把脊椎骨卷起来，连肩膀也叠起来，慢慢地转身，缩起身体，有如一根螺旋状的钉子。连蜗壳我都可以钻进去。他说。

他们想把他扭回来，桌子掀翻了。杯碟残肴、烟灰缸与一大炉滚烫的锅汤倾泻满地，厢房的墙壁与地板黏得像糨糊。墙角有个鱼缸，就只么一点大，却挤着几条鱼游来游去。几个醉鬼打开了鱼缸盖子，把搅成一堆的残肴倒下去。缸里的水变浊了，鱼儿一涌全上。他们唱歌，凑成个圆圈。他们把你围在圆圈里，你摇着头，傻笑，一句也哼不出来。你在他们中间。他们却在你的世界之外。店老板娘站在厢房门前，脸皱得像枯叶。

你看着他们上车，勉强举起手挥一挥。没有人回头看你，他们已经醉了。你摔一摔头，想把醉意摔掉。你沿着骑楼往下走。在街灯与暗影之间步行。在暗漆漆的巷子里，你紧绷着，像背着蜗壳走路，那个易碎的担子。

有一只饿肚子的猫跟了你好一段路，直到你越过车道时，才不再跟了。你记得原先把车子停在一家文具店前，不过却没找到，店铺都关门了。

你走过一条街，又走上另一条街。街巷像棋盘，四四方方地交错。马路被雨濡湿，你踩过潮湿的地面，每一步都掀起"啧"的一声，听似有人举步跟在后头。有时你情不自禁回头望，可是除了街灯下那一圈发亮的雨丝，什么也没见到。当你举步往前时，那脚步声却又跟着响起来。当你停步时，那声音又没了。夜深了，空气灰沉沉的，各种念头丛生，你害怕起来，急步快走。不想又回到相似的路口。

是同样的一条街吗？灰色水泥墙朦朦胧胧地伫立马路旁。雨水从排水管里哗哗流泻。大同小异的冷气机与招牌，阻拦汽车停泊车位的水泥罐子挡在路中央。街灯一阵明，一阵暗。又是一排铁栏杆，像动物园里的笼子般没完没了，在眼前长长地展开。

就在这条小巷子尾端，简直像命运跟你约好了一般，一块招牌闪烁了一下，赫然亮起来，上面斗大地映照出"黑豹专卖店"五个字。

一时之间你以为是在梦里。你犹疑了好一会儿，才慢慢踱步走进去。店里光线黯淡，蓝色的壁灯与黄色的壁灯。你像隔着一团黄色的雾与蓝色的雾，看着店里这团重叠成不规则形状的轮廓。在左手边靠墙的架子上摆着一些乐器，右手边则是一堆杂七杂八的五金器材。你顺手拿起一个罐子来看，是写着"黑豹"牌子的机械润滑油。你把那罐东西摆回去，再看看架子上的其他物品，依序排列的有铁锤、铁钉、螺丝起子、电钻、冷却液、喷雾剂、剃须刀、剪刀、小刀片、粘纸、万能胶、头盔、荧光水印图贴、闹钟、黑眼镜、手腕护罩、奇形怪状的铁皮罐、黑豹模型公仔、黑豹的画像，等等。假如非要在这堆物品里找到联系的话，那唯一的共同点便是"黑豹"。五金用具都属于一种叫黑豹的牌子。其他的物件，若非外观类似，便是其装饰标志都画着黑豹图样。那堆光碟里也有关于黑豹的纪录片、动画光碟、电玩。还有一张影片叫《猎豹行动》，一本小说叫《豹女魔影》，在墙角有个巨大的笼子，这笼子大得可以把一个人关起来。你惊奇地看着墙上挂着的钢索、铁链、狼牙齿状的捕猎器具。

店里有脚步声响起。你掉头四顾，寻找那脚步声的主人在哪儿。你的视线逡巡过一堆从天花板上垂下来的物品,它们黑魆魆的影子呈不规则的锯齿状,在墙壁前面起伏。一会儿,你看见架子上有一条长长的尾巴在灰影中贴墙移动。

你跌坐在沙发上。沙发上铺着出奇柔软的毛毯,毛茸茸的,你不懂那是什么,心里却不由自主泛起寒意。

"那是黑豹的毛皮。"

她的声音从旁边传来。你不知道她什么时候就已经坐在你身边。

"你来找我吗?"

你想说,不。但那语词消失在咽喉里了。她那身暗红色的裙子盖着她的大腿。还是那张鹅蛋脸和黑亮的瞳孔,她正在仔细地观察你,仿佛你是罕有珍稀的动物。你不知所措。你闭上眼睛,又睁开眼。墙上那些狼牙齿状的捕猎器沉入眼帘底下,消失在黑暗中,然后又再度回返到光里。你撑着头,敲打颈项。头颅里的血管像上了发条似的,一寸寸地拧紧脑袋。

许久以前的某一通电话在你脑中拨号响起。问题旋即冲口而出:你本来打算告诉我什么?

她依然不为所动。仿佛她根本没听见。仿佛你根本没扔出那些问题。她闭紧嘴巴,忧郁地坐在那里,仿佛她不是坐在触手可及的身边,而是落在像海市蜃楼那样的远方。你担忧起来。她那样一动不动地,凝固了似的，你又想起那张二十年前的剪报。她们的脸孔重叠了。静止不动，跟店铺里摆着的物品和海报一样。这一切都不是真的，你想。然而真相到底是什么呢？你觉得自己脑子里某个地方对此非常清楚。胡说。不。你自己并不清楚。既然一切已经是僵死了的，你想，就像那堆散落在荒野中的残余肉屑一样，全部都是噬咬后剩下的渣滓，由于它们生前本来就是渣滓，故此死后就更加是渣滓的渣滓，沾着那野兽的气味与唾沫，遭到任意抛掷遗弃的命运，就跟随处可见的石头沙子和杂草一样，遍地都是，毫无价值，没有意义。一点意义都没有。

"难道你不是来找我的吗？"她的声音却在你身边响起。

你睁开眼睛，从一线光里看她，她身上的红衣，触目地盘踞在眼前。时间忽地倒流回到数周以前，某个下午的三点钟，你刚刚搁下电话。

"是你打电话给我的，是不是？"

她不吭声，只是看着你。

"你听着，我不是马馹。"你说。

她有了反应。在昏暗的光线中，身旁那件红色的裙子轻轻振动。她的脸孔凑到你眼前，她的头发微湿，她的眼睛也微湿，她伸出手指抚摸你的脸颊，她仿佛才刚从浴室出来，抑或和你一样，她也才刚从外面冒雨回来？

你有什么目的？你惊疑不安地问。她没有回答你。

但你能感到她潮湿的气息,她微凉的头发落在你的脸上,同时如你所料,毫不意外地吐出那个她叨念许久的名字,马尫。

你感到昏眩,同时又感到恐惧。有一股黑森森的感觉从你坐着的那张皮毯蔓延开来,从龙尾骨那里沿着脊椎骨往上攀爬到脑子里。这种感受几乎接近死亡。在你长期枯坐杂志堆中的岁月里,你仅知必须一分不差地行事。正是只有在平稳之中,你才能够毫无险阻、日复一日地编写每期刊登的搜秘奇闻。

仿佛是为了要与此对抗,你的心脏扑扑地跳动。接着,就如准备打开猛兽的笼子般,你的声音微微颤抖,轻轻念出那份剪报上的其中一个名字。

"黄碧云。"

她还是不说话。即使在黯淡的光线里,你还是看出她的神情有轻微的变化。她的手指紧张地陷入黑豹死去的皮里。你们默默无言地坐了一会儿,你就开始吻她,接着你们就双双倒在那张黑色柔软的毯子上。

四

雨打在阳台上,打在窗玻璃上,晒衣架子伫立在灰蒙蒙的雨中。她把灯关掉,把窗帘拉开。对楼的窗口像一大群无法闭上的眼睛。

这城市欠了我们二十五年。她说。好好给我看着。她又对它们说。

你们像动物那样嬉戏。你张开牙齿咬她的颈项，烛光照得她的皮肤莹亮，看得出背部泛起鳞片般的疙瘩。她的身体颤抖，眼睛闭着，仿佛给你弄得神魂颠倒。她的一只腿伸直了，身体像弓弦一样挺起。地板很硬，弄得膝盖不舒服，但是你还是觉得欲火高涨。你吻她的耻毛，想让欢愉与焦躁的感觉一起潜入她腹部底下的阴影里，然后像潮水那样，沿着她的双腿散开，散在这片嵌砌成四方图案的柚木上。你吻她的眼睛，看她有没有流泪。看她身上是否有些东西能具体显出欢乐。不管是流泄狂奔的液体也好，尖叫也好，总之都应该有某种肉眼可见的东西从她体内涌出，那种在瞬间就能淹没床与水泥墙的东西。汹涌澎湃，淹没外头的车道与行人，淹没车站与铁轨，淹没天桥与地基，淹没山林丛莽，直至天地仿佛颠倒过来，你们悬浮在那片深不见底的蓝色虚空之上。你感到战栗就像一只蜘蛛沿着龙尾骨向腹部爬去，沿着脊椎骨爬进头脑深处。

她没有哭。如果有人告诉你这美景是梦，你必将与之搏斗，尽一切力量阻止现实闯进门内，而且趁着床褥还温暖的当儿，激烈缠绵，穷奢极侈，直至两人的肉体变得精疲力竭，直至床褥之间的玩意儿变得索然无味为止。你们才心甘情愿穿上衣服，到街上去寻找热气腾腾的餐馆，在那里狼吞虎咽，风卷残云，满桌杯盘狼藉，之后，你们就会等待这股暂时性的空虚状态过去，等待下一次寻欢作乐的时刻来临。

她带你去看她以前住过的地方。那里是市区中心。她以一种漫不经心的方式告诉你，在这些透明晶亮的橱窗出现以前，这地方是什么样子。这里本来是旧市场，她说，这里本来有大戏院，常常上映进步的电影。至于这个车站，它本来是个批发猪肉的屠宰场。那时候的木屋区比现在大了不知多少倍。我们在里面钻来钻去，可以躲上老半天。她说。

那个时候，我们还在当地下党员，我们曾经和很多人一起在那里集合开会，完了才偷偷沿着一条秘密的道路回来，现在那条路都看不到了。

她的声音轻轻的，低沉的，带点沙哑。你很难相信她进过森林，当过士兵。你说，从前共产党员都把生下来的孩子送走。她说，那些孩子并不都成功送人，有些直接就在山里处决了。

你知道得不少，你说。

她说，你不相信这是我自己的亲身经历？

你一定是想念你的亲生母亲，你说。她跟你一样，也叫着黄碧云，一九四七年出生在乡下，十八岁那年进了山。你说。

不对。她说。

当她把你送走时,她怕你忘记她,所以才给你取了跟她一样的名字。你说。

你怎么可能知道得这么详细?她讥讽地问。看你的脸。她捧着你的脸仔细看。你有马尳的眼睛、马尳的鼻子和马尳的嘴。

你沉默了,你听说有一些精神病患者会把父母的记忆当成自己的记忆,有些女儿会把父亲当成自己的情人。他们会相信自己编的故事。如果有人指出他们的谬误,他们恼羞成怒之下,不但会迁怒他人,甚至会不择手段地伤害别人。说不上什么缘故,你甚至期待她的反应,你看见她走在栏杆的另一边,仿佛走在离你很远的星球上。从旁边看她,她的脊梁像绷直的弓弦似的。嘴唇在尖尖的鼻子下像两扇门紧闭着,她不看你,眼望着前方。绕过街角的银行以后,人潮变稀。路面很静,车辆也很少。不过她似乎并不害怕。你们走过一盏街灯,又把它留在身后。那街灯照得她的皮肤就像雕像的石灰。再往前走就没街灯了,前面暗得几乎完全看不到任何事物,仿佛它深深地陷入了一个密不透光的时间窟窿里。

你一定知道的,既然你都晓得黄碧云的事了。她说。林宏伟就是马尳以前用过的化名,你是林宏伟,也是马尳。

你不认为剪报上的那张照片和你有丝毫相似之处。那当然,她说,因为他们从来就没有马馗的照片。马馗一直用着别人的照片。

这变成一场你和她之间无法平息的拉锯。你把所有驾照、护照、工作证、身份证都掏出来给她看。瞧,你没有任何证据证明我是马馗。

你怀疑她只是装着不懂。或许她其实明白。但她总会反驳你。看你的背后,这道疤痕怎么回事?马馗是军人,他的伤疤多得很,蔓藤刺的,蚂蟥吸的,石头割的,火烫伤的。她说,就是那一次,我们还在森林里逃跑的时候,你中了枪。

你摇头。算起来这的确是二十多年前的伤口。你说,那时候我还小,和家人去旅行,在瀑布给大水冲走,差点没命。

她不相信,几乎是强词夺理。那你为什么找回我?除非你是马馗。林宏伟大可不必理会黄碧云。

你无语。这的确没道理可讲。你说。

你们的叙述和记忆毫无交叉点。你放弃跟她争辩,你的手指划过她的脚心,那里泛起花瓣一样的皱纹。如果这是真的,那你应该已经不年轻了,中间那二十多年、三十年的岁月去了哪里?你说,就凭这点,我觉得那人是你的母亲。

也许我戴着人皮面具,她说,如果我的真面目是满脸皱纹的老太婆,那你会怎样?

看情况。你说。如果你的乳房握起来还像这样,那也许我会继续孝敬您。

听到你这么说,她又忧郁起来。她失望极了。你亲吻她,你说,嘘——。你们躺在天花板下面,在风扇下面,街灯又把窗玻璃雨珠的影子,投落在床上,落在你们裸露的肌肤上。很不可思议的是,每次她一冒出眼泪,你就勃起。当她啜泣时,她的忧郁似乎变得更甜美。你像猫一样舔她,竭力使她发出好听的呻吟。雨点打在屋顶上。似乎整个世界都消失了,只剩下你们待着的房间。每次下雨时它就变得很安静。

马馗。她说。

马馗。

但不是对你,而是对着墙壁之间的空气。

你尝试把这名字想成一个私人的昵称。但这是不可能的事。你可以感到它像个疙瘩那样从头盖骨里凸出来。你尝试冷静且不动情地观察她。有时候,你相信自己并没爱上她。她只不过是在你身上运用了一种狡猾的伎俩,使你感到迷惑。比如有时候她让柔软的枕头垫在手臂下,使得她胸部凹陷处变深。她细长的脖子给了你一种弯曲的错觉,因为她的头部往后仰,就像把头发浸入一个隐形的池塘里似的,她的眼睛眯起来变细,那长长的头发垂下来,拖到地板上,她的表情飘忽,仿佛正飘向一个你所不能了解、处于地平线以下的世界,虽然她的身体还浮荡在这个属于表面的世界里,在这片皱褶的床褥上翻滚,然而属于她头脑里那种由化学物质催动的心神已经逃遁到世界的另一边去了。那种激烈地显现在臀部与两胯之间的颤动稍纵即逝,像涟漪表面的倒影一样充满了欺骗性,使你以为她就是通道,可以通过她抵达到那似乎拥有一切可满足未知期待的岛屿上,然而毕竟所能碰触到的仅限于这肉体表面,限于目光所及之处,有时候灯光照亮一切,……不过,就算在黑暗中你的目光也能够画出事物的轮廓来,在黑暗中你的目光继续画出她的背脊,她那双被压在身体下方的胳膊,那种哀求般的、完全缴械的弱者姿态,你的目光又画出她的头发,颈项与锁骨之间像被刀片割过似的褶痕,像鸟喙一样高高昂起的下巴,宛如通向地底迷宫一样的入口,她微张的嘴、鼻子和耳朵,全都对你毫无保留地张开。黑暗像一种不可思议的光,在这种光的覆盖之下,她呈现出全然不同的模样。那曲线总是波动的,在黑暗之中她整个变成了黑色,她仿佛成了空虚实体化之后的替身,触手柔软,可以看见线条,可以感觉到在她胸腔前面的心跳与呼在你脸上的鼻息,然而在这层黑暗的表层底下,她那些深藏在体内的秘密与记忆,她对你真正的看法，就像丛林里面埋在树根底下的虫卵一样，你永远无可能确确实实地触摸、探测，等它孵出来爬在陆地上时早就已化为另一种样子。你永远不能知道她里头那些不可告人的秘密（或者阴谋），即使把她整个打开也不行。

她有时双腿交叉坐在椅子里，或在餐厅与书店里婀娜地走来走去，她的膝盖上偶尔会在长时间久坐之后出现一团粉红色的痕迹，就连脚踝上不均衡的苍白肤色也能使你产生更为猥亵的幻想。有时候你对她那些长时间在街道上的漫步感到不耐烦，或为那些想要在你脑子里搅动的企图而光火。她比你想象中来得更顽固，一有机会就暗示你那个非常关键的夜晚。她发现你不记得她对于你的记忆，因此采取了更为忍耐的做法，像个长期编织毛毡的手工工人那样持久缓慢地处理你，探触你，转而要求你讲你的故事。

说说你的母亲吧，她可能会这么要求你。

或者，说说你的父亲吧。

那些问题想探入你向来保持隐秘的角落。哪怕你已经坐在办公室里，她的声音也还在空气里踱步。

有时候这种干扰并不全然清晰。它像是一种萦绕不去的旋律，以一种固定的节拍在你心底重复，就像有一扇没关紧的门被风搞得磕磕碰碰的。在你回到自己的办公室以后，那声音还在你脑内嗡嗡作响，起初是以一种你未能觉察其存在的方式在隐秘地骚动,持续上好几天、好几周以后你才恍然大悟。这就是她的目的!这就是她使你迷惑的效果。你白天里总是心不在焉,像是坐在一个罐子里,与世隔绝。你的城垛建筑在一座贫瘠的荒岛上,城堡里无窗也无光,窒郁而孤独,带着与整栋大厦聒噪不宁的声音共为一体的幻觉,日复一日地敲打键盘,在同样的时间里沿着虚线撕下稿纸,紧随着它所有吱嘎作响的齿轮继续苦干。

五

股市终于证实了坊间流传已久的消息。听说一批高级职员立刻就要被开除。整栋大楼变得兵荒马乱。在集团总编辑室内,他们疯狂地收拾。一连好几天,人们在一种非比寻常的亢奋状态中度过,就像放假似的,谁也没认真工作。那些屁股都离开了椅子。它们留在厕所或食堂里比平时更久。你窝在变矮的城垛后面。你的眼睛和鼻子已经露出来。你可以看见别人的眼睛和额头。在你前面的女同事,她一脸茫然地对着你。但不是因为你终于露出脸。她长长的叹息徘徊在你低矮的城垛外面。她看自己手腕上的手表。那颗头颅垂下,抬起,呼吸,看壁上的时钟,又垂下,看手表。好像这样反复地看，时间就会过得更快。懒散的气息弥漫在天花板底下。人们纷纷交头接耳谈个不亦乐乎，你听见谣言。谣言也跳过了你的矮小城垛，跳到你的耳尖上。据说一些赔钱的杂志会被解散，据说年纪老大已届退休年龄的将获得遣散费。到处都是碰不得的新仇旧恨，有些以前吃过上司苦头的，此刻都在拳拳称快。谁也不再催任何人。然而截稿时间一到，所有的列印机还是会吱吱叫着动起来，总会有人拖着懒散的脚步走过去把印好的样板撕下来，总会有一双尖锐的眼睛和一支笔出现在座位上签发版位，所有该完成的还是会按时完成。沉默的四壁和墙壁里的电线都在暗地里驱动整栋大厦里头出版机械的齿轮，它们是唯一不受这场波动影响的事物。

你的脚像陷入沙丘里，它无精打采地爬上楼梯。那道楼梯朝向一条阴暗的走廊。走廊在印刷厂里面。灰色的铅味从天花板与窗隙飘出来。整条走廊泡在灰色的光里。你隔着印刷部三个红彤彤的字体往内望，看见一个男人正在激动地叫骂。他的头颅嵌在"刷"字顶部的小洞里。偶尔他的人影移向刷字"刂"的平行线之间，在那里左右摇摆地跳动。大家都说他以前是个老左，选他当工会主席，因为他向来都是硬汉。当那个女孩打开门冲出来时，你听见硬汉的声音像石头那样砰砰砰地敲在走廊的墙壁上。

要签名去别的地方找，不要在我这里捣乱。那些人得风得势压了我们那么久，我等了十年二十年就是等他下台。那扇门差点打到你的脸，你退开了一步，那个冲出来的女孩霍地转身，就在鼻尖下发疯了那样嚷叫。才不是在帮他，情况本来就已经糟，可是就算不能变好，也不希望它变坏。那三个红字斜斜地挤到了你眼角边缘，已经看不清楚了。硬汉的脸孔刚好被门框挡住，你只能看见一只手臂从灰色的门框边缘伸出来。你们被人利用了还不知道。桌子上发出一声巨响。到这个时候，你、你还斤斤计较那些恩恩怨怨，为什么不、不看大局，以为这样，自、自己就没事情吗？女孩起初声嘶力竭，非常气愤，讲到后来竟口齿不清、结结巴巴起来。隔着灰蒙蒙的玻璃门，你看见仍然是一双粗短肥胖的手臂在红色的字体背后挥动，这次它伸出了一只箭头般的食指，向虚空中用力地点去。什么大局？那以前他压迫我们不算？以前他对我们不公平时谁看我们？办公时间你还敢收什么签名！又不是送版来给我印，不准进来！出去！那女孩像脚底踩着溜冰鞋那样，板着脸，转身就走。印刷部主任忽然跃进了倾斜的红色字体里，他的手撑大了门，他的声音像雷鸣一样轰进你的耳朵里。乳臭未干，不知天高地厚，几个签名能做得了什么？难道要我拿整个工会来赔？我个人损失事小，别连累同事也丢掉饭碗！他的脸盘扭曲起来，粗短的脖子上也现出汗珠，一颗唾沫星子落在他下巴，久久未消。像是意犹未尽似的，他又大声地补上一句，老天有眼，今天心情甚好，这样子一定要去吃饭庆祝。

你等候在灰溜溜的走廊上，铅灰渗透你的衣领落到脖子上。你来做什么？你也来签名吗？硬汉的脖子粗短，他的声音也是粗嘎沙哑的，似乎经过刚才的争吵一时还不能恢复。

不是的，你说，我送版来给你印。

大楼里渐渐恢复平静。你的城垛堆积到眉毛上，现在别人坐下来只能看见你的额头了。你甚至不想看别人的头发。城垛后面有一座迷宫。除了那张最初的剪报，还有后来的许多张剪报。你在从六〇年代的报纸堆里找寻几个名字。你送还了六〇年代，又从架子上搬下五〇年代。他们躲在坏了的灯泡下面，你得爬在梯子上，用手擦掉架子上陈年的蛛网与灰尘。如果你呼气，它们会飞进眼睛里。

偌大的办公室里冷冷清清，望过去一片昏暗，只有几个地方亮着灯。每天到这个时候，窗帘就沉沉地垂下来，因为傍晚时斜阳西照，在太阳落山以后，没有人把它拉上来，因为他们都走光了，只剩下你一个人，对着密密麻麻的油墨字寻觅那些可疑的，她的过去，压在密密麻麻的旧报纸之间。夹在每一条隙缝里，往过去的某一天蔓延。每一天就像一只紧闭的眼睛,它们在梦中沉睡,每只眼睛有一张标签垂下来。你做了自己能用的记号,年份、地点、武器、男人、女人、年龄。有一张网比外面的雨丝还要细密浩大,你从里面寻找可以看见她的眼睛,从这座城垛里可以看透她的谎言的眼睛,探测那些她隐瞒不说的秘密,而不是那双忍耐着妒火,在餐厅里注视她回忆马尬的眼睛。

烟雾冉冉上升,它升到苍白的灯管下,飘向阴暗的影子里,它闪耀着亮光但不能照亮任何一个角落。你颤抖着那两根挟着香烟的手指,如果你疲倦,如果你不想干了,就把烟蒂扔在这叠城垛上吧。彻底结束一切。把它们付之一炬。让它们像篝火那样烧起来。这样便可照亮阴暗的角落。在这座没有海洋的城市里,高楼化身为灯塔。它散发的浓烟可以使夜晚的天空变黑。

漆黑的海包围你。黑色的树海。你伏在桌子上。像靠着坚硬的石头。枝条在头顶上弯曲盘绕,错综复杂的丛莽绵延成辽阔无限的森林,在远方有只鸟在树上啼叫。只有它的啼声竭力划破夜色,没有同伴回应它。那孤独的声音使整座黝黑的林海变得空洞。然后它变得遥远了。好一会儿,你才听出是电话铃响。

喂。你摸索伸手抓起话筒。电话里是熟悉的声音。那把总是温和嘱咐你的声音。那把声音才刚从梦中出来,还带着揉碎的呵欠勉强把睡意抖落。它已经越过了梦域边缘,并迅速恢复命令的力量。你心情忧虑地听着。

这个案子你一定有兴趣。你记不记得最后一次搜秘奇闻的题目?这里也有一宗。非常血腥残暴。刚刚才从线人那里收到风,在第九区公园,警察也才刚出发。现在过去还来得及。

怪事是你的案子。是你的本行。电话里的声音说。你去吧。

你没了拒绝的力气。你从后门走出来,到停车场取了车子。此时天空仍然灰蒙蒙的。太阳沉睡在地平线下。但在远处的楼宇背后已经可以看到一线光。一路上你经过高尔夫球场,草坪像一大片起伏的灰毯,几乎一览无遗,只有几株墨绿色的雨树盘踞在稍微远一点的地方,近路边的铁丝网上方可见一圈圈缠绕呈螺旋状的尖刺,沿着马路蔓延了至少一公里长,你走完了整条马路,还没到尽头,它已拐弯往另一边去了,继续在灰暗沉沉的天空底下仿佛无止境地展开。

过了这个高尔夫球场,穿过住宅区,你便抵达那座公园。这公园面积很大,里头有一个湖,湖边有一家小食档。小食档后面有一条弯弯曲曲的小路,朝向斜坡上方。你从那里往上走,接着拾级而上。经过一些灌木丛,肥大翠绿的美人蕉,它们此刻看起来都只是一些灰色的阴影推挤在一起。异常熟悉与怀念。每走一步,你垂着头。砖缝之中是灰色水泥,连一丝野草都冒不出来。

风吹来一股腥味,越往前走就越浓郁。在斜坡上方,有一排榕树。你可以看见一堆人围拢在树下。天已经开始蒙蒙地亮了,天上积着厚厚的云层。风里带着水汽,划过树梢。电线上黑压压地站满了乌鸦。一些人用手帕按着鼻子,另一只手大力挥动,装腔作势地走来走去,似乎忍受不了眼前的场面,一会儿退后几步,一会儿又不甘心似的持着扭亮的手电筒,往树荫底下看,才看了一眼,又恶心地逃出来。这堆人就这样在原地犹疑不决、忽进忽退地打转。

血腥味弥漫的范围很大,甚至教人无处可退。从树干到草地上至少把人拖了七八米远,看起来就像遍地开花,一朵朵红花与白花恣意绽放。像花瓣似的撒下红得发紫的肉屑和骨头,以及有如生物科教室里被学生捣碎的肋骨,上面黏黏答答地附着不知是粪便抑或尿液等不知名的液状物,一直蔓延到榕树的缕缕须根上,往上看,在树叶与枝杈之间还托着一堆零零落落的皮肉与骨头碎片,和一堆毛发掺和在一起。如果不是那些触目惊心的人体残余偶尔显露出人类耳朵或头皮的轮廓,或还会错觉这不过是个神经失常的家伙,把家里的厨余带到公园里来撒野,或一群游客带着意大利面番茄酱来这里野餐后施舍草木的结果。

那个督察的脸皮皱得像苦瓜似的，一堆人在那里七嘴八舌地讨论，这真是难以收拾的场景，全数收起来也不是，画粉笔线也难以一个个圈起来，画个笼统的大圈子又未免太过草率行事。警察们拉着黄色塑胶带，拉了老半天，也不知该从何下手。

真是残暴的行为，一个矮矮胖胖的记者说。这肯定不是人类，人类不会这么做。

我们怎么知道是不是人做的？如果凶手根本不是人，那就谈不上残暴。另一个身材瘦小的人反驳他。

难道你没看电视新闻吗？人可以做出各种令人发指的行为。你如果去过战场就不奇怪，你如果经历过日据时代你也不会奇怪，明明看起来像是只有动物会干的事，可又确确实实是人做的。一个拿着手电筒的人说。

我不能相信，我不能相信！我不是在说凶手，我是说这堆东西，这真的是人吗？天啊，你看我的鞋子，你说它是沙丁鱼我觉得还更可信一些。

那你就相信这是沙丁鱼吧，有个疯子买了一堆多到可以塞满肠子的沙丁鱼罐头来这里吃，一直塞到肠胃都爆了。头皮飞到树上，血和大便喷满地。

从昨晚到今天早上都没人听见爆炸，所以不可能是炸弹。我们还不知道有什么消音的炸弹吧，至少我国没有，对吧？

你倒给我一点灵感了。如果这是一种病毒,比如说,恐怖分子在这里进行某种实验,他们培养了一种病毒,可以从体内把细胞逐颗啃光,吃到最后那病毒排泄的气体慢慢从里面释放出来,终于——静静地爆炸!倒是有可能的!

那这病毒倒很喜欢吃下半身,肠子、胃袋跟下面都整个不见了,剩下几片上半身的脸皮和奶头丢在湖边。什么?你不知道吗?你不知道他们已经找到了吗?——啊?这真可怜,唉,这真是可怜。我不是说你,我是说这会是谁呢?他也有父母的吧。我是他父母我就疯了,不能活了,不能过日子了。

这真的很像,一个脸色苍白戴着眼镜的男孩子说,我最喜欢的 Carbonara,为什么会这样?

这算得了什么,几周以前,我看过一个更可怕的,留下一层皮,好像怕人不知道似的,在树枝上留下一层皮!这样子你就知道是人类,这样子就不能装着看不到。不过他们还是严严密密地盖住了。

今天早上来晨跑的人已经看到了。这下子我看是盖不住了,盖不住了。

你又转头望向草坪中央的那个华人督察,他弓起背,蹲在地上,捧着头。他的身体蹙成一团黑影。一会儿,你发现自己也在模仿他。腥味扑鼻。周围一大堆的人声与乌鸦的聒噪叫声像雨那样拍落在背上,拍在头颅上，经过发茨流到额头上，沿着鼻梁流下来。在鼻尖凝成一滴晶亮的液体。

今晚回去准会发噩梦。那个戴眼镜的小个子愣愣地说。

看开点吧，你最好习惯，另一个肥肥胖胖的家伙说。人死了就是这样。就算留下全尸又能怎样呢？人死了在棺材里还不是慢慢腐烂。起初像出水痘，后来这些泡泡变大，噗，破了，一颗接一颗，多出一个洞，又多一个洞，直到全身皮肉烂得像海绵软塌塌，从嘴巴和鼻孔，七窍就会流出红红的叭来水[1]。

你不知道这样蹲着有多久了。草地依然是死沉沉的绿色。快要下雨了。他们说。你可以看见一队蚂蚁在你的拖鞋旁经过。有几只还爬进你的脚趾缝，但你没有任何感觉。你的腿已经麻痹了。好一会儿你才看出来那个督察在干什么。他捧着一个纸袋在呕吐。他弓起来的脖子和背部掀起上上下下的抽动。当他站起来时，眉头都打结了。他耷拉着一张又阔又扁的嘴，风把他嘴角悬挂着的银丝吹向耳朵。他几乎是恶狠狠地散发着一股审视凶手的眼光往前开路，看也没你一眼，径自走向那群七嘴八舌的记者。他继续往前走，最后你只能听见那把声音从鼻子哼出来。他的声音粗得像树干。

---

[1] 即福建话里俗称的尸水。

提醒你们，这消息最好保密，若引起恐慌，后果自负。他说。

还能保密吗？记者里有个比较大胆的人，如青蛙那般粗嘎地问。已经不能够了吧。

你继续蹲在新长出来的茅草丛中往上看，就像看着台上的乐队指挥。你从他的背后看他。他穿着一件直条纹的衬衫，条纹上面都是睡眠的皱褶。他的鞋子沾满草屑。他整个人活像塞进铠甲里，只有四肢僵直地伸出来。只有他的手指像绳子一样在风中发抖。或许正是因为如此，他便把手指蜷起来，只留下食指，它像一支旗杆那样在风中竖起。

我们会看看情况，看了情况，我们再做打算。总之暂时没什么可以告诉你们的。

他说。他的声音传过来，掠过灰绿色的草和四散的肉屑。每一句都很清楚。他的声音听起来就像树干压在心上。

这不是第一单，大概是也不是最后一单，最近这几个月以来，在你们这附近，在高尔夫球场和公园里——给我去掉高尔夫球场——都有这样的碎尸。不，纠正一下，不是碎尸，只能说是一些残渣，没错，是残渣，死的都是一些不值得费心的人，很多都是无家可归的流浪汉，可怜。一些蹲在这里那里跟你们伸手要钱的人，跟你们讲 tolong[1] 的人，所有这些都是渣滓留下来的残渣，是双倍的残渣。既然如此，难道不能把消息保密吗？你们可能听到风声说他们是给动物咬死的。对此我无可奉告。单靠一点脚印，什么也不能说明，狗啊猫啊，不管什么宠物，都有可能留下脚印。如果你们一定要问，我只能这么告诉你。我不知道是什么东西杀死他们的。我不知道。我们还需要更好的证据。但是我们一定会把罪魁祸首找出来。现在我再一次提醒各位。最好给我小心一点，无凭无据，不要乱写。

你回到办公室去，很快就拟了一篇稿。今天早上第九区公园发现疑似人类的躯骸。原因未明。据某个不愿透露名字的来源说，此事疑似猛兽所为。唯负责此案的警官对此不欲置评。然而，本报职员曾在泰国桃花源采访过类似案件，现场情况相似……难免使人怀疑……其相似之处在于……也许……似乎……故此……总的来说，以上推测纯属假设。此案真相，仍有待当局公布侦查结果。

Ok，that's fine，老总签发版面时这么说，游戏就是这么玩的。他垂着头，上面的头发不可思议地茂盛黝黑，梳得光滑一丝不乱，露出他的耳朵与干净的衣领。

---

[1] 马来语，意即帮忙。这句话也已经融入他族，包括华裔的日常语言之中。

切勿断定。凡事有个转弯。这就是我们的定律。他说。没你的事了。

你继续往后退。退回自己的座位。从城垛的后方看他，他在桌子边缘变得很小。像个黑黝黝的影子。飘浮在另一个不同的空间里。

你感到眼皮非常沉重。你伏在城垛后面，躲在那一堆散发尘味的旧杂志与旧报纸堆里。在千百条隙缝背后，那群密密麻麻的隙缝里又长出了许多只睁不开的眼睛，眼睑都闭着，都衔住一条写着细小字体的标签。它们柔软无力地从报纸堆里某个遥远未明的日期垂下来。

你不禁问自己，难道马馗真是你的名字？你在桌底下把烟灰缸反过来。把整夜的灰烬撒进字纸篓里。

这是不对的。无论她问你多少次，你都会说，我不是马馗。

六

马馗。

她说，你醒着吗？

我又梦见黑豹了。她说。我把门锁好了，还用身体挡着门口。可是它却在窗外徘徊，它想进来。在梦中，我所梦见的就是这个房间。可是从窗口往外面看出去，却是那天晚上的森林。

她的脚趾似乎整夜都晾在被单外面似的，出奇冰冷。那些脚趾在被窝里找你，在你的脚板上轻轻摩擦。

结果，一眨眼间，它就进来了，出现在这个房间里。马馗？

嗯，你含糊不清地回应她。

我得跟你坦白一件事情，马馗。我们没有时间了。

你不知道那是什么意思。你晃荡在悠悠梦境的黑海中没有回答她。她啜泣的声音却在梦境边界忽长忽短地响。

我很抱歉，马馗。我很抱歉。

你翻过来又翻过去，勉强睁开眼睛。梦消失在逐渐发白的天花板底下。仿佛有个声音在说，这是梦，当这把声音响起时，一切就结束了。你再也无法待在里头。它变得透明了。你看到灰蒙蒙的晨光取代它。晨光照亮她的耳朵轮廓，那里的皮肤又薄又透明，像脆弱的花瓣那样露在头发外面。

我醒来时你已经不见了。马馗，我跑远了一点。我很抱歉丢下你。但我真的有回来找你。她说。她似乎下定决心要把话说完。

这回你有点惊奇。你还是第一次听见她对马馗说抱歉。这下子你倒变成听信徒告解的神父了。

那是二十五年前，……跟今天一样，那天森林里也下着雨。每次森林里下着豪雨,森林就变得非常可怕。天上像有鬼魂在叫,随时会有洪水的危险。马馗,你的血流了好多,你的血弄湿了我的衣服,把我的衣服都粘在皮肤上。我们躲在洞里,我看不到你,也听不到你,那个坏人还在外面找我们,他一开始就想杀你。她说。他们全都不值得信任,他们全都没有信念。他把我们带出来,就是想杀人。不管跑多远,都不能停下来,马馗,他一路找你。他一直在找你。你一路滴血,他就跟着血迹找上来。不管逃到哪里他都能找得到。马馗,他一直没有放弃,连在桃花源他都在找你。幸好他死了!

睡意残余的潮水终于退到天际线以外,时间里仿佛只留下干燥嶙峋的海床。你想象她那些匪夷所思的故事,而且这一次不作为是前戏的角色扮演。无论如何,如果连你也相信,那就未免太难堪了。这将会把你和你笔下的男主角共置一堂。

马馗。他们已经腐败了,根本没有敌人,没有任务。他跟你说的全都是假的。但你很勇敢,连哼都没哼,你是好男儿。

你拉开抽屉,想找烟。但是那烟盒子已经空了。你胸前焦躁不已,心脏急速怦跳。你的脑袋里长出一个念头,而且这念头立刻发芽怒长,把你全盘占据。你把她反过来,起先你抚摸她光滑的屁股,搞得她舒舒服服的。接着就不顾她的反抗,开始压着她搅动起来。她的脸埋进枕头里。她的声音听起来像动物的哀鸣似的。

你喜欢吗？你不喜欢吗？我是马馘，我就是马馘！你喜欢那个跑起来像鹿一样的好男儿这样对你吗？

她苍白的背部在你眼前无声地扭动，那根脊椎骨像恨不得穿透那层薄薄的皮肉挣脱出来似的。你缓慢地、快速地，在她的污秽之处反复抽送，忽快忽慢地变换速度，使快乐延长。当你达到极乐的顶点时，你的牙齿陷入她背后，那片给雨水的半透明影子覆盖的皮肤，那一刻你仿佛看见幻觉，仿佛触及世界的边缘，纯净已极的黑暗在脑中像潮水般迅速覆盖地表。

这件事结束以后，你像岩石上的死鱼一样，远远地离开她独自趴在床的另一侧。

外面淅淅沥沥地下雨。阳台上的晒衣架子伫立在那里，它几乎是空的，除了挂着一些衣架。那些衣架也是空的。谁也没有力气起身，你空着腹部躺在床上。

够了吗？她说。马馘。

你闭着眼睛。

是我的错。可是我还是回来找你了。她又说。

我不是马馘，你说。就算我是马馘，我也会宽宏大量，看在刚才的份上，不跟你计较。

起初她只是泪汪汪地看你。后来她转过视线，不愿再看你。

她用纸巾挤了一把鼻涕，起身穿衣，穿上她那件暗红色的衣服。她从墙上取下黑色的雨衣,那件雨衣那么大,她小心地拉上拉链,就好像把自己锁进裹尸用的塑胶袋里。

雨停了,城市喧嚣的声音钻进来。你站在窗前看她,看见她细小的双足在那件黑色的雨衣底下快速移动,越过积水。她的姿态僵硬如稻草人。风吹过她的头发,只有从衣领那里才露出一点红色。

七

把她赶走以后,你感到无聊极了。雨天里你撑伞走向停车场。每次身边走过一个红衣女人时,你都以为是她,但她们全都不是。

在这段梅雨季节里,你每天回到三楼,继续在那叠城垛后面撰写超越时空幻想的耸动课题。你愤怒而严格地审查自己的稿件。你不再给这叠密密麻麻的隙缝增添任何标签或眼睛。既然它们全都是瞎的。偶尔老头子又叫你去酒店出席一些未来客户主办的节目。他们乏味的言谈令你感到烦闷。你把他们想象成另外一个人,每个躯体里包裹着另一个较为有趣的灵魂,它们或多或少藏匿了你的一部分。你改造细节,经营每个标点符号;当你熟练地玩起传递空盒子的礼物时,你仿佛看见这是一个人的大风吹，只有你在跟自己碰碰撞撞地抢椅子。空盒子的主人在左手，宾客在右手。其他人都消失了。音乐停时，只剩下你的左手和右手在抢椅子而已。

有些日子你醒来，发现自己赤裸裸蜷缩在浴缸里。房里很脏，墙壁与天花板不知何时抹上了莫名的灰色污垢，仿佛雨丝渗透过水泥与屋瓦，四壁都长出滑腻腻的苔藓来。有一天你发现到有一只蜈蚣爬在浴室里的瓷砖上。你惊异为何公寓里会出现这种有毒的小生物。它受到惊吓，恐惧地乱窜狂奔，在浴室狭小的空间展开了徒劳无功的逃命路线，拼命往墙角钻，想要往上爬，但爬不到自己的身高，它就滑落下来，像西西弗斯那样白费力气，使你怜悯。它节状的躯体使你想起了她的背部，那懦弱而屈服在目光中的脊椎骨。于是你打开排水道口，想终结它的恐惧。你用花洒朝它喷射，把那只可怜的生物冲到那黑黝黝的洞里，让它随着肥皂、清洁剂与整栋公寓的脏水，流到埋在地底下的排水道，冲向遥远的大海。

从后门出来，有一棵榕树。它几乎高及四楼，雨季里它的树皮变成深色，叶子茂密地铺盖黑色的枝丫。树干周围的气根或粗或细，垂下了<u>丝丝柔软</u>的阴影，昂头往上看，浓郁的树冠几乎不见隙缝，即使正午时分此处亦阴暗昏沉。树根在地面上突起，步道的石板凹凸不平，给落下的枯叶遮掩起来。下雨时，雨水如泪珠沿着黑色的须髯滴落地面，几株羊齿植物长在枝杈上，巨大叶片覆盖了寄生植物毛茸茸的根须。

入夜，你撑伞经过树荫底下。

你几乎看不见她。她穿着那件黑色的雨衣。她的鹅蛋脸雪白，在黑漆漆的夜色中浮动，像迷途的月亮。

马馗。

她唤你。你站住了。我不是马馗。你说。

她的微笑消失了。她的脸孔缺了一角。黑暗开始吞噬她，从她的头顶开始，首先是她红色的脑髓，血液从她的额头滴落，她的脖子开始溃烂。黑暗从她的嘴巴呈不规则的锯齿状迅速扩大，使她的脸颊破碎，迸裂，点滴的碎肉皮屑飞溅到你的脚前。她的骨头碎片挂在羊齿植物的叶片上，一颗眼珠子从那里滚落下来，掉落在枯叶上。

风吹过羊齿植物的叶片，那一蓬黑色的根须变成了她的耻毛。马馗。

你蓦然惊醒。你从桌子上抬起头来，眼前依然矗立着那叠旧报纸。你站起来，它比你更高，比你高上两倍，不知什么时候堆到天花板上去了。它继续生长，因此不得不像蔓藤那样盘旋而上。旧报纸和杂志不均匀地扭动它们自己的位置，每一张标签发出她那股沙哑低沉的声音呼唤你。马馗。每一条打横的隙缝，每一只衔着标签的眼睑，刹那间全部睁开，张大眼睛。

眼球带着它充血的腱带，在桌面上弹跳。马馗。

马馗。

马馗。

某个早晨，当你又赤裸裸地醒来时，你感到自己仿佛离开了一段很长的时间，仿佛缺席的人不是她而是你自己。你几乎是欣慰地看见床尾那里露出一头浓密的黑发，竟觉恍如隔世。她靠着床沿，坐在地板上，头往前垂，整个人就像一株太重了而耷拉下来的蓓蕾。你趴到她身边去，看见她黑发底下露出细白的脖子和肩膀，你把她的头扯过来，吻她，她冷淡地让你吻。你放开她，看见她的眼睛底下有一层黑眼圈。

怎么？

她脸色苍白，像死人一样。你想抓她的乳房，她却猛然闪开了。她的眼睛里有一丝令你感到陌生的东西，使你感到不安。

你对着一堵空白的墙壁刷牙。镜子不见了。你对她喊。

她仍然坐在原地维持着同样的姿态。打破了，她说。

浴室是潮湿的，仿佛她已经洗过了。隔着浴帘，隐约可见里边的浴缸透出不寻常的红光，你一时错觉她在里头。一点防备也无,你不假思索就拉开它。你看见她无头的身体泡在血池里,只有浑圆的乳房与膝盖露在血浆表面。

梦魇与现实没有什么不同。你想。无论如何这一切都无法区别。我无法证明这一切不是幻想。看那些车子从高速公路的天桥上一直塞车排长龙直到大厦入口反复起落的横杠前面,守卫们绷着脸孔,比平时更认真地检查每辆车子上贴着的通行证,还要每个车主在出入表上签名做记录。警察在每层楼出现。他们盘问了好几个人。还有整栋大厦的员工像猪只一样被赶到礼堂里,听那个叫着总务的男人,驼背坐在椅子上,他两手放在腿上,眼睛看着虚空中的一点,那眼神像是从梦中看这个世界似的。

他的声音虽然平板,却又句句清楚:

"一大早,首先是来打扫的印度工人发现的。她去叫守卫,守卫打电话跟我说,工会主席好像出事了。他们在七点整时叫我,我七点四十分就赶到了,进来一看,真是不得了了,不得了了,……印刷厂的办公室里一片血海。墙壁上、桌子上、每样看到的东西,全都沾上了红红的血浆,满地都是肉碎,骨头,血,啊,好多……东一堆,西一堆的,好像有个小孩在里面玩耍做菜似的。然后,我就打电话给总裁,给总编辑,给意外组主任。总裁说，报警，我这才报警了。"

接着，轮到意外组的主任报告，他说：

"真是惨不忍睹，我只是站在门口看了一眼。那身体已经不成人形了。内脏没有了，眼睛，鼻子，全都没有了，不知道是被咬还是被炸，只剩下肉和血。只剩一只手腕还掉在一边，手指上还有戒指，警察拿去了，不过我平时也没有注意他的戒指，我也想不起来那是什么样子。那真是可怕，真正可怕。"

有个人推开礼堂大门冲进来，是采访主任，他十万火急地跑过观众席中间的通道，激动地跳上讲台，浑身颤抖兴奋地说："报告出来了，报告出来了！是野兽，是动物咬的，不是他杀！"

麦克风立刻转到总编辑手上，他说："这事得一律封口，不能四处乱说。"

副总编附和着下训令："管好你们的下属，别传出去了，这可是我们的独家，给敌对报章抢先的话那就笑死人了。新闻要尽快处理，加个号外，快点发。"

在雪白的墙壁后面，在每层楼梯阴暗的转角处，便衣警察栖息在那里。他们从门后探头进来，隔着玻璃透明的大窗注视着每张桌子上的每一张脸孔。你从玻璃窗往外望，走廊上出现了不常见的异族脸孔，仿佛这栋大楼忽然变成政府部门。或许两个空间已经重叠起来。他们的鞋子在地板上擦得沙沙作响。他们的手指在传真机、电脑与影印机任意按下键钮。列印机吱吱地叫。电梯叮咚叮咚地开了又关。每台机械变得比平时更吵,连送信进来的工友都显得紧张僵硬。

警察们施施然地进进出出,到处找人问话,一个个跟工会主席有过节的人都被盘问过了,没有的也被问了一通。见到空椅子就坐,一坐下来就摆出一副怀疑的眼神观察每个来来往往的人,把编辑记者都当成犯人似的。他们的屁股一陷入椅子里就爬不起来。

一切像往常一样。在这个以书柜区隔开来的角落里,你重复敲打那些连接词。或许,也许,怀疑,疑似,推测,可能。填满荧幕。灯光忽明忽暗。墙壁扑上了一层浊影。一抹抹灰色在墙壁上晃动。盯着报纸久了,周遭的一切似乎只剩下黑白两色。你睁眼再看,那团灰色忽地又消失了。

你闭上眼睛,再度睁开。

那墙壁像给一支巨大毛笔沾了墨水刷过似的,一抹抹触目凌乱的笔迹,在墙上如变黑的血浆滴落。

一个男人逆光站在会议室的窗前。

他问,以前这里摆过什么东西吗?

你看着他,你忽然认出他来,他是公园里的华裔督察。你忍不住吃了一惊。是你。

他的脸上露出烦厌的神色。摆了摆手。他转过身去，仍然给你看他的背影。你注视着他的背影和那扇窗子。围绕着窗子，隐约可见一个长方形的白色痕迹，把他和窗口框在中间。那个长方形的框子从窗口上方开始，往下延至地板。以前你并不知道那里有扇窗口。

这里本来有个柜子。你说。

他依然没有回过头来。真没想到，他又继续说。首都里有这么多树吗？那边也算是森林吗？

你往前几步，和他并肩站。从百叶窗帘的隙缝望出去，眼皮底下是一条水泄不通的马路。远眺可见都市边缘的郁林，灰绿色的树冠在远处连缀成片。

只是几棵树而已。你说。只不过是距离远了，才看起来有点像森林。

你在泰国似乎也碰到类似的案子呢。那督察说。不知道你有什么看法呢？你觉得这两宗惨案的现场像吗？

你沉默了，那老人尸肉碎屑散落在灌木丛中的景象又像梦境一样闪回来。

我以为那是野兽干的，你说。

对，你在你自己的新闻稿里也这么写了，他又坐回到桌子上，转动自己的椅子，看着天花板思索。他的脸色郁郁寡欢，一会儿伏身向前，抓起一支笔，可是并不想写东西，只是那样子玩弄它，在桌子上弄得它滚来滚去。

你认为那是豹子？黑豹？他问。

你怔怔地看着那支笔，那支红黑相间的笔，它一时对你露出红色的这面，一时翻转出黑色的另一面。

你上次从泰国回来是什么时候？有四个多月了，对吧？

他的手掌忽然离开桌面，起身走到你面前来。那件衬衫的直条纹在你眼前晃动。

那些黑色的条纹活跃起来，从他肚子上的纤维布料弹出来，一瞬间变得粗大、坚硬、冰冷，变成动物园里的栏杆，把你围在中间。你沿着这些栏杆奔跑。它们飞快地往后退，眼前的黑色铁栏杆无休无止地迎面而来。

当你往外头看时，你不禁跳起来。在栏杆外头，那个督察可笑的头颅从铠甲里伸出来，那张脸和你长得一模一样。

看着我说实话，别撒谎。他的眼窝泛着一层死灰色，那对森冷残酷的眼珠子从里头牢牢地盯着你。所有这些奇怪的案子发生在你回来以后的这四个月内。

马尪，你愤怒地朝他吼叫。伸出爪子。从你的喉咙深处发出野兽的咆哮。你想扑向他，那阴险的马尪。

黑色的铁栏杆拦住你，敲得你的额头、鼻子与颌骨一片血淋淋。

你的精神似乎很不好，督察员说。他仍然藏身在那条黑白条纹的衬衫里，用怀疑的眼神打量你。

你定了定神，说，那场面很恶心。

哦，督察员说，我很意外你还没适应。他拿起桌子上的一颗点心放进嘴巴，非常无聊似的，每样都吃了一点。

这里离森林很远，离动物园也很远。督察说。不排除有人纵容宠物行凶，也许有些人跟工会主席有利益冲突。

他眯起那双眼睛打量你，歪着一边头。仿佛要特意使你恐惧似的，装模作样地做起戏来，板起脸问你，你该不会从泰国带了奇怪的动物回来吧？没有，你说，我家连猫都没养。

他兴味索然地看着桌子上的点心，又开始吃起来。

交稿的时刻。审稿的时刻。荧幕出现句号，稿件沿着虚线边缘撕下来的时刻。入夜，大厦里几乎人去楼空，只留下你一个人在里头。在这张桌子上埋头苦干至深夜。你到厕所去小便，在水龙头底下洗一把脸。

传真室里还亮着灯。你走进去，那里的职员正瑟缩着肩膀在椅子上。当你挨近他时，弄醒了他，他整个人都吓得跳起来。

怎么啦？睡着了吗？是我。

林生，他似乎惊魂未定的样子，原来是你，我没听到声音，你走路真轻呢。是吗？你转过头去看电脑荧幕，我是来看看法新社的消息。

我帮你找找。他说，然后他就开始在键盘前面敲打。你站在他背后看，看见他的肩膀一起一伏的，他穿着无领的恤衫，脖子整个露出来。电脑荧幕上的光影显得既朦胧又发亮，衬出他的脖子与肩膀形成了一个略带弧形带着凹口的轮廓。

就这么多，他转头看你，林生。

那么，你说，你有些迟滞地转向电脑荧幕，费力地想把目光聚焦看清楚那上面的文字。这以下我自己来处理就行了，你说。你的手搭向他的肩膀。一刹那间，你似乎看见那上面长出了尖尖的爪子。

他一边让开，一边对你说，你真勇敢呢，现在大家早早就回家去了。我真佩服你呢。林生？

在传真室的玻璃门外，你可以看见漆黑的走廊上，闪过一条长长的蠕动的尾巴，贴着墙壁行走。你惊恐地看着它。她穿着红色的衣服绕过了墙角。

眼前的桌子上，依旧堆着塞满标签的旧报纸。它们已经高过你的额头。标签几乎和剪报一样多，多到已经完全失去意义。空白总是比墨迹笔画的空间更大。遗忘浩瀚如海。一堆烟蒂。一些已经变成日常生活的动词与名词，它们快变成皮肤了。你两手撑着头，非常疲惫。这真是不可思议，就像体内开了一口深渊般的黑洞，把你不久前吃下的晚餐都化为乌有，你饿得手指轻轻发抖。办公室里只有你自己一个人。传真室的职员已经不在了。

我会自己来的,你说。你有事就先回去。

八

她没来,她不在。墙壁上灰蒙蒙像墨一样黑的霉痕增多了。它们彼此交叉,平行,纷乱地占据墙壁、地板与床铺。你经过这团乱麻一样的黑灰白世界,走到厨房去,打开冰箱,里头有一些冰冻的肉块,你煮了热水,弄热它,就这样大口大口地咬嚼吞咽,然而,似乎是死了许久的尸体,吃来淡而无味。你想着更为鲜嫩的肉质,每根静脉与皮肉组织的脉络都清清楚楚,闪耀着几乎透明的鲜润的红色。

从公寓的阳台上能看见斜坡下的灿烂灯光,那里是一大片望去几乎没有尽头的住宅区,夜色遮蔽了那些白天里看起来像是山峦一样层层叠叠的屋宇轮廓,只剩下星状的灯光在夜色中闪烁,每个家庭都安稳地躲在水泥墙壁与屋檐的庇护下,躺在卧室里,倾诉外人听不到的绵绵细语,也许他们在餐桌与客厅里起劲地打打闹闹。那些话语给淹没在电视声浪与环绕城市的车海之中。偶尔才听见一两声孩子的尖叫声传来。

你感到饥饿，而且寒冷。盯着那片犹如城堡一样的万家灯火，你的视线无聊地沿着这片景象上上下下地移动，仿佛寻找那肉眼看不出来的隙缝。除了这么做之外，你无法思考，也无法掌握下一步。这片斜坡出奇光秃，没有任何一棵可以遮蔽踪迹的树木。也许在墙壁之间有狭长的影子，但是从远处看来，即便有，那影子也已吸入堡垒之内。

在它上方，整座夜空光晕漫射，苍穹就像一片黄浊的巨大布幕、密不透气的罩盖，无边无尽地蔓延。你被一阵绝望感所袭击，这座人山人海的城市，它将成为你的坟冢，你将带着注视它的目光饥饿地死去。

你闭上眼睛，想克服体内的空腹感。然而，越想使这种感觉退去，它就越发增长，从体内往外延伸，你蜷缩在这监狱一样的饥饿之中。饥饿的胃口和外面的夜空一样巨大。

你在黑暗中睁开眼睛盯着墙壁看，盯着天花板的灯管看，盯着门上的嵌缝看，盯着那道蜿蜒在墙壁上弯弯曲曲像河流一样的裂缝看，盯着那一大片灰色与黑色的抹痕看，直到脑袋完全麻木了，只剩下巨大的灰暗继续渗透进来，蚕噬你的脑袋。

当你醒来时，饥饿感暂时消失了。一片斑斑血迹如花瓣一样绽放在被单上，有几抹触目血痕划过墙壁。

她来了。她走到床沿边坐下来,她伸出手抚摸你,那令你感到很舒服。

马尵。她说。

她浑身赤裸,她潮湿的头发垂下来落在你的脸上。你知道她患有严重的罪恶感,如果有人跟她接触,她必然会导致对方死亡。但是她的乳房丰满,皮肤细滑,使你迷恋不已。虽然她伪装成另一个人,但你知道她是谁。你吻她,却还是无法感到满足。你情欲高涨,阴茎勃起,非常难受。

你有很多问题想问她。不过或许也不需要了。你渴望她继续抚摸你。尽管她又会叫你马尵。你又会跟她说,我不是马尵。这不是说谎。你希望无论你是不是马尵,她都爱你。你知道她完全晓得这一点。她只是装着不懂。

这一切总是会重复。你无法阻止她那么做。她就像那些附在尾巴上的魂魄那样,自从二十多年或三十年以前就已经失去自由,永远都在寻你。怀着那种据说是爱情的欲念,在你头脑里寻找她的马尵。

但是马尵一直没有醒来。

他还没放弃呢,她说。无论跑多远他们都会找你。他们都会找到我们。

从那两片窗帘的隙缝里往下望。你可以看见那个华人督察员坐在路旁的一辆车子里。他不时降下车窗抖抖烟蒂。疑心忡忡地望向这里。

马馗。她又再次唤你,她坐在灰影之中,坐在沙发上。她的影子投落在镜子中。你从镜子里看她,她的头发黑得发蓝,是潮湿的,闪着水光。你嗅到雨水的味道。但外面并没有雨。

我很抱歉,马馗,我很抱歉。她说。

尽管这应该是让人悲伤的时刻。但你没有。她已经达到了目的。你环顾房内的一切。你还有这样的一种幻觉,仿佛有一天还会再回来。

"你有没有想过,马馗也许比较想要成为林宏伟?"

她没有回答你。她热烈的眼神变得黯淡。她快消失了。她落在玻璃上的影子变得很淡。她那本来黑得发蓝的头发在早晨的光里逐渐变成灰色。

你伸出手去,想触摸她,却只碰到墙上的镜子。唯有你的影子孤独地待在里头。注视着它。在它咽喉底下有一抹影子。略呈三角形。起初是淡灰色的,渐渐变得更深,更黑,黑得发蓝,你的目光继续注视着它。你的目光在镜里画出它的廓形。

一只黑茸茸的爪子从你的皮肤底下捅开那道缝合已久的疤痕,就像拉开一道拉链,像脱掉一件雨衣。它撕开林宏伟的表皮。这么多年来,它仿佛死了似的,她固执的干扰使它苏醒。漫长的睡眠已经结束,它跨出这具躯体，在厅里伸展四肢，旋即低下头舔噬地板上的这身皮肉，喀啦喀啦地咬碎这颗头颅，就像多年前啃咬马馗的头颅那样，那时候它把他的记忆吞噬干净，除了林宏伟的——此刻，这二十年前未能消灭的林宏伟记忆残渣，随同这二十年来生出的脑浆，终于给一并吞没。

首先是林宏伟（或马馗）英俊的脸庞，头盖骨内鲜红的脑浆，黏附头发与碎皮的脑浆。柔嫩的脖子，嶙峋的肩膀，多肉的腹部与臀部，睾丸与阴茎，结实的双腿。你撕开这具肉体，吞剥它里头的一切，那血红而柔软的心跳与肝脏，那长长的可一口吮吸入肚的肠子。

在这片柚木嵌成方状图案的地板上。对楼的一群窗口依旧洞张着它们的眼睛。

黑暗像深渊那样涌来，在十楼公寓底下迎接你。你奔窜，逃亡，急速掠过十层楼的窗口，从胸口发出沉默已久的咆哮，也许惊醒了一些公寓里的住客，使他们为之辗转难眠。

你跃出窗口，越过斜坡，越过这片屋宇连绵的平原，朝远处山脚下的墨绿色森林奔去。在那里羊齿植物覆盖树皮，枯叶覆盖枯叶与虫卵，蔓藤吞噬树干的养分，树根掐裂岩石朝四面八方蔓延。树冠浮荡在天空底下，每片叶子都撑着它们自己与那些复杂分叉的枝丫朝天怒长。

黑暗沉沉地笼罩城市边缘的山林。

如果连时间也允许，如果能够越过时间的栅栏——你回到二十多或三十年前的那一刻，当你嗅到那汩汩流出的鲜血甜味，弥漫林中，你悄无声息，跟随在后，跃上其中一棵黑漆漆的大树，从树叶与蜿蜒的枝干之间往下望，窥视那些毫不知情的猎物，注视着他们的愤怒。追逐他们，直到他们每一个人都被恐惧击溃为止。

在那个雾大又血腥、那个不能出声而必须保持沉默的夜晚。

迷宫毯子

自从织起这张毯子以来，我就不断来来回回穿越这片柔软的领地。一束丝线浮起若岛屿，岛屿逐针连成陆地。为了完成这片陆地，你必须执迷于这场单调重复的旅程。必须耐着性子，让结束的时间延长。用第二人称跟自己说话。自个儿掂量，再过几天，再过数周，你就不会再碰它了。但在这之前，必须用这口针把每个孔道填满。尽可能延长时间逗留在这片线墙里头。像那些中了魔咒出走的旅人，总是痴迷地跋涉一座走不完的岛屿或陆地，并安慰自己，实际上这工作也不会真正结束。万一它真的结束你就无聊了。虽然你总想那出口也许藏在哪儿。终有一天你会从那里走出来，等你出来以后就不会再回去了。

那是许久以前的事了。在我九岁时，我和子午就开始玩这种游戏：假装这些巷子从未走过，穿过晾晒中的衣物，绕过那些改建后凸出的阶梯、厨房、厕所和沟渠。把小小的一块地方变成迷宫。寻找那些根本不能久耐的记号:那些脱落以后碎成粉屑的泥灰,雨后绵软稀烂的垃圾,悬挂屋檐下的蛛网,一辆靠墙的摩托车,一个空水罐,一块旧抹布。任意选择它们。它们在午后投出或深或浅拉长的影子。穿过这片流移漫射的光滩碎影,像在不知名的异地半跋涉半梦游。我们兜了一大圈才钻入子午家后门。把这段路变得比实际上更长。尽管子午就住在我家隔壁。

那原本是愉快的游戏。我原本应该可以欢欣地叙述。但别人会以为,这么快乐是不适宜的。按常理,你应该愤怒指责他。但实际上当你看见他在镜子前试穿西装时,你却快乐了一下子。你发现你想念他,像母亲想念一个儿子。尽管这不符事实,但是你发现的确如此。你并不总乐于从他人的记忆淡出。要看那人是谁。对于子午,你仍怀希望。盼望重逢,盼望子午看到你。让他想起你。于是你梦想编完这张毯子。和他玩个迷藏。唯有如此,你才有希望从迷宫中走出来,走向那些熟悉你过去的人,像一条海底的鱼浮上水面,像一座消失的岛再度出现。

没人知道我们原本就认识。旁人介绍,就说我,手工特好。他们说我的手工是最好的,尤其是编织。子午的新娘长得十分美丽,脸颊像陶瓷那么光滑。她一定什么都不知道,至于子午,子午又会给她知道什么呢?她伸手触摸垂挂墙壁的毯子。

真惊人哪。她问我，坐在船上的是什么人呐？

不知道，我回答她说，我只是按照我妈说的来做。她说她以前看过，在我的老家，小时候，有人这么结婚。

结婚？她跟着我的话重复说一次。你家乡有人这么结婚吗？

我点头，又说，是结婚。以前的人没有车子，所以用船载新娘。

于是她困惑地，抬头看了看那张毯子，又说，不重吗？那些拉船的人。

我想是得使点力气来拉的。

你是哪里人呢？

于是我告诉她。子午认出我来了吗？我还以为他想起来了。他窝在那里没有出声，而且他的眼睛不再看我。他默默退到沙发深处去，掏出一根烟叼在嘴角，但是店员阻止了他。她们说这会使婚纱都沾上烟草味。他并不问我是谁，也跟我谈起或问起家乡。他把那根未能点燃的烟收进口袋里，无聊地玩弄打火机，啪嚓啪嚓地玩弄一朵幽蓝的火焰。

好吧，我要一个，如果你有时间。我喜欢毯子，给我织一张新的毯子。她的声音很愉快。她说，我会把它铺在新房里。

当他拥抱她的肩膀时，那声音含糊而不确定，可依然听得出来，那是充满渴望的，仿佛在他眼前有个宝座。好吧,就给我打个价格吧。他接着又说了很多话,但他并没看我,仿佛我只是一个柜台,或一个空的架子。我要回应的只有一句:给我打个价格吧。由此我知道,属于后巷里的迷宫已经结束了,至少我,和我的父亲,我们都是多余的了。或许因为我现在有些衰老了,至少,这身赘肉与蓬发无法使别人认出我来。

我点头。我答应他们我一定会缝出最美的毯子,交给这位美丽的新娘。当我说话时,我尽量让自己的语气平坦。但我还是觉得那声音不受控制地起皱了,就像那些被挤成一堆的碎布。它们从来就不曾被烫平过。它们仿佛打一开始就与屋子同在,它们住在屋里比我更久。那些零头碎料,来自裤脚、衣袋、衣领、袖子、腰带的局部,一经拆脱,全都蜕变成另一事物,像寻找伤口的绷带,像剥落的花瓣或羽毛,那些泛着毛边的纤维物,以断片的形式成为这个家的各种废物之一。它们全部都被挤得皱皱的,塞进袋子里一藏就几十年。起初你以为它们会有点用途,后来就变成了难以收拾的垃圾,虽被遗弃了但却毫不自由。

我穿过灰扑扑的街巷,又回到这间屋子来。因为子午,所以我们才被迫搬家,离开那间父亲出生的房子。我的父亲,每一次当他俯身用粉笔划在布匹上,寻找布与布之间最完美的接缝,以及烫平一道褶纹时,他的眼睛都躲到了纤维里去。他不再注视我。他不再注视我就好像一个人躲避死亡，躲避孤独或躲避失败。

窗户暗下来，流光将尽。店铺里的试衣镜，不知何时已蒙上一层灰。我张开一块红花绿叶的染印布料，从镜里看它，那些花朵并不显得欢悦。

煮沸的水在炉灶上嘶嘶作响，蒸汽把窗弄得朦胧了。窗户紧拴，在潮湿幽闭的空气里缓慢呼吸。这是我们和父亲共同生活过的空间。他一生从未享过富贵。他是人人赞好的裁缝师傅，可是他依然贫穷。我也像他那么贫穷。有人说，贫穷意味着一个人不够成功。如果这句话是对的，那么我们父女两代就是失败的了。我父亲的幽灵仍然在屋里徘徊，在橱柜与桌子上摸索，他老是想找针线缝补那件已经不在的衣服。他的手像透明的鱼游过桌面，但怎样也熄不掉桌灯。我失败了吗？每个晚上我都听见他这么问。灯罩覆尘，椅子的编藤已经松开，他来时那张藤椅就发出轻微的绞扭声，空气像忽然绷紧的薄膜贴在皮肤上，我感到他的目光在注视我们。就像从前一样，他知道得一清二楚。幽灵记得从前的事吗？凭什么会记得呢？既然它们已经没有身体了。有些记忆是靠身体来维持的。身体就是记忆的袋子。每逢父亲的幽灵来到屋内时，我就不安起来。说他来了其实是不对的，因为他其实一直都待在屋子里。栖息在水泥底下的尘土中。当他从泥里爬起来时，你自会晓得，屋里的空气变了，沉沉的，重重的，飘着泥味，要等到他再度回到泥里去，我们才会从他的梦魇醒过来。

尘屑与谷埃从后窗飘进来。碾磨后的谷埃附在皮肤上，与无数孔穴融为一体。仿佛风在编织我，用不可计数的尘埃编织我的身体。许久以前，我的母亲曾对我说，你是最好的。她用一种我从未见过的眼神注视着我。不，不是我，而是我做的披肩。在这里无人需要披肩，天气太热了。也无人会在出门时戴那么厚的帽子。所有我缝制的，总是派不上用场的物品。多余，是那些厚厚的袜子，那些过大或过小的帽子。那些大得可以盖一头大象的毯子。是的，我做的，一切都是多余的。但她却轻轻地，肯定地，这么说。我记得那把声音的变化。那把本来已经暗哑却又轻快起来的声音。

你是最好的。你会继承你的父亲。他是最好的裁缝匠。我母亲说。

用许多根粗细不一的针，棉丝反射一线光，长长的，划过阴暗的小室。我的身体像陷入草丛深处给封起来。我观察这一摞布料与线团，仿佛它们是草茎而我是蝉，必须品尝每一根叶脉的滋味。它们在晨光里的色彩不一。亮，很亮，更亮。暗，很暗，更暗。随着流光变化，瞬即没入阴影中。线和时间相似吗？线是落日吗？线是平野吗？线是江水吗？线是云丝吗？是那些平行的、垂直的，小径、星星和消逝的风声吗？

针线穿过一片纤维的墙壁。这幅柔软、紧密、滤过阳光的墙壁。这幅必须一毫米一毫米完成的墙壁。这幅只能光看着的墙壁。这幅编织幻觉的墙壁。这幅把我的生活置换掉的墙壁。这幅消耗分分秒秒的墙壁。这幅吮吸声音的墙壁。这幅在睡醒之间又织又拆的墙壁。这幅绷带一样的墙壁。这幅犹疑不决的墙壁。这幅结满疙瘩的墙壁。这幅分娩得没完没了的墙壁。

它们是这样的关系，曲曲折折往返盘绕。针潜入林中，穿过纵横交错的阡陌，再飞升，再下降。仿佛风中的针芒。这样注视着它时，仿佛我也变成了一线光，而光是不思考的。当我不思考时，我感觉到一种静止的愉悦。我仿佛变成了空的箱，既无思想也无秘密。我甚至也觉得自己变得透明了。我经常感觉到冰凉，剪刀如冰滑过布料。父亲说你只需要搓一搓布料，你就知道它适合裁成什么样子。搓它时你会感到温暖，一丝丝的，布料中的空气。我剪它们时就像它们正等着我的手，我可以听见剪刀的声音，那声音像桨在水上划动，任何小孩都可以听到，如果他们围绕在桌边。最好的声音是不溅起多余的水花，最好的剪刀不会破坏棉丝里的空气。一个好的裁缝师必须保护他的剪刀，好的剪刀可以用上许多年。我父亲的灵魂提不起他以前留下来的剪刀了。他的剪刀，我现在用着。沉沉的，黑黑的，陈旧的剪刀。

当他结婚时，他的西装是自己裁的。我母亲说。她的眼神又再变得飘忽，仿佛越过时间和空间，去看一个我所不知道的景观，去别人所没有去过的地方。

他做了一块毯子，盖在船篷上。我的母亲说。

我知道她要说起过去了。

以前，那些新郎是坐一艘船来接新娘的。

我知道她又要说起那条河流了。

以前，这条河，很宽。不深，但总比现在来得深。没有车，大家都坐船。

把一块棉布摊开来，它像块刚刈过草的平原。我的视线掠过它，看见那一条一条浮沉有致的棉丝，像多道轮辙来自某个模糊的不知其所在的源头。小时候，我总好奇那一环失焦的边缘，我总是只能看见局部。如果我把头抬起一点点，眼睛垂下，它导向哪里似乎很清楚：线头朝四面八方奔去，最后每一根线都停顿在布的边缘，如果它们不能带你离开，那是因为它们不能飞。每块布料都可以找到松开的线口，从那里它们会崩解，还原成一团弯弯曲曲的线。

谁划船呢？

那些人只是在船尾，做个样子，划船。

船能动吗？

船能动。

河那么浅，如何能划？

没划。船动，不是靠划，是靠拉。有人在河边，用绳子拉它。新娘新郎坐在船上，拉船的人走在两岸边，拉着，一人拉一边，往前走。

船不重吗？既然有人坐着。

不知道。大概，也不是很重吧。两人拉，左边一个，右边一个。用绳子拉，慢慢走。来的客人，全都站着，在旁边，看着。

拉到哪里去？

拉到里头那个镇去。从外面这个镇拉到里面那个镇去。

那么有人从里面那个镇拉到外面这个镇来吗？

母亲沉默了一会儿。

不记得了，不清楚，大概也有吧。

她坐在一堆破布后面，仿佛她本身就是吐出这堆碎布的橱柜。我不理解她为何喜欢收集碎布。她似乎竭力要看明白它们，证明这些被遗弃的碎布仍然是有用的。我知道每一天那些包裹都在变化，虽然它们看起来都一样：包扎得圆鼓鼓的，皱兮兮打个结。隐隐透出点颜色，像不能吃的糖果。至于里头的分量，变少，更少；或者变多，更多。她把碎布从一个袋子搬进另一个袋子。她寻思它们的用途，把它们裁得更小，更小，或把它们缝缀起来，变大，更大。她有时不满意它们，那些看来丑怪的缝线。于是拆掉那些线。那些线，我爱看它们，掉落地上，不能再使用的，歪扭的，卷曲的，像毛发，仿佛有另一只隐形的动物和我们住在一起。把它们排成虚线，把它们打结成连串疙瘩，把它们堆叠成小丘，它们已经偷取了她半生的时间。

可是，那时不是有桥吗？我问。

母亲思索了一会儿，半晌，才说：也许那时候还没有桥吧。

那条河上有好几道桥。桥势必会阻碍拉船的绳子。从河岸边拉着绳子拖着船跑的人，拉到桥边，难道就停下放手了吗？在阴暗的桥底，新郎新娘抬头，他们将会看见那潮湿的苔藓，那些垂下的泥土颗粒与不知名的植物髯须。

然而我绝不相信没有桥。既然河流两边都住人，除非人们不相往来。

或许那时没那么多桥。母亲说，要走好远才有一座。

我也不记得那么多了。母亲又说。那是小时候，小时候，我就是看过。

你打算怎么来缝这张毯子？

她又问起这个我无法回答的问题：你打算怎么来缝这张毯子？

父亲。我的父亲，你知道一切。你一直什么都知道。当我编织它时，我感到你正注视这一切。你会为我感到羞惭吗？

鱼。给新人的毯子,母亲说,要有一对鱼。

是的,她说得对。是应该有一双融洽的鱼儿。

但终究我只绣了一尾,被钓上来的鱼。

悬在钓绳末端,在阳光下,若一弧光,形廓不清。我只能想象,那裹在光中的鳞片,滑腻而冰冷。在河里,水草舞动,温柔地,细软地。阳光筛落,一群孩子嬉笑树荫底下,光斑流移,水声哗哗,欢快笑浪浸润于一河泥浊,心思却宛若蝉虫,藏匿草丛中。雨季后,河面暴涨。草木愈发浓密碧绿。观者也许会说,浑圆的芒果从树上累累垂下,正是多福好意兆。

一只木筏。一排草绳扎紧的竹筒。

子午和他的兄长站在上头,撑着长竹竿,竹竿几乎没入河床泥中,与其说是划,不如说是推。没一会儿,竹筏竟一寸寸地下沉,连脚踝也逐渐没入水中。

有人在岸边喊,要沉了,快沉了,子午子夜你们还不走。

他们惊慌起来,扑通跳下,涉水上岸,浑身湿漉漉脏兮兮,满脚泥泞,一直没入裤里。

我蹲在草丛中,眯着眼,睁开一缝,看光。光是许多根针,四射落下。每一缕光线呈绒毛状,闪亮地,妥协地,和谐地,紧绷地,执拗地,不出声地,涌过这片若明若暗的纤维。这片纤维想告诉我一些我还不知道的事。我试图倾听但没有听懂,那声音像风穿过纤维溜走。风只留下枝叶推攘的气息。那些灼亮的细粒,那片暄软的光滩,当我眯起眼,这片金光便成为绵延的一道金线,细若花瓣的纤毛,斜侧的鳞片,锐利的石头,收窄的叶尖。当我睁开眼,这团灿亮的金线就全都不见了。我看见子午两兄弟从河里爬上来。他们的竹筏渐渐沉入水里去了,隔一会儿又浮上来,搁浅在大树根突起的岸边。我看见他们脱掉身上的裤子,从胯间刮掉那些黑色的泥泞。我不禁笑出声来。

子午问我,你笑什么?

我说,没。

你偷看。

我不出声。

她常常偷看。他转头对他的兄弟说,她偷看我们。

你妈是疯的,他对着我的耳朵说,你妈喔,脏到连你爸都不喜欢。

乱讲。我瞪着他。

你妈为什么发疯?

我睁大了眼睛生气地瞪他。

你妈在哪里,嗯?她不帮你洗衣服吗?你看你每天脏脏的。

你比我还脏。我说。我学我的表姊对那些讨厌鬼翻白眼的样子。

雨后,泥土显得极黑,各种不知名的生物在草堆里涌动。我和它们一样，无处可逃。

蚯蚓会从你尻钻进肚子里。子午俯身下来这么说。

他是潮湿的，全身都散发着泥汀腐臭的味道，像是个从河里爬起来的死人。

他俩把蚯蚓从泥里挖出来，放一只在我发涡中心，然后是颈项、背部。我只感到痕痒，冰冷的，那节状柔软生物，仿佛寻找孔窍入侵身体，我无法遏制恐惧地大叫，只吓跑了树上的鸟。

鸟雀们飞走了。它们原本排开一列停在电线上。那些电线总呈肚腹状的弧形下垂。我趴在窗前时就经常看见它们，似乎很近似乎触手可及。那些鸟们，一只只，弯成钩状的爪子，抓牢了电线，排列着，背着天光，它们看起来很黑，有时，看似豆大墨点。我寻思，是字母吧，是标点符号吧。是天空写的吧，写什么呢，我不懂。但它们掠过，停止，停在天上，停在一行行的电线上，就像有人，用它们，在单线簿上写字。

注视着飞鸟时，我仿佛也成了它们。成为云，或成为空气。成为线，这根线，将帮我把遗忘的过去织入毯子里。然而我为何需要这么做呢？为何需要重提一个已经忘掉的故事？让往昔静静掩埋岂非更好吗？再诉说过去又能获得什么好处呢？

从针线绷开的折口，把线抽出来，看那些树木、那条河，都变成蜷曲的线团。不复垂直的模样，经过编织，它们皆弯曲如海岸线。但失去海岸，失去陆地，它们不能把我带向出口，或，远方。

把线抽出。这些线的颜色变得黯淡了，仿佛这些线已经完成任务，已经带过某人离开。把那丝线撕开，你会发现它是由两三根细丝缠绕一起。它们亲密平躺，没有任何一根比另一根更特殊。它们现在看来有一点脏，我如果再使用它们，它们将缝出更为灰黯的颜色。不管怎样，肮脏必然是它撒落在地上的痕迹。全然保持干净是不可能的。完全忘记也同样困难。

或许，我不该再叙说过去。既然对这个世界而言那些不过是无关紧要的琐事。或许，子午记得此事。但是假若他把这些事都忘得一干二净，对我来说是否更好？或许子午像我一样耻于记得此事。或许他羞于此事与我有关。又或许事情并不如我所想的那么严重，因为如果我不去想太多，那过去就什么阴影也没有。是否因为这事本来就不打紧所以才可以不必在意？是否这是一种疾病，把那些小小污点看得更清晰？使它变得更加靠近，更加难以忍受？

我总是孤独的，和那些也是孤独的别人，彼此互不闻问一起生活，在这栋房子里。水泥墙壁与禁闭的窗户围起若一口井。没人能靠近这里。我的手工，我的布匹，我的线。人们见到我，有如见到我父亲。因为我一直活在父亲和母亲遗留的时间里。他们教导我那些别人喜欢的故事。那些与我无关的故事。那些祝福，那些耳熟能详的各种传说。比如一尾跳跃的鲤鱼，或者一个踩风火轮飞行的小孩。而我自己的故事，却不知始于何时。但织这张毯子时，我却常常觉得悸动。我有时喜欢触摸毯子背后打结的疙瘩，它凹凸不平但极柔软。背着光看，每一处隙缝都是一线眼睛。我喜欢触摸它们。它们像刚长的痂疤，在手指底下，稍微痕痒却舒服无比。

某年岁的过去被塞在一口窟窿里，汲取是危险的。窟窿像黑洞以其重力将一切事物吸入，包括时间。那段时间停留在那里了。在那里没完没了地流淌着，所以你知道那些看起来宛若已成过去的，其实并未真的过去，它们被保鲜在这口窟窿里，在这口深深深深的井底，仅像是伪装结束了的幻觉持续进行着。如果你想提汲它，你首先得允许自己坠落，坠入那柔软稠密的烂泥里，它使你深深陷入下沉几至窒息的地步。你若掉下去你就会再度被那场激动的感情紧紧裹住，仿佛你从来不曾离开过，像蜘蛛的猎物被吸附在那张看不清的网内。仿佛事情才刚发生于前一分钟，仿佛这段岁月只不过是这一分钟的幻觉，你醒来时每根蛛丝依然新鲜无比地刺激你。仿佛你只不过暂时把自己的身体借给了那一瞬间梦见的十数年，仅为了让你暂时逃避那羞耻难堪的瞬间。

远远地，踱步，远远地，徘徊在井边。不能靠近，不敢靠得更近。从高处，我的影子坠落映在里头。她像是另一个人。她是另一个人。她是一枚不完整的幻影，如果我掉下去她就会碎开。离得够远才看得见她，虽然也不全然看得完整。但既然无人能将整个世界尽收眼底，我只能看见部分。无论毯子多大，织入的也总是局部。她是另一个人从我里头被撕出来，拘留在这片黯淡的光里，这面泛黄斑点的镜子，看来像是把距离拉远的魔术。所见的全都不够真，因为太远，因为框架把倒影切掉了一部分，我只看见上半身，一半的自己。住在这座囚室里。没有墙壁也无门，没有进口亦无出口。没有一个地方立起"结束"或"到此为止"的标志，甚至没有一条线给你标明：这之外就是"自由"了。那个被撕出来的倒影沉浸在这口窟窿深处：从一开始就是回路封闭的迷宫。

搬家以后我仍随身携带这座迷宫，而当我开始编织这张毯子时，我就开始用线填满那里头数不清的分岔回廊。我将一路走一路撒下线丝。然而这条长长的丝线将不能带我走回来。如果我沿来路收回则这座迷宫将一并消失。你在它里头时看不到它。永远看不完整。在我睡着的床垫底下，隔着钢筋水泥是一个巨大的排烟管。睡着时我的脑袋搁在上头做梦。某些时候我仿佛睡在一个巨大的电话听筒上。还未天亮它就开始发出声音，电话那头的人光抽烟不说话，吐出一缕缕烟圈。我能听见排烟管里头颤巍巍的呼吸声，仿佛闯入了一条别人通话的电话线，在跟一个不认识的人说话，而对方却听不见。当我说话的时候，我却是对一个完全没觉察到我存在的人说话。我们可以同时间说话而却没有丝毫交集。你也许会说跳出来就可以了，只要跳离这里我就会看透这一切，看透这面网状的欲望。但是对我来说跳跃是这么困难，就像要青蛙跳出一口井那样不可思议。无论如何直到我完成这张毯子以前，我都会一直一直耽在里头。

首先，第一条线似乎是容易辨认的：一道沉沉的电缆线，从布匹的一端，在半空中越过第一扇窗（那是我的窗），在那里出现我的第一张脸。往外探看，看着外界，看被屋顶或树木锯割的天空。在第二扇窗（那是子午和他兄弟的房间）里是子午的脸。如果他也像我一样，从布匹里望出去，他也将看见那些黑色的飞鸟们，看见同一根电缆，看见厚厚云层覆盖的天空。一张诉说旧事的毯子，真像是把自己的脸端出来送人了。把自己的脸当结婚礼物行吗？死了的父亲会为我骄傲吗？母亲会丢脸吗？还是子午，当他看见我这张拆了又织织了又拆的脸，可会点头说：可不就是，我怎么忘了呢？

有时从我的卧室，我可以听见子午两兄弟的房里传来声响。哐啷哐啷，啪哒啪哒。有时整栋房子都会摇晃。每当一辆罗哩[1]驶过，或，一双笨重的脚攀上楼梯，我就感觉自己躺在晃动起伏的波浪上。要如何把摇晃也织进毛线里，是扩大的波纹吗？是波浪状的房子吗？

子午的躯体总是僵硬的。当他伏在我身上时，他像冻僵的人那般抓着我的双臂。那个雨季，河水暴涨，没有小孩可以靠近河边。人们常说，孩子们纯洁如石头。石头，到处都可见，那些在溪里被急流冲刷洗净的卵石。那些养在鱼缸里的，安置在盆栽泥土上的，包围着屋子周围的，包围着花木禁止野草逾越的，那些排成一线成为界线的石头。什么也不说的，石头。

子午请我吃他家的红豆冰棒。他也带我去仓库。子午的脚踏车搁在仓库里。我们绕过长长的路，他说，不要让人看见。你要很远很远地，跟我。

我允许你踩我的脚踏车，他说。

待在昏暗的结满尘网的仓库里。听着那一双轮子在铁链上流利地旋出嘶声。我倒是喜欢这个。我的脚不再需要承担我的体重。它变成风。虽然只能往后打转，但却出奇轻快，不必往前，因为不需要向前。哪里都别去，既然没有目的地，没有稳定的落点，这风就是哪里都去不了。

---

1 即载货卡车，为当地常见的中文词汇及方言用语，音译自英语 lorry，马来语亦有 lori 一词。

跟我上来吧。

不。我继续起劲地踩着，脚板在踏垫上往后踩，滴溜溜地在原地打转。

他说，快一点，他们再过一会儿就回来了。

不要，再等一下。

他生气起来。

我不喜欢你了。他说。

他走出去。走出门外，把门掩上。灯熄了，没有光。他的声音从门外传来，我、要、把、你、锁、住、啰。

如果我不再喜欢你，以后你就永远留在这里。

当他这么说时，他真是十分讨厌的。

我不想玩了。当我这么说时我觉得想哭。

那你要不要过来？

在黑暗中，在那些银丝般的蛛网中，有许多使皮肤痕痒的尘埃与跳蚤。许多根齐整的平行的黑色毛线，能钩织出那枚边缘发光的影子吗？拆掉，再来，换上艳红，这既愤怒又兴奋的颜色。一道红色的阶梯。一级级鲜红色的楼梯，一片暗灰色的影子。那是个快下雨的午后。在阶梯的高处，阶梯的尽头那里，子午在等我，他换了一件干净的衬衫。他身上有肥皂的香味。他的兄弟不在，只有他一个人。他把我带上楼。你过来，他说。到了房间，他让我躺在床上。

他说，你会喜欢的。

我可以看见他胸膛前的那一排肋骨，他底下穿着一条深蓝色的短操裤。他从我肩膀上把衣服拉下，一直拉到腰部以下，露出我平板的胸部。他静静地把脸贴上去，手掌仍然抓着我的手臂。稍微挣扎，他的手就会使劲扣紧。

不要动。

我非常难受，我想开口，然而喉头发不出一丝声音。

不可以哭。他说，是你自己跟我上来的。

我本来可以开口说话，我可以拒绝他，否则就建议他对待我好一点。

他又抓起我的手臂环绕着他的背部，他说，抱紧我。

我听从他。他似乎很满意。我们紧紧地贴着对方好一会儿。然后他就爬起来，又继续伸手抚摸我的脸、我的胸部和我细小微凸的乳头。他的手掌很热，他的胸部和腹部都是黏腻的汗水。我从来没有这么被人摩挲过。一种奇怪的感觉浮上来。

我看着他的身体，一边估量我们的差距。他的脸贴在我胸前，我的胸部似乎比他的脸还要小。我无法想象他有几岁。至少我当时是那么以为，像子午这样的人，等我长大以后，必然也会和别人一样，变得极度衰老。他的身体长长的，被太阳晒成棕色，我的身体似乎只及他的一半。我驯服地让他的身体伏在我上面。雨水哗啦哗啦地下在屋顶上。每次下雨，这个小镇，就变得很安静。

不要告诉别人，知道吗？不可以说出去。

我讨厌他的声音，他警告我的语气把那一丁点儿愉快的感觉都驱走了。

我坐起来。他帮我拉上拉链，又帮他自己套上衣服。他帮我拉上拉链的样子，就好像那件衣服是我的另一层皮。仿佛我转瞬间就变成另一生物，而他也立刻变成了另一个子午。他从楼梯口旁柜子上摆放的罐子里，抓了一把糖果给我，像个亲爱的哥哥那样帮我整了整领口上的蝴蝶。他对我小声地温柔地说话。

他说，下次我叫你时你再过来。

我把糖果全都收进口袋里。

我不过是一件衣服。每当我脱下衣服，这个我也像一层皮那样脱落了。每次到子午的房里去时，在他面前裸露上半身的我，就变成另一个我。我很羞耻，可是，这股羞耻感又使我莫名地愉快。每当他们问我，你去了哪里时，我就低头不语。当他们问我说，你的糖果从哪儿来的，我就伸出手指在地板上画圆圈，一直画到那些皱褶起来的布料上，那些皱褶都只是另一些皱褶，仿佛它们不再属于那一大块布料，它们吸引我的手指。我喜欢感受那种弄皱表面使事物不再平坦的褶痕。每次当布料皱起来时，它们就变老了一些。在皱纹底下总有一片不被手指触摸的地带。我喜欢看衣服成形。我喜欢柔软的事物多些。我觉得当一双手抓着粉笔和一把尺在摊平的布匹上画出裁剪的线条时,那双手就像在半空中跳舞。

我喜欢衣服的皱褶。

我喜欢各种平行的,或是扩展的,皱纹。我也喜欢子午眼皮底下短小的皱纹,它们像水,被阻隔在水缸的玻璃上。那里同时有浅浅的银光和阴影。每次光从床单上反射照亮他的眼睛时,我喜欢看到倒映在里头的一双自己。

子午喜欢我的皮肤,他喜欢把脸贴在上头。他喜欢用手一遍遍地抚摸它。有时我有一种奇怪的感觉,这层皮犹如给手掌细搓抚摸的布料。在这柔软的纤维底下还躲藏着另一个,经常隐约感到,里头还有个人,在皮肤下面鼓动、生长,子午几乎快要使她发胀、溢出。对子午暴露,竟是愉快的事。我甚至想,我也许确实喜欢对什么人暴露。就算只剥落过一次,我里头那个人存在的秘密就永远曝光了。有时我会想,我这个人偶是一具藏着无限多层空壳的空壳。子午把我外面那层皮给剥开了,以后,他会继续把里面的那些也掏出来。每当他把我的裙子拉下,我总在期待着什么。虽然分明羞耻,可心里又奇异地变得很热切,仿佛我就是在渴望这个,与此同时,我又羞惭得无法再想别的。只能看着子午,看他的身体。他也叫我抚摸他的,仿佛他也和我一样,也是被什么东西秘密钩织出来的。世界似乎也是如此，一层层地套着空壳子。每一层都藏着另一层，不过，那却不是每个人都可以看得见的。即使子午把我脱光，他也看不见在我的里头，所秘密隐藏的另一个。她之于子午是全然陌生的。每次当子午把脸贴着那个人偶小小的躯体时，她就在思索子午究竟想要做什么。子午变得像个更小的更恐惧更可怜的孩子，但她则从那时开始就变老了。

只是还不够老得足够原谅后来的事情。

此刻，他们再度亲密地躺在这张毯子里，躺在一片绽放鲜花与果子的锦缎上。当子午踏进新房时，他会以为，这是一双天真无邪始出娘胎的小孩吗？是祝福早生贵子如意吉祥的图案吗？

有一块布隐藏着孩子们的下腹。一块美丽的，绣着花卉图样的肚兜，在嬉闹中被扯下来，裸露着上半身。有好几次，家人在外头唤我们。我会说，我听见母亲在叫我吃饭了。或者，子午会说，他听见他兄弟在叫他出去了。又或者，他忽然在我耳旁嘘一声，说，不要出声，我兄弟要进来了，我听见他走上楼梯了。于是我们就手忙脚乱地穿上衣服，躲在门后屏息吸气，提心吊胆，等了一阵，确定外头无人，才打开门蹑手蹑脚离开。

我总是装着若无其事的样子从后门走回家。

针穿过布匹，拉得长长的，再绕回来，圈起，像句号，但又不是。这个圆圈越缩越小，缩得小小的。在平面上不断蔓延的旋涡打结成无数个疙瘩。

我觉得自己也变成了那线在旋涡里打转。当我感到晕眩时，就停下来。停下，再继续，再停下。编织这张毯子送给子午的新娘，我不是不安的。我感到难堪，但又充满期望。我寻思，子午，这些年来，也曾感觉到羞惭与难堪吗？他会想起这些过去吗？他会给自己编织一个理由吗？他将会有什么感觉？

关于我，我该出现得更鲜明一点吗？更大些？抑或缩得更小、再小？或许，我该让这个弓背弯腰畏缩不前的人隐藏。隐藏，毕竟是我最擅长的事。

子午两兄弟升上高中的制服，是我父亲做的。他给他们裁了两套尺寸完全相同的裤子。当他们来时，我躲进橱柜里。给客人试穿衣服，是在店铺里给裁缝柜台围起的一角，从门缝里，我看见那两兄弟在镜子前试穿裤子。他们脱下了那件初中生穿的短操裤，套上父亲缝好的新长裤。我看见半条腿，看见他们的屁股，看见他们吸气扣紧裤头的样子。从那片黑暗中拉开的那一道狭小的光里望出去，他们竟然长同一个模样。也许是因为那套制服，白色的上衣，藏青色的长裤。我从来没发现他们是那么相似。子午，和他的兄弟。把门掩上，我的身体在橱柜里快速地膨胀起来，坚硬的橱壁压迫我的颈项和手臂，一寸寸地陷入这正在长大的身体里头。父亲与他们交谈的声音从外头隐约传来，他问他们一些老问题，但这些问题其实都是不必要的，因为他裁缝的成果总是非常完美的。再把橱门打开一小缝，我看见那少年在镜前局促腼腆地端详自己，究竟是子午，抑或他的兄弟子夜？恍恍惚惚，竟自分不出。橱柜里堆满剪裁剩下的碎布，垂挂一件件等候顾客来取的衣服。布料的味道浓郁，几乎把我熏得晕过去。

持着这张毯子，我感到它越来越重了。那些层层叠叠的线，使我手臂酸痛。或许我是不该再去想那些已经过去的事。那对我有什么好处呢？只有遗忘才能使人愉快地生活。这些年来我像居住在安静的窝巢里，在棉丝的草原上飞，又轻快地活在裁尺与针线之间。一个裁缝师的手必须是灵活的，她的身体必须空无一物。可现在我的身体像是装满了沉沉的，石头。

两个月的时间，已经过去一大半了。再过数周子午就要结婚了。如果，这张毯子在他新房里摊开，他会想起过去吗？如果不在一瞬间想起，那他会在以后一点一滴想起吗？

当我再次上店铺去收款时，她们也问起了工作的进度。我坦白告诉她们，这次编得很慢很慢哩。

她们只是微笑。

她们似乎比我还有信心。这张毯子当然是会完成的，因为我过去从未让她们失望过。幸福婚纱公司当然可以承诺给顾客幸福的婚礼，并且可以使一切看起来都很美好。然而，如果可以坦承自己的不幸，我觉得这会更加圆满。如果，我没有办法让子午想起——又或者，他想起的与我记得的不尽相同，那么，那些过去，也就只能是一地碎布，或一地结满疙瘩的线罢了。

这些年来，我是带着我父亲留给我的时间独自地活着了。我几乎总是编织同一张脸。一张圆脸盘，弯弯的眼和弧形的嘴。用一张脸代表所有的小孩。用一张脸代表不同的许多人，那许多活得快乐，或不满意的人们。无论如何，对死人来说，一切都没有多大差别。我也知道，在那些活得极度幸福，或极度不幸的人的眼中，我和子午，其实也并没有太大区别。

父亲是在我们搬家以后才去世的。在他去世以前，他经常睡觉。他没有能力再缝制新的衣服。父亲总是在昏睡。做太多梦，使他睡得不好。在这么多个梦里，他只谈起一个。后来那个梦，我母亲就一直记住。

他的梦境渐渐变成他的回忆。

我们结婚时，就坐在小船上，有人在河边用绳子拉我们的船。那时候没有汽车，结婚娶新娘都用船。父亲说。

母亲遽然变老了。在她眉毛底下的影子越来越深，且那片影子逐年扩大。我把父亲谈过的梦境编织成一张毯子，那真是一张灿烂的图画。在那条河上没有桥。这是梦，既然在梦里没有其他人能靠近，没有其他人能越过那条河。它不必有桥。

我之所以不说破，也不是因为母亲脑袋蒙昧了。有许多事母亲真的不记得了。她把父亲的梦当成自己的记忆，同时又一转身就忘记那些分明存在她背后的事物。她甚至也经常忘记家里有些什么家具，来过什么人。当她找不着东西时，她也从未想过要去打开那个深色的橱柜来看，就像那只不过是一堵墙壁，无门可开。它是不能打开的话题。我把它缝在毯子上了，我记得它散发樟脑丸的气味，它深得可以藏一头鲸鱼。它是老久以前就被掏空的化石。这是个不让人找到的好地方。在这个柜子里头没有东西会被打破，那层厚厚的木头是打不破的。当我假装有人跟我玩捉迷藏的时候，我就躲在里头希望这里不会那么快被当鬼的人找到。弯身探入这口黑黝黝的空穴里，门是左右推开的两扇门，暗沉无光的木色。穿过这一层木，就是另一个世界了，在里面说话你不必打开门。你的语言都向黑暗吐露，它是墙里的密室，一个躲避敌人追击的暗格。在那里黑暗像坚硬的石头，但心跳声可以穿透它，我好像走进了自己的身体里，我可以听见大人们的絮语和穿梭来去的脚步声，那声音沿着一丛血管汩汩流涌，这洞穴温热得几乎使人窒息。那些外面的声音不可能攫获我，他们不能，因为他们不知道我躲进柜子的来路，我是沿着一条迂回曲折的道路进来的，如果别人径自打开橱门那他们看到的将不是我，顶多只是一张无趣的脸。除非你们也和我一样躲进那座，不，这座迷宫的核心，如果你沿着我的来路你才会看到真正的我——如果你看得见，我可以对你暴露，像脱掉衣服那样露出藏在这丛血管底下的那人——你若要看见她也必须看见我一路撒下的线。

用线缝缀它，这是困难的，因为线很软但它很硬。当我盯着它看时，我老觉得这柜子缝错了颜色，它应该被呈现成另一种形状和另一种密度。也许应该是一种更加倾斜的纹线。我想我应该做得更慢一些。织得太快会使我错失那些重要的路标与拐道，而且每个岔道路口都相似得难以分辨。

你做不完这东西。母亲说。你拆了又缝，缝了又拆。

她窝在沙发上。那本来是一张好沙发，从老家搬来的。它应该可以坐上三四个人，不过那上面堆满了零头碎布，它们被收入塑胶袋里，包扎得有若一颗颗皱兮兮的巨卵。它们堆满沙发，连沙发底下的空间也塞满了。她坐在它们之间活像要孵出什么东西来。然而在胚胎成形之前，它们的外壳却先行变皱变老了。

我正在赶着这工作。我说。我弄完了就会做点别的。

你没有学会教训。她说，你没有弄懂。你还没想透就开始动手。

我不出声地继续缝着。

你父亲是个温和的人,她又说,他从不犯错,从不浪费。没有人像他做得那么完美,连背面也织得和正面一样美——

妈妈,我说。然而我没能说什么话来制止她。

结婚时他让我坐在上面但我不坐,那么美的毯子一坐上去别人都看不见了,可是他说——

那上面缝了什么呀?我问她。

他说毯子就是要给人看的,可也是得让人坐的,不是给屁股坐就是让脚踩在上面。你说踩它哪里舍得?这样不就贱了?可是它本来就是这么用的。你爸说有很多美的东西也都是贱的,像尿壶,像鞋子——

她说着又咳嗽了起来。我硬下心肠不去理她。她兀自坐在那里给灰尘、给充满烟屑的空气折腾她那脆弱的肺。别把屋子弄得乱七八糟,她说,看我们的家乱得像狗窝——

等我缝完这个我就来收拾。

找给你看那张毯子。她站起来东摸西找。她压抑着不让自己咳嗽,胸膛却呼嘎呼嘎起伏,仿佛她在身体里头翻一本沉重的书,每一页都刮伤了她的肺。我那些东西都到哪里去了?

够了,妈——没有毯子的,妈,不要找了。我不要看。

有在的,她说着又咳了一大串。

就算有也不在了。妈妈——

你以前生气时把橱里面的衣服都剪碎了。后来我终于这么告诉她：你也把顾客们的衣服全都剪烂了。

她并没有回答我。她的确不记得这些事情了。她也不相信我说的。她似乎想跟我分辩但没有力气再说下去。

我早该知道母亲撑到极限了，她尖尖瘦瘦的样子像个幼小的孩子，在她明白一切怎么发生之前她的皮肤就已经起皱了。她的身躯伛偻，整个胸部塌下去，她的身体像一件折叠起来的行李，薄薄地躺在被单下只稍微浮起一点儿。病人们的身体都像是用最细最薄的游丝织成的。他们在被单下咳嗽，非常轻且无力。在我母亲的床位旁，窗外的大树开满紫花。六月的风轻触这棵树，它们也许在她梦中继续不出声地摇晃着庆祝这场璀璨的婚礼。在她头颅沉下的地方枕头像花瓣轻轻皱起，她痛苦地皱眉。她睁开眼看见我时，眉眼都皱起如花心中央的图案。

当她醒来时，她仍然会是我的母亲。当然她一直是我的母亲。在她明白一切是怎么发生之前她就已经当上我的母亲。

她不记得我了。我也不能在她面前缝织任何物品。这会使她想起别的事，起初你以为她只是发愣，直到看见她的脸痛得痉挛起来才觉得不妙。

妈妈，我说，哪里痛？是肚子痛吗？

不是，是我那边，护士缝针的那里，很痛，很痛。你快叫她们给我打止痛针。

但其实并无人给她开刀。她只是想起自己曾经有过那种痛。那种短暂的，似有似无的痛。她想起来有一种痛把分娩的伤口给强硬地缝合起来了。或许那是她一直害怕的：针穿过去以后还有线，慢慢拉，慢慢穿过裂开的皮肉。她回到以前分娩的痛楚里去了。她生下我时护士给她缝了针。她不愿喝水，她说水喝多了会使她想小便，使伤口更痛。

我一直以为母亲只是观众，她一向只是看着，看着我的针线反射锐利的光。但打从一开始，她就已经被缝进故事里。她的渴望总是来得太迟。每当她开始想要些什么东西的时候，那欲望老早就已经结束；渴求，寻觅，期盼已久，但从未获得启示。你永远不可能认识这声音。你想象那声音来自某个中心是空的形状，也可能源于风，风吹拂过屋顶并钻过隐秘的孔窍。你从来不认识那些孔窍，那些纤维撕裂后的裂痕，以及腐朽剥落的，碎布毛线和各种碎屑。那疤痕虽隐没不见，但这伤口仍然盘存体内像一间屋里必不可少的，各种自然发生的破损。于是在这张毯子上寻找，用丝线填满，那永远已不可能再认识的，缺乏。你等待那空白填补后自然显现的图案，像母亲等待这团凌乱的碎片会自行恢复完整。但你会假装不去注意这点，并以为她只不过是不想浪费，那些因为各种原因裁剪下来的零头碎料，被捆起来，一包包地堆积在屋里往返走动之处。就在这一个月之内她活动的范围忽然缩小了，仿佛缚在她脚上的丝绳缩短了，她移动的范围从门槛缩至餐桌，从餐桌缩至沙发。她没力气了。你想她或许暗地里以退出的方式持续占据你。她巨大的伤口似乎还在继续分娩你。唯一逃离的办法，你想，除了生自己的孩子就没有别的。此刻这堆东西原封不动，仍然给她留下空位。以后她将永远像这栋房子。她最后瘫倒的影子将像无法松开的绳结盘踞你记忆中。

母亲的咳嗽声常在屋里持续响上许久，仿佛这并非发自她身体而是源于房子的。仿佛这房子也是她的一部分，那破了的水管，那从浴盆流下的潺潺滴漏，那些粘满蛛丝的防蚊网，因潮湿而腐蚀的门柱，全都像是她肺里硬化的蛛巢与浓痰。我甚至不禁开始这么想，当我织这张毯，以及之前的那许多张毯子时，每一口针都穿过这房子里潮湿的空气，同时每一口针也都穿过她的身体。

我原以为这屋子是父亲的梦，不太愉快的，失望的梦。长时间地日睡夜睡，仿佛一个潜水的人拒绝回到陆地，或许他甚至不愿梦见这个，他最后一次居住的房子。他甚至不能说，从此再也不做梦了。他的梦继续绵延他方，我不想跟随涉入。他是否一直拒绝这栋房子？

躲进孤独但自由的梦境，只为了逃避我们？我不清楚，因为他拒绝解释他自己。但如果你想说他有什么遗漏了或做错了，他就会愤怒地说话，这以后就把眼睛投向他处，不再看你，仿佛你侵害了他，仿佛你的语言像凿子捅破了他的墙壁。激动过后，他以沉默来抵抗那口破洞，没有流露任何一丝对话的意愿。

我坐在她最后一次占据的位置里。身边是那些捆扎得像枯死巨蛋般的包袱，坐在她以前坐过形成的空位上。她非常瘦小，我知道自己一坐下去，就会改变她所留下的形状，那留在软垫上的凹陷，我并非是想填补那空位，何况我又能以什么来填补呢？罪恶感或歉疚感？那该是什么形状呢？我没有什么可以给予的，除了我自己的身体的重量。

到底有什么东西收在这里头呢？这个柜子。她究竟收了什么呢？什么都没有。到底最后谁也没用它。那木板烂了，上头堆满蟑螂或壁虎的粪便。橱柜内的空间被分隔成许多小格子，最高的格子也仅有两个手掌张开那么宽。这橱柜里头根本不能藏人。每一层隔板都拒绝我进入它里头。它们如此肮脏以至于我根本不愿伸手去触摸它们。

它不是我所以为的那样。它藏不了一头鲸鱼。它不是我藏匿自己的橱柜。它是引爆母亲怒火的炉灶。

很久以前某个早晨，她愤怒地把衣服从这柜子扯出来。那些已经缝好的、没做好的。袖子，衣领，口袋，只差一道缝线便可各就各位凑成一件衣服。她把它们全都剪成一条一条的破布，使它们变得像绷带，带着不规则的锯齿边缘，散落开来，彼此交叠，柔软的，厚度不均的，支离破碎的。划破布料的剪刀也狠狠敲向橱柜夹层，其边缘尚可见敲击留下的缺口与褪色斑斑的痕迹。这些格子都曾经用来储存顾客的衣服。裤子的、衬衫的、校服的、纱笼布的、修改用的，等等。分门别类。我不该告诉她我看到的情景。不过我记不起自己何时说出口，她是自个儿知道的。她也许看见了，也许别人对她说了。

距离子午的婚礼已经很近了。但这张毯子仍然没完没了。亲爱的母亲，我本来以为自己知道想干些什么但如今却不再确定了。我的针线此刻搁浅在这口柜子上了。或许我所记得的那口柜子，原来是在子午的房内而非父亲的铺子里。或许那次我并非晕倒在父亲的柜子里而是在子午的房里。

子午说，子夜来了。他拉开橱门，惊慌地，对我说，快躲进去。快。

我来不及穿好衣服，就被推进柜子里去了。抱着一团皱兮兮的衣服，门拉紧了。我不敢动一根手指，不敢在里头摸索穿上衣服。在密闭的柜子里，每一丝轻微的窸窣听起来都像是轰耳巨响。有人进来了，子午开门。低低的絮语穿过窒闷温热的黑暗，勒紧我每根神经。我挤在那里浑身冒汗，全身好像沾满黑答答的泥浆。我可以看见并拢的膝盖和两只瑟缩着的手臂。我的身体却越来越僵硬，我看见自己光溜溜的身体，一动不动的，并开始麻痹。麻痹感就像蚂蚁那样疯狂在皮肤下乱窜。我很恐惧，忽然有了尿意。某种恶心的、兴奋的感觉，使我很想小便。或许是因为我不能哭，我胆怯，并且害怕，若别人发现我在这里，我便无从解释，我可能是个下流的人，他们如果发现我在此就会鄙视我，一个下贱的坏种。他们可能会这么说。我想逃跑，但无处可逃。柜子外时而清晰时而模糊的说话声，时远时近的脚步声使我害怕，我无法动弹。这橱柜是个护罩同时也是陷阱。橱柜之外就是一大盆滑腻腻蠕动的目光。那些目光随时会探入柜子攫住我。只要门一打开，我就失去防御。我幻想这个橱柜可以通向另一世界，有个秘密通道让我逃跑。同时又竭力平静，若门被打开我就会平静地让一切结束，反正我是小孩。我感到这一切非常讨厌但不知该讨厌谁，我感到羞耻但不知道是谁使我羞耻。

到底有几个人走进房间里来呢？到底有谁在呢？我不记得。我不知道。如果，如果不是因为——子午或子夜——编了故事。如果，不是因为当他们问起子午时，子午说了别的，那么，这张毯子捧起来便会轻松得多。

她怎么会进来的？

我怎么知道,也许进来偷东西。子午或是子夜这么说。

偷了什么?哪个给她进来?

子午或是子夜的其中一个没有给答案。

年纪小小就会做贼。疯婆子的孩子就是疯婆子的孩子。

屋里总是有什么东西不见。有些事情没人看见,他们不需要看见。那些没人看见的东西比较容易解释,而看得见的东西是比较难说的。不过是个没规矩的小孩。连衣服都穿不好,还整天流鼻涕。

这样子真难看。他们说。回家去。

脏死了。他们说。

但是我看见了父亲。是的,父亲来了,父亲来到子午的家。我看不清他脸上是什么表情。他站得远远的,在那扇房间的门边。父亲走起路来像是走在倾斜的坡上,那男人随时要跌倒。在我印象里,在那瞬间曾经睁开一缝的视线里,我记得他是快步急促地走过来的。当柜子的门打开时光透进来。空气涌进来。我不十分清醒,但终究还是必须对这个世界暴露自己。在我里面,我的孪生姊妹悄悄骚动。母亲没有把她分娩出来。母亲不晓得她的存在。我把她藏在体内。毯子背后有许多疙瘩,不掀过来就不会发现。

她说:不是子午,是子夜。那个把我们推进橱柜的是子夜。陪你玩迷藏的是子午，想把你锁着的是子夜。他们是两人，如同我们，也是一双，形影不离。

或许我应该拆掉这个柜子。我抹黑了父亲的脸。为了保持干净必须接受另一个谎言。偷窃比拥抱更好吗？当橱柜的门打开时，新鲜的空气和明亮的光涌入，使我醒来，使我光溜溜的，像刚出世的婴儿那般滚落。大人们经常说我愚蠢，终究我是愚蠢的。

我希望他记得。我希望找到子午，希望他翻到毯子的背面，看见那里的疙瘩。那就是我孪生姊妹的脸。当他结婚时，我希望他可以想起这件事；当你开始新生时，你总得面对过去。

我原本是这么想的，这是我给你的祝福，故此才编织这张毯子给你。这以后我就将彻底从迷宫中走出来。我必须把孪生姊妹从体内推出去。像母亲分娩一个小孩。她是我体内一座复杂的时钟，滴答滴答，反复不断，从深处传来，磕磕绊绊，偏执地，发问，宣判，再发问，再宣判。

她将是这样的一团丝线，带我走进并走出迷宫。经过往昔的拐角，晾晒衣物的后院。像藤上的卷丝，沿着篱笆攀爬伸展。在这片纤维上下两面往返来回绕上许多圈。我也希望她是这样的一张毯子，充满空气，每口针线之间的孔穴都像透光的碎星，给风灌过，给气息出入穿梭，等待消散。但她也是这样的一团绳索，渴求爱,也渴求公平。

此刻,我的针像遭到阻力。仿佛它将要穿越水泥墙而非柔软的纤维。我亲爱的柜子,它原本应该宽大,黑暗,深邃。我的藏身之所,予我平静的洞穴。秘密的巢穴。但此刻这个柜子露出其内在切割出众多狭小的格子,根本不能容许一具身体藏在里头。仿佛我记得的只是坏梦。它从未存在过,存在的只是子午房间里的柜子。尽管它们具有同样的色泽与形状。这是荒唐的。是否应该把毯子上的柜子拆掉?我不知道。不能确定。是谁的声音从那空荡荡的位置朝我呼唤。不容逃避。——父亲为什么会来?他不应该出现在那里。他不应该出现在子午的房间里。

或许父亲没有过来。是子午和子夜他们过去了。他们来到父亲的铺子里。当我窥探他们时我总是躲着的。我躲在我父亲的柜子里。我躲在门后。我有时躲在各种杂物的隙缝间。无人跟你捉迷藏,没有鬼来找你。

我看见了许多次,当他们来我家的时候。父亲的手掌握着布尺的一端,量了肩膀宽度,沿着他们的手臂,直落到臀部。我看惯了这手势,像一只鸟从肩膀末端徒然下降。他的手掌如鸟翼滑入山谷般低低张开。我分不清他究竟是否只为了抚摸一具完美的模型,是否他只是让双手记下他们身体的感觉,就像他总是需要搓弄布料来聆听,裁缝的成果毕竟总不能只靠一把尺衡量。

他的手，我记得他的手掌握着布尺，在他们身上轻轻游走。他的手腕停顿在他们背后，总是轻轻一转，习惯画了弧形再折回。当他们来试新裤子时，他偶尔会帮他们把裤子拉上，扣紧裤头。这一切是如此平常。我记得父亲的手势。他的手掌沿着他们的大腿把裤子往上拉，就像替自己的儿子穿上裤子。但我不晓得为什么每次目睹他的手绕过他们的腰间，我就忍不住屏息。

我记得子午光裸的腿和半个屁股。我记得他看着自己穿上新制服的模样。我以前曾经期待他过来。曾经期待过子午而不是子夜，但是现在无论是任何一个，都令我觉得失败。

万一他们两个都已经死去。万一他们都变成截然不同的人，身上的每颗细胞都不同，甚至也不再拥有那个柜子——那么我该找谁来收下这张毯子呢？他们是否将会对我抱歉？为了不再是同一个人而稍微感到有点抱歉？

那些被家人推到这镜子前面试穿礼服的，那些被化妆师扑上粉，又被摄影师指挥摆布的，众多的他们。他们全都像多年前的子午。从镜里看，他们的影子全都像玻璃碎片那么晶亮，又都带着锐利的边缘。

他们每个都是遗忘过去的子午。

或许这么多人当中，有一个人会记得。如果他们全部都很茫然，没有一个记得，没有任何人对我说，抱歉。那么我将知道自己不再需要任何抱歉。但我将继续编织这张毯子，既然这里并无真正的结束。

这座跋涉不完的岛屿，或陆地。

我打开母亲收藏的那些塑胶袋子。那些起了毛边的碎布，有些被压得起皱，有些则不。我打开它们，渴望知道，母亲整理它们时是否愉快，我希望她至少平静过。来回翻动，想揭开那层使我和她变得孤独的秘密。每个袋子都沾满灰尘，它们像从母亲身上剥下来的，类似皮肤。她终日收拾这些零头碎布，每天解开一个结，然后再打上另一个结。昨天打结是为了今天有结可解。做这事时她可以完全不看自己。这些剪断的碎片不能再包裹或装饰任何人，不能再给别人穿在身上。除非是用来补丁，填补那些已经磨损的破洞。它们全都是剥落的碎片。可以再缝制，变成另一物。

但是既然没有主人再主宰它们，它们的未来将流放给时间。它们将待在这屋子里，藏在塑胶袋子里，隔离灰尘、蜘蛛和蟑螂的粪便，直至被水分渗透，遭到冷或热或其他变化，使纤维失去弹性，从前的汗水与清洁剂的残余将持续缓慢地腐蚀它。

那些被剪破的口袋，唯一的作用就是泄漏，允许通过。那些失去纽扣的那一排洞口，都是不再观看的眼睛。还有那许许多多的衬衫布料，缀上蕾丝的裙摆，缀上蝴蝶结的衣襟。有一些光滑得不可能留下痕迹，它们在手指间溜过，然后松弛，摊平。混在一堆松蓬的纤维与毛屑之中。她也不打算再说，既然根本没有听众。它们将继续以这样的形式存在，废弃，无用，无所谓自由或不自由，既无羞耻亦不欢乐，一丛密密交织的丝线，和其他同类被困在皱巴巴的塑胶袋里，不闻不问，彼此叠压，相互混合，或许经过千百年以后才会腐化，给霉菌孢子滋长，渗透，碎裂，散开，化为粉屑，我想母亲根本无意再把它们缝缀成别的东西。它们都是剩余的，无人需要，早已被剪除，割下，不再期待联系。

重读，后序

一

这里收录的十一则短篇小说，除了《黑豹》，都是在赴中国台湾至返回马来西亚后的六年内完成的。在越界移动过程中，我曾体验到一种自我边界冲击而不复稳固的感觉。我回到家乡，成为中文系教师，谨慎收敛，即使如此，未来路向依旧感觉晃动，无法确定。但幸好，我还有小说。

这本书开始的第一篇，任何人读来都会觉得可怕的极短篇，是我身在台北的某个冬日午后写完的。我一边想念着家乡，一边写那仿佛将永劫回归的暴力，到第二篇借唐传奇提出疑问：这一切究竟是真实或幻觉。我编排的方式，似乎是在不知不觉间以《消失的陆线》为分界。在此篇之前的前半本，极尽虚构与幻想空间，写旅途驿站，后半本，小说渐近真实，有更多仿佛在家的描叙，但也总会在某处折弧进入虚构。

小说总得容许虚构，为了表达一些本来就在那里却无法明说的东西。借用维特根斯坦之语，"对于无法说出来的东西，我们只能保持沉默"，然而不能说出来的，并非就不存在。有些感受，总是不容否定。

这是我的第一本书，相比起参照客观现实的书写，我觉得虚构能写到更彻底。虚构有点像面具，微妙地让人接受那混沌游离的自我，也可以不用解释它。我已经在写作里实践了轮回，小说像死后的另一个世界。我得把不同时间的问与答，带到书里。创伤与结痂会给身心打开多重的时间之门，身体会记得这些时间，甚至比脑和心记得更深刻。现在重读，我觉得小说可能是让那最初在暴力中死去的幽灵，在烟霾中回返，起初她甚至认不清自己是男是女。从开首几篇还是中性的语调，逐篇写下来，愈到后面才愈能自然地接近女人的声音。

纵然如此，中性般的意识与声音，也是充满变化与尚未定形的声音，而且它一直都在。也许对很多人来说，无论男女，中性都是他或她的一大部分，我们在这样的声音里思考、写作、追想，表述，到某个时候，又不无挫折地体察到，这身体经验有其与生俱来的限制，不过，就算如此，活在这副身体里，我们却还是能够拥有无限复杂的独特感觉。我不想依照传统的情节铺陈方式来老老实实讲故事，免得受情节设计、角色个性等纲要所束缚。我想更自由地写，放大感官。让叙述从他或她自己的声音诞生出来。

二

《消失的陆线》通篇根本没什么奇幻或虚构的，说是散文亦可。里头有梦，但梦很真实，有些压抑的情感在白昼醒着时，被意识所防堵，只在我们睡着后，它才从栅栏逃离出来，编着密码，释放出一些我们对自己隐藏起来的秘密。

我在硕士毕业后回到家乡，和母亲同住了半年，那是我第一次在成长后再度和她一起生活。那时我听到母亲如此讲述外公说过的话，即世界是四方的，航海若走得太远，一不小心就会掉到边缘，只有少数的幸存者才能成功抵达他方。

世界如此危险，但我们终归还是得出走，无论是以言说，或者起身行动。

离开小心翼翼的安全坐标，否则什么也不会发生。但即使往外走，并不意味把自己关在心门外面，逃避过去。我们的记忆与内在的精神体验，难道不是写作的库藏？

我以前很少想及，所谓归宿，原来是总有摇摆的渡越过程，以为终结了旅程，保不定什么时候又会开始。到底我们以何为家？问题不在于什么地方，答案应该是在心里。如果想要实验、探索自我的界限，我得放弃以外界事物来定义自己，得放弃外边为家才能得以内心为家：所谓的安住，其实就是"没有"。我们可能逃离一个地方，因为想追寻一个新的自我。但这可能是个永不终止的过程，一直摇晃不停。我们因为什么东西而安适，经常跟身体、声音、语言、习性有关。不太能像海洋里的蓝鲸，随着游入抵达的不同区域、不同伙伴的加入，就自然而然地改变歌声和声音频率。

我不可能拒绝或摘掉马华作家的身份，我又凭什么来超越它？只要我一说话，我是谁就无所遁形。但除了可以显明、辨识的口音与身份，更多无法明说的感受才是驱动写作的原因。我们好像变成这样的生物：我们是这么强迫性地让自己处于必须表现得快乐、自信自在与无缺憾的话语中，最终强迫隐藏自己的个性。我们被教导去厌恶这些情绪，乃至于最后我们无法完整。由于嫌弃这些压抑的部分，我们因此就不能拥有这些部分。

本来应该亲密的人彼此厌恶。

孤独，孤独由此而来，总是女性的经验，但也是不限于女性的。

我并不希望小说只能在南洋马来华文文学的特殊

镜框下观看。我以为跨越不同区域，身而为人总有共通的感觉。我一直以为，如果无法懂得一部现代小说，其实无关乎于懂不懂马来西亚，而是读者愿意与否去感受这些被理性秩序归类为无用的、剩余的，虽然负面但更接近个性本真的声音。

相较于提供整体的面貌，我更投入于写部分。是的，写这本书时，我更多是为我切身体验到的"内在"与"外界"互不和谐的感觉而写的。简明而言，我为自己的意图而写。

最近读到法国新文学的女作家娜塔丽·萨洛特（Nathalie Sarraute）说：写作时我们应该雌雄同体。我觉得她说得真好。

为了在书写里自由，写作时不能不雌雄同体，为了不被这个世界对男性作家或女性作家的预期，说什么你应该做什么跟应该怎样。为了调动所拥有的全部来写作，让心与脑都投入，充沛而完整地存在。

倘不说谎，我们理应本能地就能感觉到存在于男性心里与女性心里的阴郁事物。它当然黑暗，因为很难大声表达。我们能感觉，不外是因为我们内在也有一部分是阴郁的。然而没有可能世上竟然有人无有阴郁之心，也就是说每个人都理应能够写作：除非执意把自己锁在门内，拒绝心魔或"负面感觉"来叩门。没有比阴郁之心更可能去接近那"无法说出的事物",以及我们为何总是要沉默,以及因为何故而被迫沉默。因为"我们"并不总站在平等的线上。

《消失的陆线》之后的短篇小说,较有我住过的城镇、地方或家的轮廓。《重写笔记》起于我经历过的抢劫事件,当时去吉隆坡的一家网吧查电邮信箱。《创世纪》起初来自于我偶然读到的一则法庭审判新闻,一家疯人院职员偷偷收钱让外人进来嫖奸院内的病人。《像男孩一样黑》背景里也有提到一宗真实的案件,从停车场遭掳走后奸杀的女性,被烧尸复弃于沟渠内,这事刚好发生在我赴台的前一年。《迷宫毯子》里的幼年孩子是我,但其后的叙事都属虚构。

最后一篇《黑豹》,在第一次交稿收到黄锦树序文后,我曾修增了内容,主要是第三节开头的餐厅聚会,以及第五节开头有关报业收购的细节。确实,这篇小说与马华史上的"马共视域"很远。因为若非如此,我的小说就会变得跟我所看过的历史材料的视角一模一样。如果要给现实注入另外一把不同的声音,写作的人必须与周围回响的呼召话语,撕开距离。[1] 我不想重复。我想写出那些难以大声说出的,像被放逐到荒野去的隐

---

[1] 以上这段谈《黑豹》的观点,部分来自我接受黄晴恬的采访内容。参见黄晴恬硕士论文,《贺淑芳短篇小说研究》,台湾清华大学华文文学研究所,2024.01,页146。

晦动物：那些被归类为异我、怪物的他者，其实并不在我们之外；"他者"其实是我们自己创造的，如同性别。记忆本身充满了虚构，小说以虚构来穿越虚构，让这些向来在"历史知识"里不被看见的，可以有一条岔路进入故事里。对人的生存来说，难道不正是那最难以直说的暗哑隐晦，才至为关键吗？它主宰我们的意识，建立敌我的防御与恐惧。否则那非能由理性定义的混沌意象，何以一再降临梦中对我们说话？写《黑豹》的时候，我已经在媒体报馆上班，报业收购已经发生，想想看，马共还能怎么叙述呢？小说的男女主角都是虚构的，他们重逢，相互破坏，她对过去提出诘问，扰乱遗忘带来的麻痹平静。他们是幽灵、活人血肉之躯与动物分界模糊的存在。小说要容许梦与想象。因为没有别的语言可以真正跨越族群，让人卸下防御来感触彼此创伤了，除了梦的语言。

　　写作就是出走。如果不是破坏边界，文学还能改变什么？甚至不是为了保存那必将坏毁的，而是在质询一切时，获得更新与感受的赎还。

二〇二三岁末，槟城

二〇二四年三月中，金宝

附 录

黄锦树的提问与作者的回应[1]

黄：二〇〇二年你获时报文学奖之前，还写了哪些作品？有没有得到大马本地的文学奖？

贺：中学时期以然然为笔名，写得极少，怕影响学业。有两篇稿刊在《马来亚通报》的"文风版"，那时还是钟可斯在当编辑。其中一篇题目似乎是《存在》，另一篇题目《手术台一边》。上大学后，心情放松了，便开始投稿。又写了好些短小的稿件投给《椰子屋》（当时《椰子屋》有两个"然然"，另一人我一直不知是谁）。有个朋友马盛辉替《光华日报》编文艺版，他一直鼓励我创作，有一次帮我刊了整版稿件，这些稿件写得很年轻，都是一些心情与生活感受。后来又有两篇稿件在《星洲日报》刊登。写得不勤，因为大学生活太快乐了，经常去看电影和参加读书会。当时有几个学长学

---

[1] 本书 2012 年宝瓶文化事业股份有限公司初版时所收附录内容。

姊搞了读书会[1]，读的是萨特的存在主义与尼采，偶尔也读读像米兰·昆德拉那样的文学作品，那活动占据了我大部分的时间，虽然全国没有任何一间大学开办哲学系，理科大学连一门哲学课都没有，我还是渴望学习这样陌生的东西。直到现在我还是非常感激并想念这群朋友。

我所获得的大马本地的文学奖，都在一九九五年大学毕业以前，包括两次大专文学奖（散文佳作奖、小说佳作奖），以及理大华文学会举办的第一届征文赛的小说首奖。

毕业后在工厂工作期间，就不写稿。等到待了快四年了，一九九九至二〇〇〇年间全球经济风暴，工厂生产大部分停顿，一星期经常只工作四天，可以准时下班，我忽然多出大量时间，适逢"花踪文学奖"征稿，便写了一篇小说，那也是我唯一一次参加"花踪"的经验，题目叫《流年》，有入围总决赛但没获奖。我没有存底，那篇稿件是跟朋友借电脑打字写成的。

---

1 此读书会为当时理大华文学会的其中一个小组，简称"思探组"，学会里其实还有文学组（有不少六字辈与七字辈写作者），我偶尔也会去参加他们的活动，不过当时更热心地胡乱读一些哲学。理大华文学会鼓励会员关注社会与建立批判能力，近二三十年来可说是培养了不少人文工作者的摇篮。

黄：你怎么走上文学之路的？你并不是文学本科生，而且是学工的，还是国民中学系统毕业的，你如何自修你的中文？哪来的文学激情？

贺：我很喜欢文学。最初那对于我既是一种出口，同时又赋予自我的想象，当然还有想象的乐趣。小时候我就经常问别人眼中的我是怎样的。如果长辈直截了当地告诉我，你样子最丑，无论搽什么都没用，那就会使我很难过。但我在很小的时候，就开始看言情小说，最早看到的一篇小说是叙述一个样子长得很丑的女孩，长大了奇迹般地变成美女，我就开始模仿所看到的小说文体来写作，连小学作文也写得像小说，我第一次被老师称赞，小学毕业时，她还送我跟其他同学完全不同的礼物，一本稿纸。

小学二年级时，大姑妈来我家住，她是唯一称赞我美丽的长辈。她的小女儿去世了，非常伤心。我们两姑侄经常坐在新盖好的厕所旁边看报纸（因为抽水马桶的厕所很新，为了维护它，所以有好几年的时间，整家人都舍不得使用）。那是家里唯一没堆积杂物的地方，厕所旁边还铺上了干净的水泥地。她摆了一张折叠椅，每天都坐在那里乘凉，看报纸和听电台广播。唯一美中不足的是隔壁的磨谷场经常吹来使人皮肤痕痒的谷埃。虽然才二年级，她就教会我看报章上的连载小说。她说，只要一字一字读下去就会读完。她也带来了一个小柜子，里面有很多小说。她也打开家里另一个较大的、总是锁着的很旧的柜子，里面有更多书本（我不晓得是哪位长辈收的），包括鲁迅、巴金、《水浒传》、武侠与言情小说，以及一九四〇年代到一九六〇年代期间各种各样香港出版的家庭妇女杂志、电影画报等等，甚至还有一叠叠文学杂志《蕉风》（那种很旧很旧、小开本的）等等，都是已经过时的东西，我却看得津津有味。还有从前我父亲那一辈人上学用的学校课本，包括国文课本（也就是中文课本）以及历史课本（都是中国历史），我当成故事书来看。大姑妈搬走以后，我还经常窝在厕所旁边看书、编织、做手工如刺绣等等，直到它正式被启用为止。我比较喜欢言情小说和武侠小说。没有书看时就读报纸。小学时，我妈常说我沉迷小说不会读书。所以上中学以后，我就努力控制自己。但只要学期末考完试，我就小小放松一下自己。

我中学时，全校华文课由两三个华文教师包办，其辛苦可想而知。虽然如此，他们还是十分热忱，甚至在年底时掏腰包买书本赠送给表现好的同学，我们收到书本就互相交换，这些书本包括茅盾和梁实秋等人的作品。此外由于国中图书馆的中文书很少，不管好不好看，都还是看了，记得看过郁达夫与徐志摩。同学也借我看张爱玲。然而，自中二要应付会考开始，一直到预备班结束为止，都不敢投入写作，除了投了那两篇稿件给《通报》，还写给学校华文学会编的刊物（那种用手抄写了，用学校的油印机一张张手动印出来后，再一页页人手操作装订成的刊物）。我和同学们搞过两次学会刊物。其余时间，几乎一天八个小时都在为了应付考试而做准备，就连假期也不敢松懈。大学时之所以选择理工，是因为大人告诉我，只有理工才有前途。拜马哈迪首相当时的政策所致，我几乎是全盘贯注学数理，我怕如果没考上大学，就会像其他女人一样永远住在小镇上的屋子里，操劳过一辈子。那时本来想读电机工程系或医科之类的科系。幸亏没读成，不然早就压抑到死了。

虽然如此，报章上的文艺版却还是每周都看的。中学时期也接触到《蕉风》和《椰子屋》创刊号。尤其是《椰子屋》对我后来影响很大，它使我知道外国文学如马尔克斯与卡尔维诺，以及西西和夏宇。中学时期为了搞好马来文，也读了沙农·阿末（Shahnon Ahmad）的小说《满路荆棘》（Ranjau Sepanjang Jalan）。

我几乎每读一本小说就会更喜欢文学一次。天呀。我虽然没有信心，因为写得很少，但心里又朦胧地有这样的愿望，觉得这或许是世界上最有趣的事情。起初我想如果几年都不写也没关系，只要还活着的话，总是有一天会写点东西出来的。

黄：你谈到你在工厂工作多年，那是怎样的环境？

贺：那是一家美资电子工厂，待了四年。工程师大部分都是华人，少数马来人和印度人，有两三个美国人在厂内坐镇。我觉得那个领域的原则就是要去除人性，不是说一般意义上的刻薄对待员工（在工厂里大多数人都是很有礼貌的），而是因为那种支配是隐性的、更深入的、不显露的，每个步骤的设计都在于减低人为错误的可能性，我们这些工程师的任务就是想方设法赢过人的特性，务必使生产额达到最高，把人的痕迹减到最低。我们每个人都必须按照规定把全身包裹起来才能到生产线去。工厂里有大量印尼女工，她们的视力会因为长期使用显微镜视察晶片而损坏。她们性格温顺，虽然我们彼此只看到对方的眼睛，但她们却对我很亲密，使我感到内疚，总是得硬着心肠。我经常和同事一起吃午饭，对人们聊天的话题，竟然可以完全被晶体的生产表现所占据，感到非常纳闷，人们可以把各种数据储存在脑袋，就像家乡的人谈论蔬菜一斤多少钱一样，不过久了之后我也可以办到。起初由于经济很好，我很忙，有时候一星期七天都来上班，生产线有麻烦时，还试过超过三十六个小时不回家，直到问题解决为止。这种麻木的生活过了两年多之久。那时候我经常幻想，死如何能够自然地降临。我跟自己说，这里没有我。我把自己收在别的地方了。

黄：印象中曾看你谈到拉美文学对你的影响，你如何看待中国和大马的华文文学？

贺：最初我把每篇文章都当成是寻找或启发写作技巧的示范。我对别人怎样找到说故事的腔调感到好奇。多年来我一直在学习如何在日常生活的语言与书写之间找到协调。比如说，如何创造出有别于日常生活烦闷烦琐的语言，与此同时，它又必须使我可以继续写下去。我不知道别人会怎么看待这个问题。我的书写语言里，除了一些地方用语之外，还有各种黏附语的使用，我无法想象如何将之清除干净，它变成我的音调，字词使它显形。当然还有更多是没写出来的。后来我在奥克塔维奥·帕斯（Octavio Paz）的一篇讲稿里读到，拉美文学的语言纷繁众多，虽承自欧洲，但却在异域繁殖变形，既为同样的植物又非同株。我看各地华文文学时，总也发现相似的情况，一些词悬着告诉我那里有个音节。我很好奇，到底该如何使得一些分明是不标准的用语看起来自自然然地蹲踞在那角落呢？我觉得这不像是能够分析以便诞生某个方法的事情，因为如果我一旦知道那个词不标准，就很可能忍不住动手去修改它。所以这是属于一个人毫不知情的错误吗？大概是吧。此外我又觉得，或许经过长期阅读之后，经过潜移默化的影响，一些标准慢慢会变得模糊、转化。就好像有些人长期观看别人做某种手工之后，不知不觉改变了自己做手工的方式。换句话来说，当一个人写作的时候，所谓"自己的东西"必然也不知不觉吸收了别人的成果。全世界华文文学里我最早阅读的是自小学时期开始看的（依序）岑凯伦、琼瑶、卫斯理、古龙和亦舒。上了中学以后就开始看文艺版的夏绍华、禤素莱、陈绍安、李国七、李天葆等人，他／她们的作品经常刊在《马来亚通报》的"文风版"。这时候也开始从报章上的连载小说读到钟晓阳、廖辉英、白先勇、黄春明、李昂、苏童、莫言、李碧华和金庸。当时我认为，文艺版和连载小说版的作品区别是，前者"要讲的东西"更隐秘幽微，而且不一定有故事性，后来我写作时就以为，语词句子就是自然而然能够引诱读者产生想法或感觉的线索，只要写就可以了，但却经常不确定自己在想什么。上大学后，读书会里有个学长跟我推崇黄锦树，他说那是真正有意识在思考问题的作家。他的意思是，没有可能有含糊的思想存在，任何思想必然能以语言道明。我不赞同他，但又无能反驳。当时我才刚开始看《星洲日报》，经常读到您的文章，有时候会把一些文章剪下来收藏。直到这次要出版，我又重读《刻背》，几乎没有勇气把自己的稿子寄出去。

在其他地区的华文文学，比如台湾的华文文学，我是到了大学时期才开始看张大春的，其他人如黄国峻和骆以军是更后来的事了，到台湾念书时才读了王祯和与七等生。香港的迈克与西西都是透过《椰子屋》知道的。我很喜欢西西。中国大陆方面，我也喜欢韩少功、史铁生、余华、王小波和韩寒的作品。另一件有关语言特色的事。每次外出都觉得奇怪，一越过境，词汇用语就立刻不同了，仿佛那条边境是个真实存在的瓶子似的。但一个瓶子里又装满各种不同的声音腔调连带其词汇用语，不管是否无可奈何，都掺杂在一起。在不同的时间里它们又是不同的。

对渴望想做的事情我总有借口拖延它[1]

许：早期你以"然然"在《椰子屋》发表创作，偶尔也在《星洲日报》的《文艺春秋》读到你的作品。那时候就觉得你的文笔清新、干净，有香港作家西西文字之风。西西的创作和你早期的然然处于怎样的一种关系？

贺：大约二十一岁才开始看西西。我的写作开始得很迟缓，和阅读材料的贫乏有关。中学时期常看报章的文艺版，或向同学借少得可怜的藏书（张爱玲、白先勇或梁实秋散文集之类）。家里也有一堆长蛀虫的旧书好像依达、《梁山泊英雄传》、《满清秘宫史》之类，每天挤在楼梯上看完。小说给我的第一个概念便因此是种种阴郁的人性记述。大学以后，搬去槟城，槟城有两家书店，大众和商务。那时才有机会接触更多书本，才知道小说也有所谓的试验，不同的叙述方式。

---

[1] 第二十五届时报文学奖短篇小说评审奖得主访谈，原名《从然然到贺淑芳：讲文艺很戆居》，刊于 2004 年《蕉风》第 491 期，访问、整理：许维贤。

我很喜欢西西，即使是现在。假如有机会去香港，她会是我要想尽办法去访问的作家。（其他还有也斯、亦舒、林海峰，嗯，你说迈克有没有可能？）

西西示范了如何以近乎洁癖的文字风格来讲述香港的故事。西西提供给我"原来这样也可以写作"的希望。一度我以为写小说就应该这样，宽大的视野，从自我小天地跳出来。我认为她的小说比那些血肉模糊沉溺在自怜中的作品更真实。当然我这想法不无偏误，并可能处于一种急于摆脱过去和失败的心态。

结果有很长的一段日子我什么也写不出来。我那时又搜寻所有西西介绍的电影、文学和画家来看，越看越畏惧。我想一个伟大的作家应尽可能了解世界，就像西西写《玛丽个案》或《肥土镇》的系列故事一样。

报馆的同事张永修发现，我的文字驾驭能力并不好，我没话说，这是真的。从上大学以来，我尝试过很多方法改善自己，我读很多理论，从存在主义到很时髦的后殖民或性别颠覆都看了一些，直到它们令我厌倦为止。可是我依然空空如也。

在决心重新回答你这问题之前，我一直在厨房做各种事情，煮水，洗过滤器，晾抹布，把所有的用具摆放整齐。对一件渴望想做的事情我总有借口拖延它。我怀疑我读那么多理论只为了逃避写作。写作对像我这样的人来说是建立自我印象的方法。理论却好像事先决定了某种创作的模式，它并无吸引一个人写小说的热情。我刚刚读到《追忆似水年华》的普鲁斯特这么写："我知道我对文学缺乏才能。"这话很让人伤心。我喜欢普鲁斯特、叶芝，他们是那种挖掘自己肚肠的怪兽。这些人的书老早就该看了。

当然我不否定理论也是一种创作，但阅读后的再创造和写小说的创作是两回事。我老觉得一篇小说并不会因为把观念颠覆得前无古人就因此而好看了，小说美妙的地方可能在于它是一种说心事的艺术。我一直记得西西写过："一棵树就从来不哭。"在安伯托·艾柯的《乃莉塔》里则有男孩的烦恼。

许：你的起步是从《椰子屋》开始，《椰子屋》作为一九八〇年代、横跨一九九〇年代的一份很重要的文艺杂志，它对你的创作起了怎样的启发和影响？

贺：《椰子屋》是一份文化杂志，它介绍的音乐和电影给我一种树立个人风格的幻想。我很在乎别人对我的看法。当你并不可爱时，创作有可能赋予你另外一种人格吗？圣埃克絮佩里、米兰·昆德拉、村上春树、阿保美代、披头士、凡·莫里森、苏珊·薇格、米朽吓你一跳[1]……我和许多年轻人一样，在试图"表现得和

---

[1] 是马来西亚杂志《椰子屋》编辑的译文，实指美国女歌手 Michelle

别人一样"失败之后，就干脆和别人格格不入。我喜欢这些东西的陌生感，我总要找些什么来张扬虚荣。还有比你的名字出现在杂志里更好的吗？但这不容易，很多《椰子屋》作者跳脱的文字带给我很大的挫败感。几个文字好手如张圆圆或苏善安，似乎与生俱来就有摆脱逻辑限制的本领，而能轻轻松松创造出让人惊讶的火花。据说诗意本身就是自由于逻辑规律之外的发挥，无法归纳。

假如说《椰子屋》有道德，那就是它并不嗜虐，这和报章上的文艺版恰恰相反。于是我写各种浓稠的液体和疙瘩勾搭起来的文字寄给本地报章，把清新干净的文字写给《椰子屋》。现在一写不出东西时，就怪罪于这种长期性的写作性格分裂症。

许：从然然到贺淑芳，到加入《南洋商报》当一名记者，你觉得这些年来你在创作的心态的风格上，有了怎么样的转变？

贺：我觉得好看的小说应该要有知识性，描述一个猎人怎么追踪一只鹿，或描述一个钓鱼的人怎么钓上一个爬满鳗鱼的马头，其实都很有看头。报章上的某些版位如食谱、盆栽或钟表固定装置读起来也颇有趣味，

Shocked，1990年代《椰子屋》介绍她的专辑 *Arkansas Traveler*。

那些简略的说明文近乎非文字。当然小说不是报道，纪实考稽也只能依循到某个程度，否则想象力就彻底交白卷。我喜欢列维-斯特劳斯的探险笔记《忧郁的热带》，他详细记录器材和考察过程，读来却充满意外。有两段故事：一个叙述某个占据瓜那巴拉湾的小岛的法国人，他们为了逃避宗教的纠纷，而跑到大西洋来设立一个无政府的新社区，到后来却死于饥荒、疾病和自造的敌意社会中；另一个故事则描述一对刻薄的兄弟在南美洲开甘蔗园和杂货店，印第安人领取微薄的薪金，大部分还花在杂货店上，双方维持这样的规律相处多年竟不觉有任何不妥，直至人类学家带着印第安人的美丽织品抵达，两兄弟才为之感动，开始对印第安人友善起来，也学会欣赏印第安女人，结果却引起印第安男人的醋意而送命。

我常想知识可以和文艺的惯用伎俩抗衡。有时候，某些字眼过度泛滥，比如"之"这个字眼，或者很命令式的"切勿"，你知道是作者的凭空降临，美其名为表现手法，读多几遍会毛骨悚然。那些字眼是少年时从文艺版的诗或散文模仿来的，每次感觉节奏需要时便塞进去。

另一个问题是距离，新闻能不能变成小说材料？要把陈腔滥调的情节写得出乎意料需要相当机智的思考。我做专题时，时常寻找争议性的问题。比如交通、医药疏忽、独立电影，现实就在于谈论和专注问题纠结所在。可是我没有勇气把它变成小说，也许时间太接近，原则对错太过二元对立。我一方面希望能写出这个时代的气质，一方面又觉得同时代的议论索然无味。我常访问专家，他们总能说出一套道理来。分析问题头头是道。或许小说的好处正在于它一点也不理直气壮，在设立主题和搜寻表达方式的过程中，总是曲曲折折的，让人伤脑筋。有点像玩策略性电玩，但还多一点超越潜在想法的企图。小说因此比任何议论高明得多了，不管你说它是商品也好，艺术也好，它是最高度智商的发挥，好的小说会尊重读者的智商。小说不是写来拯救社会的，那是坏小说。小说的矛头对内而不对外（竟然还会有陌生感），因为自己也是这个难以消受的世界的一部分。

许：相对你遣词用句的平淡和简洁，你曾在一篇谈个人创作的文章中提到，你不理解为什么马华现行的小说创作讲究文字意象的复杂和华丽，请进一步举例说明这种现象再加上你的思考。你理想中的马华小说面貌该当如何？

贺：记得不知是张大春还是卡尔维诺提过，慢笔描述的目的，可能一在于调慢叙述的时间，可能二就是想塑造艺术的格调，跟通俗区别。可是通俗没什么不好。阿莫多瓦的心思是细腻的,方式是伧俗的,两者相加,观众为之倾倒。

华文报章文艺版的读者和作者是重叠的,有时前者还是少过后者。安慰地想,能写作取悦自己就已是莫大幸福。总而言之,我喜欢通俗小说里头曲折难以猜测的情节,也很喜欢有智力的好莱坞电影。或者你会说,非主流的叙述其实是一种挑战主流垄断的试验,可是小说什么时候变得那么地下了呢?

试验得很难看是在所难免的。我的东西也很丑,你不能因为写得难看就不写了,但也不能反过来认为是读者的修养不够。我有些朋友完全不写东西,却能看博尔赫斯看得津津有味。博尔赫斯的小说其实很有戏剧性。对马华文学现况:How about 一个畅销小说家?据说史蒂芬·金的小说全靠自己幻想,但我相信他至少搜寻过工具性资料。有几个问题:是否因为我们是移民社会,而对语言特别惶恐呢?以至于到了越繁复就越窝心的地步?小说会不会只剩下"华文很好"的评价?有一点我可能弄错了,也许不只是马华小说如此?还是因为"后现代"的缘故呢?

许:你对自己的期待是什么?希望将来写出怎么样的作品?

贺:希望能写好看的小说,但对此并不乐观,太懒惰，以及有想象情节和对白的困难，所以小说很容易写得像散文及封闭。这个年代的表现主义，真的给了我们一个太漂亮的下台阶。把不要的东西减掉之后，竟然没剩下多少可以用的东西。我怀疑天赋的局限可否被克服。从小就掩藏自己的喜好，因为自觉得被人讲文艺很戆居。每天跟毫不文艺的朋友混，他们常令我觉得自己很 idiot。待会儿再跟他们混，就会觉得以上写给你的都是一种幻觉。

后记

如今再看这篇访谈，有很多观点现在已经不认同了。她现在读起来像另一个人。不少看法流于二元对立［比如评论／小说、简单／复杂、虚构／现实、文艺／不文艺（？）］，有些对比也不晓得当时是怎么区分的。

创作年表

死人沼国

原刊《香港文学》杂志（2006年7月），转载北美《世界日报》（2007年），2011年11月定稿。

梦游者

原刊《香港文学》杂志（2007年1月），2011年11月定稿。

日夜骚扰

原刊《星洲日报·文艺春秋》（2009年3月28日），2011年11月定稿。

月台与列车

原刊《星洲日报》（2010年8月22日），2011年11月定稿。

时间边境

原刊《星洲日报》(2010年9月19至26日),原题《烟霾列车》,2011年10月定稿。

消失的陆线

原刊《南洋商报》(2010年3月),2008年8月完稿,2011年5月重修,2011年10月定稿。

重写笔记

2011年10月9日初稿完成,2011年11月定稿。

创世纪

2011年10月9日初稿完成。

像男孩一样黑

原刊《南洋商报》(2006年3月),2011年10月9日初次重修。

黑豹

初稿刊《南洋商报》(2002年12月),2011年10月9日重修完成,2011年11月15日定稿。

迷宫毯子

2011年10月9日初稿完成,2011年11月15日定稿。

图书在版编目（CIP）数据

时间边境 /（马来）贺淑芳著. — 上海：上海文艺出版社, 2024
ISBN 978-7-5321-8975-5

Ⅰ. ①时⋯ Ⅱ. ①贺⋯ Ⅲ. ①中篇小说－小说集－马来西亚－现代②短篇小说－小说集－马来西亚－现代
Ⅳ. ①I338.45

中国国家版本馆CIP数据核字(2024)第011929号

Copyright © 2012 贺淑芳
中文简体字版Copyright © 2024上海文艺出版社
由 宝瓶文化事业股份有限公司 独家授权出版
上海市版权局著作权合同登记章 图字：09-2022-0448

发 行 人：毕　胜
责任编辑：张诗扬　景柯庆
封面设计：山川制本workshop
内文制作：艺　美

书　　名：时间边境
作　　者：[马来] 贺淑芳
出　　版：上海世纪出版集团　上海文艺出版社
地　　址：上海市闵行区号景路159弄A座2楼　201101
发　　行：上海文艺出版社发行中心
　　　　　上海市闵行区号景路159弄A座2楼206室　201101　www.ewen.co
印　　刷：上海盛通时代印刷有限公司
开　　本：889×1194　1/32
印　　张：9.5
插　　页：5
字　　数：196,000
印　　次：2024年6月第1版　2024年6月第1次印刷
I S B N：978-7-5321-8975-5/I.7068
定　　价：68.00元
告 读 者：如发现本书有质量问题请与印刷厂质量科联系　T:021-37910000